L'EMBRASSEUSE

Maurice Elia

L'EMBRASSEUSE

roman

CARTE BLANCHE

Photo de la couverture : Romilly Lockyer/Image Bank

Les Éditions Carte blanche
1209, avenue Bernard Ouest
Bureau 200
H2V 1V7
Téléphone : (514) 276-1298
Télécopieur : (514) 276-1349
Courriel : carteblanche@vl.videotron.ca

Distribution au Canada
FIDES
165, rue Deslauriers
Saint-Laurent (Québec)
H4N 2S4
Téléphone : (514) 745-4290
Télécopieur : (514) 745-4299

1

C'EST VRAI, on n'a pas répondu au téléphone.

Mais cette fois, on tambourine à la porte. Au début, assez discrètement, puis de manière insistante.

— Qu'ils attendent, dit Charlie.

— Mais ils ne vont pas s'arrêter, tu sais.

— Je sais, mais je m'en fous. Qu'ils patientent. On y est presque, là. On y est presque, non?

Les coups sur la porte reprennent de plus belle. Avec des «Monsieur, s'il vous plaît!» répétés. La voix du type du motel. Une voix tout effacée hier soir, mais qui se veut brutale et sèche ce matin. Mais quelle heure est-il donc?

— Je ne sais pas, dit Charlie, dont le visage et le corps ruissellent de sueur maintenant. Tu m'agaces, tu sais... Et puis, tu pourrais mettre un peu du tien, tu ne crois pas?...

— Je n'ai pas ton énergie, ni ta ténacité... Et puis là, tu commences à me faire mal...

— Où ça? Ici? Ce n'est pas grave. Il n'y a pas d'amour sans violence.

— Kundera.

— Quoi, Kundera?

— C'est Kundera qui a dit ça. Tu as de la culture.

— C'est par hasard.

Les coups sur la porte. Mais une autre voix, plus forte, décidée: «On avait dit sept heures, Monsieur Laramie. Il est sept heures.»

— Sept heures?! hurle presque Charlie en se détachant d'un seul coup.

Quinn hurle à son tour en tenant à deux mains son membre rougi : « Hey ! Tu veux m'amputer, ou quoi ? »

Une fois debout, Charlie se dirige vers la porte qu'elle ouvre violemment. Dans le lit, Quinn fait prudemment remonter le drap, pour à la fois cacher sa propre nudité et n'avoir uniquement qu'à imaginer la gueule des tambourineurs matinaux. Devant ceux-ci maintenant, il y a cette femme, complètement nue, transpirant de tous ses pores, les cheveux partout à la fois, les seins luisants, comme dressés pour l'attaque, les poings sur les hanches.

— Alors ? C'est comme ça qu'on traite les clients ? C'est sept heures, on a compris ! Et alors ?

Trois secondes de silence. Puis l'un deux (combien sont-ils donc, deux, trois, face à la sculpturale harpie ?) ose :

— Bon, alors, encore quinze minutes, OK ?

— Trente, marchande timidement Quinn, des profondeurs du lit.

Sans attendre de réponse, Charlie leur claque la porte au nez : « Allez vous faire foutre ! »

Puis, elle retourne vers le lit.

— Donc, où en étions-nous ?

— Écoute, Charlie. Tu as vu l'heure ? Tu ne seras jamais à ton bureau à temps avec la circulation...

— Pas question. J'ai dit : trois fois, ce sera trois fois, pas deux fois et demie !

Elle ôte brusquement le drap et s'étend sur lui de tout son long.

— Tu es si chaud !

En fait, c'est son corps à elle qui s'est refroidi : le vent de ce premier jour d'avril, s'engouffrant de bon matin par une porte grande ouverte, peut aisément, même pour une seule minute, rafraîchir, si ce n'est glacer, la plus brûlante des anatomies.

— Tiens, prends ça. Ça activera le processus.

Quinn accueille entre ses lèvres le mamelon durci qu'on lui tend.

— Les courants d'air matinaux ont leurs avantages, dit Charlie en ricanant.

Et Quinn finit par n'opposer aucune résistance lorsqu'elle veut vérifier sur lui un autre effet de raidissement par le froid. Satisfaite de sa découverte, elle s'arrange pour caler confortablement le bas de son corps.

— Tu restes sage : on va enfiler ça en moins de deux.

Puis c'est un tout autre tourbillon.

— Cinq minutes pour m'habiller, me coiffer... Enfin, un coup de brosse, c'est tout... Ces enfoirés vont me voir déguerpir d'ici plus vite qu'ils le pensaient... Un peu de rouge... Merde, de quoi j'ai l'air !... Aïe ! une nouvelle ride, celle-là est profonde, je ne l'avais pas remarquée. C'est la vie... Ah, mais avec toi, j'ai de nouveau trente ans, ou vingt-cinq... Ou vingt... Pas quinze, tout de même ! Tu ne coucherais pas avec ma fille, dis ? Enfin... De toute manière, elle ne te regarderait même pas. Elle est folle de tes livres, certes, mais du côté physique, je crois qu'elle préfère le petit voisin... Il est souvent chez nous, celui-là... Je ne crois pas qu'ils baisent ensemble... Non, non... Elle est trop jeune. Et c'est une bien élevée... Des baisers peut-être, quelques attouchements curieux, c'est tout... Pousse-toi un peu : je cherche mes souliers. Est-ce qu'ils sont sous le lit ?... Oh la la, quelle merde : je déteste les motels, de vrais lieux de perdition... Chez toi, c'est certainement mieux... Mais c'est quoi au juste, cette affaire de peintres ? Ta mère qui décide comme ça de faire redécorer ton appartement ?... Tu me fais marcher, hein ? En tous cas, j'ai fini, je suis prête, merci pour la baise, merci pour tout, salut, à la prochaine peut-être, je t'appellerai... Oui, oui, je sais, jamais avant midi... Ah ! mon sac... Un dernier baiser... Mmmm, c'est encore humide, ça. Ciao !

Une porte qui claque.

Quinn se retourne sur le ventre.

Jésus ! Encore heureux qu'elle n'ait pas laissé quelques billets sur la table de nuit.

Une heure plus tard, Quinn passe devant la réception.

— Toujours aussi agréable chez vous.

— Faudrait vraiment m'excuser, Monsieur Laramie. Mais j'obéissais aux ordres que vous m'aviez donnés.

— Non, non, je ne me plains pas. Vous avez fait ce qu'il fallait. Et une prochaine fois, si je vous le signale à l'avance, vous le ferez encore, n'est-ce pas ?

— Absolument, Monsieur Laramie.

— Je sais que je peux compter sur vous. Combien je vous 'dois ?

— Mais absolument rien. La dame s'est occupée de tout.

Quinn lève à peine un sourcil. Le geste est surtout destiné à montrer un minimum de surprise devant l'homme qui en a, pour sa part, très certainement vu d'autres. Toutefois, une bonne femme au corps parfait, à poil devant lui et qui l'engueule, c'est quand même quelque chose. Enfin, c'est un motel, après tout : ça possède, par définition, cette propriété de jouer régulièrement dans le salace.

La jeep est rutilante sous le soleil printanier et Quinn la retrouve comme une vieille amie.

Étrange cependant que l'autoroute soit encore à ce point encombrée. On va se calmer. De toute manière, on a tout son temps. Quelques respirations hygiéniques au milieu des gaz d'échappement, deux ou trois bâillements réconfortants, peut-être un peu de musique : rien de meilleur pour vous replacer un homme dans toute sa prestigieuse urbanité.

— Superbe journée pour un 1er avril, glousse un annonceur-radio. Et ce sera une superbe journée tout le long, c'est pas une blague... Du soleil à la tonne. Vous pouvez dès aujourd'hui mettre au grenier vos vêtements d'hiver et profiter de cette clarté si pure et si typiquement bostonienne. Ah ! si je pouvais quitter ce studio ! Je meurs d'envie de...

— Alors, meurs !

Assassinat élémentaire et immédiat par une simple pression de l'index.

Mais bientôt, c'est l'immobilisation presque complète au milieu de l'océan automobile. Pas d'autre choix que de patienter, le coude sur le volant, le poing sur une lèvre supérieure qui se retrousse tristement.

— Eh oui, c'est ainsi, mais on doit tous aller au boulot, pas vrai ?

C'est la voix d'un cravaté, tout sourire, occupant, avec trois autres cravatés, la voiture voisine.

— Pas moi, grimace d'un air détaché un Quinn sans pitié pour le sinistre employé de bureau.

C'est à ce moment précis que grésille son portable.

— Quinn? C'est David.

— Bonjour. Alors, tu as des nouvelles?

— Oui. Et elles sont excellentes. Tu connais la librairie Drake?

— Pas vraiment.

— C'est sur Newbury Street, pratiquement en plein centre. Paul Drake est un ex-boyfriend à ma femme.

— C'est elle qui te l'a recommandé?

— Mais non, qu'est-ce que tu vas chercher là? La librairie existe depuis un an environ. Elle est petite sans être exiguë.

— Ce Drake connaît nos conditions?

— Bien entendu. Lancement mercredi 8 à onze heures. Signatures jusqu'à midi pile. Accès interdit aux enfants. Non seulement ils sont à l'école à cette heure-là mais, de plus, il n'y a pas d'établissement scolaire dans un rayon de trois milles.

— Très bien.

— Tu n'auras que les mères, toute la tribu des mères, comme d'habitude. Et sans doute quelques touristes qui sont là pour Pâques.

— Et s'ils viennent avec leurs gosses, ceux-là?

— Mais ne t'inquiète pas, je te dis. On s'occupe de tout... Excuse-moi, on m'appelle sur la ligne. Donc, on se reparle, on a encore une semaine, rien ne presse. T'en fais pas. Salut.

Bien entendu, Quinn pouvait compter sur David Walker. Treize bouquins, treize aventures de Kelly Afternoon, treize grands succès: l'éditeur ne pouvait que se prosterner devant la manne qui lui était offerte deux fois par an. C'était aussi un gentleman, issu d'une grande famille de Beacon Hill, formé à Harvard, et qui connaissait bien mieux que lui l'usage à table de chaque pièce du couvert. Que le libraire Drake ait été un ancien amant de Mrs. Walker importait peu: ces gens-là mettaient des gants avant de prononcer la moindre parole et considéraient d'ailleurs leur propre passé comme une petite succession d'incongruités insignifiantes, aisément effaçables de la mémoire.

Beep. Autre téléphone. C'est Kate.

— Ah, maman. Tu as bien fait d'appeler. J'allais le faire moi-même.

— Mais chéri, tu sais bien que tu peux m'appeler en tout temps. C'est plutôt toi, l'occupé.

— Écoute, maman, c'est au sujet des peintres...

— On ne va pas revenir là-dessus, s'il te plaît !

— Si, si. Parce qu'il y a des limites. Ces deux bonshommes sont là jour et nuit, et je pense...

— Allons, n'exagère pas. C'est du neuf à cinq, et tu le sais.

— Oui, mais l'odeur, et les meubles recouverts de bâches collantes, et les torchons gluants, et les pots de peinture dans tous les coins, et les restes de leurs saloperies de lunch... C'est simple, je ne suis plus chez moi. D'ailleurs, je fais en sorte de n'être là que rarement...

— Écoute, ils terminent. Qu'est-ce qu'il leur reste, une semaine ? Même pas, trois ou quatre jours tout au plus. Je te demande juste un peu de patience...

— Je sais bien que tu es une fanatique de la décoration d'intérieur...

— De l'embellissement intérieur.

— Embellissement, décoration, ornementation... Appelle ça comme tu veux. On arrête ça là, et c'est fini. C'est la dernière fois, tu entends ? Je veux regagner ma chambre, retrouver mon lit...

— D'accord, d'accord, promis. Mais ce n'est pas pour ça que je t'appelle. C'est au sujet du dîner de Pâques. Tout le monde sera là, c'est-à-dire la famille...

— Tu veux dire *ta* famille.

— C'est la tienne aussi, ne sois pas méchant, Quinn. Donc, dimanche 12, à sept heures. Tu le marques, là ?

— Je suis en voiture, maman.

— Mais tu le sais, n'est-ce pas ? Ceci est juste pour te rappeler.

— Oui, oui, je le sais.

— Et demain, tu es chez June, à l'école.

— Demain ?

— Mais bien sûr, demain à deux heures. Tu es l'invité dans sa classe. Ses élèves attendent impatiemment de te rencontrer. Tu ne vas pas encore une fois leur faire faux bond, j'espère. Ce n'est pas gentil pour June. Elle est si attentionnée, si aimable à ton égard. Je vous vois encore à dix-huit ans, en train de vous préparer pour le bal de fin d'année. Vous étiez si élégants...

— Maman, on ne va pas recommencer.

— Non, non, ça va. Le temps passe, c'est tout. Sois gentil quand même.

— Oui, oui, au revoir mère.

— Et il te faut un assistant, une secrétaire, je ne sais pas, moi, pour s'occuper de tous tes...

— Au revoir mère.

Abricot, pas pêche. Même : abricot pâle. Quinn se dirige vers chez lui où les murs seront ultimement, « dans trois ou quatre jours tout au plus », peints en abricot pâle.

Deux ans après la mort de Hudson Laramie, Kate jouait encore à la veuve inconsolable. Jusqu'au soir où, dans un petit bar de Back Bay, elle avait rencontré le flamboyant Jack Gibbons. C'était un ancien acteur qui avait eu quelques moments de gloire avec la Lyric Stage Company et qui se targuait d'un passage à Hollywood dans deux ou trois séries B, dont le fameux *Magic Eye* où son rôle de photographe de presse se limitait à une vingtaine de répliques ainsi qu'à un gros plan qu'il avait supplié son metteur en scène de garder dans la version finale. Bougon et grincheux la plupart du temps, il se présenta toutefois à Kate sous les traits d'un homme tranquille et confiant, dont l'assurance était soulignée par une pipe et un couvre-chef d'amiral. Jack Gibbons s'introduisit dans la vie de Kate, accompagné d'une étrange famille, issue d'un précédent mariage avec une femme de la haute société dont on disait qu'elle était à l'origine de sa carrière de comédien. Elizabeth Prescott n'était pas morte, mais c'était tout comme. Après leur divorce, elle ne s'était plus préoccupée des trois enfants qu'ils avaient eus ensemble. Elle vivait toujours dans la région, mainte-nant propriétaire de l'opulente résidence de Brookline que lui avait léguée son père, journaliste célèbre qui était allé, prétendait-elle (mais les dates ne coïncident pas), à la petite école avec le président

Kennedy, et s'était fait l'ami de Frederick Law Olmsted, l'architecte paysagiste à qui l'on doit les plus beaux jardins et parcs de Boston et de ses environs.

Dans l'esprit de Quinn, l'inclassable progéniture de Jack Gibbons apparaissait toujours sous la forme de ces vignettes-portraits qu'on se crée dès la première rencontre et qui ne s'effacent plus jamais. Il est vrai que ces portraits s'étaient consolidés avec le temps, comme s'ils avaient été coulés dans un béton plus compact, à chaque fois que Quinn écoutait le père discourir au sujet de ses enfants.

À mesure qu'il se rapprochait de son immeuble — la circulation s'était allégée, les enfants avaient été laissés à la porte de leurs écoles, tous les cravatés avaient enfin atteint leurs bureaux — Quinn se plut à imaginer une conversation entre sa mère et son beau-père. Au sujet, par exemple, de ce fameux dîner de Pâques. Il se les représenta assis dans l'immense cuisine : Jack, l'éternel grognon, abhorrant le monde entier et ne mâchant pas ses mots à propos de ses propres enfants, et Kate, la pondérée, l'apaisante, faisant de son mieux pour dédramatiser les situations et défendre ce trio d'excentriques qu'elle-même avait eu, au tout début, beaucoup de mal à avaler. Une espèce de grande séquence, avec des tableaux sous-jacents emboîtés à l'intérieur.

JACK — Finalement, on attend qui, pour cette maudite soirée ?
KATE — Oh, tu sais, juste la famille. Pas d'éléments extérieurs, tu n'as pas à t'inquiéter.
JACK — M'inquiéter, moi ? Mais ce sont ces assemblées familiales, ces foires débiles qui m'inquiètent le plus. Tout le monde y est si artificiel, si affecté, si emprunté.
KATE — Allons, ce n'est pas vrai, tu ne le penses pas réellement.
JACK — Comment ça ? Mais je le pense. Absolument. Chacun vient avec ses petites expressions toutes préparées. Chuchotées, comme « pas devant ton père » ou « attention, il y a une enfant présente ». Ou alors fabriquées de toutes pièces, comme « Kate, cette soupe aux poireaux est divine » ou « ce bibelot est nouveau, papa, je ne l'avais jamais vu ». Tu me diras que toutes les familles sont les mêmes. Mais la mienne, Seigneur, c'est la pire.

KATE — Voyons, voyons...

JACK — Mais c'est vrai. Et dans cette putain de pièce que j'écris en ce moment, c'est pratiquement d'eux que je parle, tu le sais. D'eux tous, leur mère hystérique incluse. Je te le jure, on ne l'appelait pas Crazy Beth pour rien. Tu sais qu'elle continue de m'envoyer des cartes de vœux empoisonnées ?

KATE — Je sais, je sais.

JACK — Empoisonnées, je te dis. Pour Thanksgiving, pour Noël... Je recevrai celle de Pâques cette semaine, j'en suis sûr. Parmi ses doux souhaits : que je m'étrangle avec un os de dinde, que la nouvelle année m'apporte « de longs moments de cafard et des papillons noirs »... La précision du tir, elle connaît ça.

KATE — Je ne pense pas que tu veuilles inclure tes propres enfants dans tout ça. Ce sont des êtres talentueux, intelligents, qui...

JACK — Talentueux ? Intelligents ? Mes enfants, ma chérie, sont de véritables cinglés. C'est un trio de névrosés à qui il manque de nombreux boulons, des déséquilibrés mentaux, des dépravés. À te dire la vérité, à eux trois, il y aurait matière à trois pièces de théâtre et cinq romans ! Mes enfants ! Des malades, oui ! Tiens, prends Christopher par exemple...

Nous sommes dans l'appartement de Christopher.

Il s'agit d'un grand loft décoré de tentures colorées, genre batik. De l'encens brûle dans un coin tandis qu'une musique tibétaine filtre de sous un vieux fauteuil couvert de housses vertes et rose indien. Sur les murs sont disposés, un peu au hasard, de vieux posters psychédéliques, des fleurs multicolores découpées dans du papier, le symbole de la paix sur des écussons et des macarons épinglés à même le papier peint.

Christopher, 37 ans, assis par terre dans la pose du yogi, les mains ouvertes sur les genoux, les yeux fermés, parfaitement immobile, exacerbe, depuis plus d'une heure sans doute, son énergie vitale. Il a les cheveux noirs, très longs, emmêlés, agglutinés à plusieurs endroits.

Soudain, il se met à bouger. Dans un mouvement qui se veut délicat, il se place en position verticale, la tête en bas, les pieds vers le plafond, le corps le long d'un mur. Cette opération entraîne la chute de trois fleurs de papier vert fluo et celle de son cafetan orné de motifs imprimés, qui lui retombe sur le visage, découvrant du même coup ses jambes poilues et son petit caleçon jaune sur lequel on peut lire à l'envers en lettres roses: JESUS LOVES YOU.

JACK — J'ai un fils qui est la copie conforme de sa putain de mère!

KATE — Là, tu n'es pas juste. Chris a sa propre définition de l'existence, ses propres idées sur le monde et l'environnement. Je l'admire et l'envie sur bien des points.

JACK — Allons donc, Kate! Le type est complètement dingue. Si dingue que je le soupçonne de souhaiter un autre Vietnam pour qu'il puisse se joindre à ces manifestations de merde et brandir je ne sais quelle oriflamme ou quel étendard de mon cul!

KATE — Oui, mais regarde sa sœur jumelle. Elle a grandi parmi ces mêmes marcheurs de la paix dont tu parles, ces mêmes manifestations, brandissant les mêmes bannières, lançant à toute volée les mêmes slogans. Et regarde l'admirable adulte qu'elle est devenue.

JACK — Admirable? Tu peux me traiter de raciste, si tu veux, mais je pense qu'elle a commis une grave erreur en épousant Boulosh. Le type lui avait demandé de l'épouser pour le seul plaisir de défier l'autorité de son père. Et Allison a accepté juste pour me faire enrager. Je te dis, Kate, ces rassemblements antiguerre, antipollution, antidéchets et compagnie ont entraîné plus de mariages mixtes que jamais.

KATE — Mais sa famille est une des plus influentes du South End!

JACK — Influentes, mais arabes. Libanais, ou je ne sais trop quoi...

KATE — Mais ça fait des décennies que la famille...

JACK — Et son métier, nom de Dieu! Un fabricant de bouchons de baignoires! J'ai un bouchonnier arabe pour gendre! Un importateur arabe de bidets français pour maisons cossues américaines!

Nous sommes dans la salle à manger des Boulosh.

Ernie Boulosh trône à table avec son large visage souriant. À sa gauche, sa fille Misty, une adolescente silencieuse, comme un peu soumise, lisse ses longs cheveux noirs qui lui encadrent le visage. À sa droite, sa femme Allison paraît nerveuse et agitée. Son visage est mince et pâle (comme celui de son frère jumeau Christopher) et elle semble poser un regard angoissé sur tous les objets qui l'entourent: couverts, nappe en dentelle, bouteille de vin. En fait, tous ces objets rappellent, par leurs formes, leurs motifs ou leurs couleurs, des bouchons de baignoires, ou des baignoires tout court.

Ernie fait alors sonner une petite cloche. Une bonne apparaît, écartant de ses mains un rideau entièrement fait de longues chaînes de métal au bout desquelles pendent d'autres bouchons de baignoires. Quant à l'énorme soupière qu'elle dépose sur la table, elle a la forme d'une baignoire sabot en céramique. Et elle est dotée de deux petits robinets en métal luisant.

JACK — Ça ne m'étonne pas que ma fille ait déjà eu trois crises de nerfs, qu'elle souffre régulièrement de dépression et qu'elle aille consulter, deux fois par semaine, ce psy de mes deux!

KATE — Ce n'est pas un psychiatre. Combien de fois dois-je te le répéter? Ce sont des classes de relaxation qui l'aident à contrôler son stress. Plusieurs femmes s'inscrivent dans ces cours de nos jours.

JACK — Mais vas-y toi aussi, ma douce! Tu expliqueras à ces experts que ton mari t'exaspère ou quelque chose dans ce goût-là!

KATE — Écoute, les études ont prouvé que ces cours remontent le moral à la majorité des femmes.

JACK — Des femmes prodigieusement frustrées. Comme mes filles.

KATE — À ma connaissance, Holly n'est pas inscrite à ces cours. Du moins, elle ne me l'a jamais dit.

JACK — Celle-là alors! Pas besoin de classes, la marchande d'amour!

KATE — Là, tu exagères!

JACK — Une traînée, une pute qui se déguise en amazone pour ses écrits de courtisane racoleuse! Je lui tire mon chapeau quand même: tu sais combien lui a rapporté son dernier bouquin? Soixante-quinze mille dollars! D'accord, c'est moins que ce que rapportent à ton fils ses petits best-sellers à la noix, mais tout de même...

KATE — Ça l'occupe. Et les résultats de ses enquêtes intéressent pas mal de gens.

JACK — En pratiquant l'art de la cabriole avec des étrangers, elle ne m'intéresse pas, moi. C'est quoi, cette idée obscène de comparer les cultures en se basant sur les comportements au lit des gens! Où diable est-elle allée chercher pareille vicelardise? C'est immonde et insultant, à la fois pour elle et pour ses cobayes. Dont personnellement je me contrefous et qui s'en donnent probablement à cœur joie!

Nous sommes dans la chambre à coucher de Holly.

Au fond du grand lit est étendu sur le dos un Japonais d'une quarantaine d'années, nu, qui a du mal à dissimuler ses parties intimes avec ses mains. Assise au bord du lit, Holly prend quelques notes. Elle est également nue, croise et décroise les jambes en faisant remonter de l'index ses lunettes sur son nez.

C'est une jolie femme de 26 ans, qui a gardé sa prestance de cheerleader, avec ses cheveux blonds coupés court, ses gestes délicats et arrondis. De temps en temps, elle feuillette un ouvrage relié (le premier tome, intitulé «Afrique», de sa propre «Anthologie des comportements sexuels à travers les cultures»), puis se retourne pour sourire au Japonais qui transpire à grosses gouttes.

— Allons, allons, lui murmure à l'oreille Holly, tout en lui épongeant le corps avec une petite serviette. Un peu de patience: c'est bientôt fini.

Vaguement encouragé, l'homme se hasarde à lui saisir un sein qu'il se met à caresser discrètement. Holly se laisse faire, note quelques mots rapides, sourit et ôte ses petites lunettes.

— Non, non, poursuivez, je vous en prie. Mais dites-moi seulement: à quoi pensez-vous en ce moment précis, Monsieur Yamamoto?

« Famille farfelue, à la fois baroque et insolite », songea Quinn en garant la jeep devant sa porte, et dont il devrait sans doute un jour s'inspirer pour ses propres bouquins. Kelly pourrait les rencontrer dans une de ces ennuyeuses kermesses scolaires comme seuls peuvent les organiser des adultes en mal de divertissement. Elle se déplacerait vaporeusement entre eux et on pourrait les décrire les uns à la suite des autres, un peu comme ces portraits-fiches qu'il vient d'imaginer. Kelly pourrait alors examiner l'un d'eux de plus près, ou alors les rejeter tous en bloc d'un revers du regard.

— Buenos días, Señor Laramie.

— Buenos días, Señor Lopez. Tout va bien ?

— Sí, sí.

Le portier avait une petite mine aujourd'hui, comme s'il avait décidé, au cours de la nuit, d'éliminer de son visage, pour de bon et pour des raisons de fierté, ses sourires matinaux. Après avoir refermé la portière de la jeep, il se dirigea à pas lents vers l'ascenseur dans lequel il permit à Quinn d'entrer le premier. Quinn bâilla.

— Fatigué, señor Laramie ? C'est vrai qu'on vous voit rarement le matin. Ça doit être à cause des ouvriers chez vous, n'est-ce pas ?

À mesure que la cabine gravissait les étages, Quinn sentait une irritation qu'il connaissait bien lui monter à la tête.

— Je vous comprends, poursuivit Lopez. Regardez toutes ces nouvelles inscriptions au marker. C'est dur à nettoyer, tout ça : j'en ai pour toute la journée, je vous jure.

Trois immenses dessins représentant des personnages accouplés, aux engins et orifices démesurés, avaient envahi un côté de l'ascenseur, là où se trouvaient les boutons.

— Toujours le même type ?

— Sans aucun doute. Mais on va finir par le coincer, ça je peux vous l'assurer.

Dans l'appartement, la situation ne semblait pas avoir changé depuis la veille. L'abricot pâle triomphait sur tous les fronts, y compris ceux des deux Italiens en sueur qui le saluèrent à peine.

— Bonjour, Aldo. Bonjour, Bruno.

19

— Non, Aldo, c'est moi. Et lui, c'est Fulvio.

— Je vous présente toutes mes excuses.

— On doit badigeonner la petite chambre, alors...

— Très bien, badigeonnez, badigeonnez. Je n'entrerai pas là-dedans, je vous le promets. D'ailleurs, je ne fais que passer.

— Votre courrier est sur la commode, là.

— Merci.

— Vous savez, nous, on fait de notre mieux...

— Ça va, je ne m'attends pas à un travail d'aquarelliste.

Quinn avança précautionneusement entre les escabeaux pour rejoindre son bureau où il se mit à soulever des chiffons tachés, un vieil édredon, des pages de magazines illustrés, même une courte-pointe aux teintes indéfinies. C'est sous un essuie-mains qu'il finit par découvrir son répondeur qu'il s'empressa de rembobiner.

— Ah! Volupté, volupté!...

C'était la voix sirupeuse et amusée d'un des peintres qui lui parvenait du salon. Ils avaient dû s'amuser comme des fous à l'arrivée de chacun des messages enregistrés. C'en était trop. Quinn immobilisa la cassette dans sa course, puis rejoignit les deux hommes qui reprirent brusquement leur travail.

— Dites-moi, vous qui avez l'oreille fine, avez-vous entendu des bruits sourds en provenance du palier? Comme de petites détonations?

Les deux hommes hochèrent la tête en se regardant.

— C'est vrai, n'est-ce pas, Aldo?

— Des martèlements, reprit Quinn. Accompagnés de grincements louches, indéfinissables. C'est que nous avons «un détraqué de l'ascenseur» dans l'immeuble. Vaguement parano. Qui s'attaque, comme ça, au premier qui se trouve sur son chemin. Tous les immeubles du quartier en ont un, paraît-il. Vous ne lisez pas les journaux? Allons, tout le monde sait ça. Le nôtre s'amuse à gribouiller toutes sortes de cochonneries dans la cabine. Mais on n'arrive jamais à le prendre en flagrant délit. Parce qu'on ne sait pas qui c'est. Un locataire de l'édifice? Un visiteur de passage? Un vagabond? Un évadé de l'asile? Ou alors un ancien détenu, très probablement armé? La police est sur sa piste. Il y a des patrouilles régulières dans le secteur. Alors, un conseil: quand vous l'entendrez à nouveau — vous savez, il n'a pas d'heure, ce type — baissez immédiatement la voix, éteignez votre radio, et allez vous réfugier vers l'intérieur de l'appartement, dans une des salles de bains, par exemple. C'est ce que je fais d'habitude. C'est ce que font aussi tous les voisins, je crois. Alors, tenez-vous-le pour dit. On ne sait jamais. D'ailleurs, vous n'en avez plus pour très longtemps ici, n'est-ce pas?

— Oh, deux jours peut-être...

— Peut-être même demain dans la soirée...

Satisfait, Quinn était sur le point de refermer la porte de son bureau lorsque l'un des ouvriers le rappela en chuchotant:

— Et dites, on ne connaît pas son nom?

— On ne sait pas qui c'est, je vous dis. Cet homme s'enveloppe dans son mystère comme un vampire dans sa cape. Alors, son nom... Mais les locataires lui en ont quand même trouvé un: Mr. Man!

2

KELLY AFTERNOON l'observa d'un œil curieux. Jamais elle n'avait tenu dans ses bras de créature aussi minuscule, aussi délicate. Elle voulut lui caresser la tête mais très vite, ses doigts détectèrent au sommet du crâne une partie un peu molle, et elle prit peur. Elle tendit le bébé à Sidney, un peu affolée.

— Mais tous les nouveau-nés ont ça. Y a pas de quoi s'inquiéter. Ça se raffermit avec le temps.

Ils continuèrent de marcher en direction de l'extérieur de la ville. Une vendeuse de fleurs au coin d'une ruelle poussiéreuse attira l'attention de Kelly qui, se souvenant d'un vieux film muet qu'elle avait vu l'année précédente, s'approcha. Sous son immense sombrero, la vieille paraissait endormie, assise sur un petit siège de toile pliant, mais dès qu'elle prit conscience de la présence de la jeune fille, elle se leva et lui offrit une tulipe blanche, un peu fanée, qui déparait un de ses seaux rouillés, remplis à moitié d'une eau de couleur incertaine. Sans même se demander où pouvait bien pousser une tulipe dans cette ville écrasée sous le soleil, Kelly accepta la fleur avec un sourire puis, avant de rattraper Sidney qui l'attendait plus loin, laissa l'émotion la gagner et prit la vieille dame dans ses bras.

— Alors, comme ça, tu embrasses tout le monde, lui dit Sidney. C'est donc vrai ce qu'on dit?

— C'est ça qu'on dit?

— Oui. On m'a dit d'ailleurs pas mal de choses à ton sujet...

Kelly n'eut pas à chercher très loin pour trouver un prétexte à détourner la conversation : les chevaux étaient prêts pour le grand voyage et Sidney remerciait déjà le palefrenier pour les soins qu'il leur avait prodigués. Dans quelques minutes, ils seraient en plein désert et personne, pas même le vieux Johnny avec son chapeau de travers, ne le saurait. Le désert, c'était quand même mieux que le milieu de l'océan ou des marais visqueux, infestés de crocodiles.

Une heure plus tard, il faisait déjà sombre. La carte qu'il consultait régulièrement permit à Sidney de découvrir l'emplacement d'une caverne naturelle. Il mit pied à terre, attacha les chevaux à d'immenses rochers protubérants et partit inspecter les environs. Kelly emporta le bébé à l'intérieur et le cala au milieu des couvertures. Il allait faire froid cette nuit.

À l'aube, elle se rendit compte qu'elle frissonnait. Les yeux fermés, elle chercha à tâtons son havresac pour en extraire sa lampe de poche : elle voulait savoir l'heure. C'est alors qu'elle réalisa que Sidney les avait blottis, elle et l'enfant, contre lui. Ils dormaient encore tous les deux, entourés des bâches et des sacs, émettant à tour de rôle, comme en écho, de petits sifflements. Il avait dû, tout seul, nourrir et changer le bébé, peut-être à plusieurs reprises, tout au cours de la nuit. Mais quand s'était-elle véritablement endormie et comment avait-elle pu dormir aussi profondément ? Elle se redressa sur un coude et détailla chacun des traits de Sidney. Cet homme ne pouvait pas être un criminel. Elle avait eu raison de l'avoir aidé dans sa fuite et les autorités de San Ignacio reconnaîtraient un jour la pertinence et le courage de son action.

Soudain, Sidney ouvrit un œil et fronça immédiatement les sourcils. Kelly se sentit gênée d'avoir été surprise en train de l'observer et cela expliquait sans doute l'inquiétude subite qui se lisait sur ce visage.

— Problème, articula-t-il.

— Quel problème ?

— Je n'entends plus les chevaux.

Il se leva lentement pour ne pas réveiller le nourrisson, puis rejeta nerveusement les couvertures. Kelly le suivit à l'extérieur. Les chevaux avaient en effet disparu et, dans la grisaille du jour naissant, des décisions nouvelles, imminentes et radicales, germaient l'une après l'autre sous le crâne presque chauve de l'homme frustré, les genoux à terre, qui ne parvenait plus à réprimer sa colère. Son long hurlement de bête réveilla le bébé qui se mit à pleurer à l'intérieur de la grotte. Le terrible cri effraya à tel point Kelly qu'elle alla instinctivement vers l'homme agenouillé dans la poussière et lui prit les mains comme

23

pour l'obliger à se relever. Mais une fois debout, alors qu'elle essayait de lui faire recouvrer son calme en le prenant contre elle, il la repoussa si brutalement qu'elle fut projetée au sol. C'est à peine si elle se rendit compte de sa chute.

Lorsqu'elle reprit connaissance, elle ressentit immédiatement une violente douleur à l'arrière de la tête. Un bandeau lui serrait le front. Elle réalisa qu'elle était couchée au fond de la grotte, à même la paroi rocheuse. Elle se mit péniblement debout et sortit. Le soleil éblouissant lui fit presque perdre l'équilibre. Et devant elle, le désert.

Sidney avait dû aller chercher de l'aide. Mais où ? Vers la ville qu'ils avaient quittée la veille, au risque de tomber sur Dolores et sa famille ? Ou alors devant eux, vers San Ignacio, où, selon lui, tout rentrerait finalement dans l'ordre ? À quelle distance se trouvait-on donc ? Vite, la carte...

Mais il n'y avait pas de carte, ni d'ailleurs le moindre message placé en évidence quelque part, rien. L'homme avait disparu sans aucune explication et il marchait en ce moment, à pied, dans la chaleur torride du désert, un bébé dans les bras...

— Bon. Je pense que je vais m'arrêter ici...

Après les quelques applaudissements de rigueur, June posa sa main sur son épaule, en guise de remerciement. Un geste amical, bien entendu, mais que quelques élèves ne tardèrent probablement pas à colorer d'une tout autre signification. Le souvenir de l'idylle adolescente qu'avaient autrefois partagée Quinn et leur professeur avait traversé les générations et cette image s'inscrivit cet après-midi-là, comme un souvenir indissoluble, sur certains visages.

— Comme vous le savez, L'Indien des sables sera officiellement lancé la semaine prochaine en ville. M. Laramie, qui va maintenant répondre à vos questions, vient de nous en donner un avant-goût. Ça vous a sans doute rappelé vos propres petits souvenirs de Kelly Afternoon, qui faisait peut-être partie de vos héroïnes littéraires il n'y a pas si longtemps. Aujourd'hui, à seize ou dix-sept ans, vous avez sans doute d'autres lectures, si vous en avez, bien entendu...

Quelques petits rires accompagnèrent le commentaire. Quinn et June se regardèrent un bref instant. Puis, un garçon leva la main.

— Quand vous étiez étudiant ici, à Westmount High, qui était votre prof d'anglais ?

— C'était, si je me souviens bien, Mrs. Moore. N'est-ce pas, June, je ne me trompe pas ?

— Très juste. Une grosse bonne femme avec des cheveux mal peignés qui nous terrorisait. Je ne vais cependant pas trop parler d'elle : elle a pris sa retraite, mais elle a encore une de ses amies parmi les membres du corps enseignant actuel...

— Qui ça ? demanda Quinn.

— Je te le dirai plus tard...

Cette petite complicité entraîna un léger chahut à l'arrière de la classe, mais déjà d'autres questions brûlaient d'être posées.

— On dit que certains écrivains écrivent parce qu'ils sont frustrés. Vous considérez-vous comme un écrivain frustré ?

— Non, je ne crois pas. Je crois que je suis un homme heureux, un homme qui a eu de la chance. Les aventures de Kelly Afternoon pouvaient tout aussi bien n'intéresser personne. Disons que j'écris pour donner aux jeunes ados — pas vous, les plus jeunes — de nouvelles perspectives, un autre point de vue sur la vie, une autre vision de leurs proches, de leurs amis, de leur famille. C'est tout. Non, je ne suis pas un écrivain frustré.

— Est-ce que c'est votre propre vision de la vie que vous exprimez dans vos livres ?

— Peut-être, je ne sais pas.

— Mais c'est devenu pour vous une nouvelle manière de vivre ?

— Tu veux dire : écrire ?

— Oui.

— Je ne sais pas non plus. Question difficile. Une nouvelle manière de vivre... Je vais cependant avancer ceci : si je cessais d'écrire, je ne pense pas que j'en mourrais. Et c'est ce que je fais dire à Kelly de façon constante : « Toujours cherchez à vivre les moments qui vous apportent de la joie. Ainsi, votre vie sera complète, et vous ne saurez jamais ce que signifie l'ennui. » C'est une fille très audacieuse, très hardie. Elle est toujours occupée à faire quelque chose. Elle est énergique, dynamique, toujours pleine d'initiative. Les gens aiment sa compagnie, parce qu'elle est pétulante, pleine d'entrain. Parce qu'elle est vivante. J'ai comme envie que tout le monde soit vivant comme elle.

— Est-ce que c'est vous qui avez choisi de donner au format de vos livres cette sorte de bizarre configuration en demi-lune?

— C'est une idée qui m'est venue très tôt, peut-être la même semaine où j'ai inventé le personnage principal. Comme vous le savez sans doute, Kelly n'aime pas se réveiller le matin, d'où son nom. J'aimais aussi l'idée d'agacer les bibliothécaires et les libraires: comment placer les livres sur les étagères sans qu'ils basculent en avant ou en arrière, et où diable étiqueter la cote de classification du livre? Je pensais que c'était une idée originale. Que j'ai eu toutefois un peu de difficulté à faire avaler à Walker, mon éditeur. Et puis, ce n'est pas une demi-lune, plutôt un demi-soleil, un soleil d'après-midi.

— Y a-t-il un message dans vos œuvres?

— Un message? C'est un mot bien trop solennel pour mes livres. Disons que je crois en certaines valeurs et j'essaie de les véhiculer dans mes récits: l'honnêteté, la justice, la spontanéité, la fantaisie. C'est tout.

— Où écrivez-vous d'habitude? Je veux dire: devant une fenêtre ouverte, dans un parc?

— Je vais vous paraître démodé. Je m'assois à mon pupitre et je me mets à écrire. Je n'ai pas besoin de ciel bleu et de petits oiseaux.

— Vous avez commencé très jeune?

— Je devais avoir votre âge. Et si je me souviens bien, la première chose que j'ai écrite, c'était un poème. Destiné à Miss Clay, l'aimable personne assise à mes côtés. Ça s'intitulait *Les Mains*, ou quelque chose comme ça...

— Pas exactement, intervint June, rougissante. Ça s'appelait *Tes mains*. Très suggestif, vous ne croyez pas?

Il y avait suffisamment de fierté dans la remarque (et de rose sur les joues) de leur professeur pour permettre aux élèves d'emprunter sans détour une voie qu'elle aurait voulu sans doute éviter. Quelques rugissements amusés se firent entendre. À la deuxième rangée, une petite brune leva brusquement la main. Quinn avait

26

d'ailleurs immédiatement remarqué sa présence en entrant. Elle avait les cheveux courts, avec frange à mi-front, un visage énigmatique, des lèvres rehaussées d'un rouge très sombre, un regard pénétrant qui n'avait jamais quitté l'auteur pendant sa lecture. Elle portait une blouse crème boutonnée jusque sous le menton, mais sa courte jupe écossaise exposait ses jambes et ses genoux lustrés. Dès le début de la session, il avait été impossible pour Quinn d'ignorer sa présence.

— Moi, j'ai une question. Vos histoires sont destinées à des lectrices, pas à des lecteurs. Je ne connais pas beaucoup de gars qui les ont lues. Moi qui ai lu la majorité de vos livres quand j'étais plus jeune, j'ai remarqué que Kelly Afternoon n'entretenait pas de relations amoureuses avec des types de son âge. Est-ce que vous trouvez ça réaliste? Car enfin Kelly a treize ans, elle est intelligente, fine, inventive et, je crois, plutôt jolie...

— Et alors?

— Et alors, je me demande: où sont ses mecs?

— Son mec attitré, tu veux dire, son *boyfriend*?

— Pas nécessairement. Les gars qu'elle aime, ceux qui l'aiment, elle...

Les autres élèves restaient étonnemment calmes. Ils connaissaient sans doute les manières de leur amie, ses façons de parler, de se mettre en valeur en se permettant les réflexions les plus effrontées. Vraisemblablement, ils avaient dû prendre l'habitude de la trouver insolente, présomptueuse, mais là, ils semblaient la soutenir par ce silence qui commença à mettre Quinn mal à l'aise. À ses côtés, June regardait sa montre.

— M. Laramie, je pensais que vous m'aviez comprise. Je parle du sexe. Elle est où, la sexualité chez cette fille?

— Kelly n'est pas ainsi. Le sexe, ce n'est pas son truc. Du moins, pas encore, elle a le temps.

— Mais c'est une fille précoce, non?

— Oui, je le crois.

— Et elle n'est pas précoce, selon vous, dans ce domaine. Difficile à avaler. On est précoce ou on ne l'est pas, non?

— Pas nécessairement. Pour Kelly, tout se passe dans la tête, tout passe par l'esprit, la réflexion.

La jeune fille s'impatientait, ses amis également à en juger par les soupirs d'insatisfaction qui fusaient d'un peu partout.

— Tenez, prenons par exemple l'extrait que vous nous avez lu. Dans ce passage, elle passe toute une nuit blottie contre un type, dans une caverne reculée, un lieu pratiquement sauvage. Admettons qu'il ne se passe rien entre eux sur le plan intime, c'est d'accord. Mais vous ne la faites même pas réfléchir à ce qui aurait pu se passer, et je ne pense pas que vous le faites dans les pages subséquentes. Vous n'osez pas étaler, ne serait-ce qu'en quelques phrases, ce qui se passe dans sa tête à ce sujet. Je ne sais pas, moi : des images de sensualité, même latente, même à l'état d'embryon, passent habituellement, si ce n'est fréquemment, dans l'esprit des jeunes filles de cet âge, non ?

— Écoute, dit soudain Quinn. Tu peux, si tu veux, faire de sa lampe de poche, de son stylo lumineux des symboles phalliques. Et rien ne t'empêche d'imaginer que, si elle a pris l'habitude de se réveiller uniquement l'après-midi, c'est à cause des nuits chaudes et folles qu'elle a vécues la veille. C'est ton choix. Tu fais d'elle ce que tu veux : une fille subtile et mordante de vitalité, ou alors une petite minette des plus sexy.

Les applaudissements qui accueillirent ces réflexions se mêlèrent au son de la cloche que Quinn et June attendaient avec une impatience dont la jeune fille de la deuxième rangée s'était très évidemment aperçue. Lorsque Quinn décida de lui sourire gentiment, comme pour faire la paix, elle détourna la tête.

Au nom de sa classe, June présenta à son invité les remerciements d'usage puis, sans plus tarder, l'entraîna dans le couloir.

— Viens, leur prof de maths va arriver dans un instant. Inutile de l'attendre avec eux. Moi, j'ai fini pour aujourd'hui. Je te rejoins dehors dans un instant : je dois ramasser quelques papiers dans la salle des profs. Donne-moi quelques minutes, OK ?

Laissé seul, Quinn décida d'entrer dans les toilettes des garçons. C'est là qu'il avait gravé, quelque vingt-cinq ans plus tôt, un gros juron de quatre lettres, suivi de ses initiales en guise de signature. Mais les murs de plâtre avaient été remplacés par un carrelage d'un bleu fané, sans doute à l'épreuve du plus tenace des graffiti. L'école avait changé, les toilettes aussi. Une demi-douzaine de lavabos avaient été installés et une machine distributrice de condoms trônait à côté de la porte. Celle-ci s'ouvrit brusquement et la curieuse étudiante de la deuxième rangée, un sourire effronté sur le visage, entra en coup de vent et referma vite derrière elle.

— Calmez-vous, l'implora-t-elle, l'index sur la bouche, je sais, ce n'est pas mon territoire, je ne suis pas censée être ici. Mais je ne suis entrée que pour m'excuser. J'ai été un peu vache avec vous tout à l'heure, je vous ai pris un peu au dépourvu, et je voudrais que vous me pardonniez. Vous savez, parfois, on laisse sortir des choses qu'on regrette immédiatement après. Je suis un peu comme ça, je ne sais pas me retenir. Ouf! J'espérais vous trouver encore dans le bâtiment. Je me suis juste faufilée deux petites minutes hors de la classe de maths — y a rien qui m'emmerde autant que les maths — pour vous dire combien je regrette de vous avoir attaqué comme je l'ai fait...

Presque par instinct, Quinn s'était mis sur la défensive, mais à mesure que la jeune fille étalait son chapelet d'excuses devant lui, il décida simplement de l'ignorer, détournant le regard, prétendant s'examiner le visage dans la glace.

— Je voulais aussi vous confier un secret : j'ai lu tous les Kelly Afternoon, du premier au dernier, et j'ai hâte de lire le tout nouveau. Les lignes que vous nous avez lues m'ont un peu excitée. Je sais que ce n'est plus de mon âge et que je serais très embarrassée si on me surprenait les yeux dedans. Mais je m'en fous. J'aime bien vos histoires, et vous écrivez bien, M. Laramie. Sérieusement. Quant à la petite Kelly, vous savez, c'est un peu moi, c'est nous tous. J'aime le fait que Kelly croie que le seul fait de prendre une personne dans ses bras procure à celle-ci comme... un soulagement automatique. Elle possède comme... une sorte de tendresse *physique* de guérisseuse.

Tout en parlant, elle s'était arrangée pour poser, en un seul petit bond bien calculé, son corps menu à ses côtés, presque en face de lui, sur le large rebord des lavabos.

— Alors, en plus des excuses, je suis également venue ici pour vous remercier. Et aussi comme... pour vous soulager. Et comme... me soulager.

Quinn eut juste le temps de faire un pas en arrière, mais la fille le ramena vers elle, grâce à un mouvement subtil de ses jambes, emprisonna ses hanches à l'aide de ses cuisses vigoureuses (et maintenant totalement découvertes sous la courte jupe écossaise), écrasa ses lèvres sombres et entrouvertes sur les siennes, puis le libéra brusquement, en sautant à terre.

— Oui, vous avez doté Kelly de cette étrange habitude d'embrasser, dit-elle en se regardant furtivement dans le miroir, mais d'après moi, elle a encore beaucoup à apprendre. Au revoir, M. Laramie.

Puis, sans un regard vers lui, elle ouvrit la porte et sortit.

— Il faut ignorer Gloria, dit June.

— Pardon?

— Gloria. Tu sais, celle qui t'a posé ces questions sur le sexe...

— Pourquoi tu me dis ça?

— Pour rien. C'est juste que ça t'a fait un peu rougir sur le moment.

— Ah bon?

— Oui, et même maintenant quand je te le rappelle, là...

Quinn ajusta un moment le rétroviseur pour vérifier s'il avait subsisté sur son visage, malgré le nettoyage méticuleux qu'il avait effectué, quelque trace des assauts de la nymphette. Non, rien de révélateur. Il nota un léger rosissement, celui-là même peut-être que June lui signalait.

— Toujours mal à l'aise avec les jeunes?

— Oui. C'est devenu chez moi une véritable phobie. Et aujourd'hui, je ne sais pas ce qui m'a pris. Je me suis peut-être emporté trop vite. Tu m'excuseras demain auprès d'elle.

— Mais non. Demain, elle aura oublié, elle aura décidé de jeter son dévolu sur quelqu'un d'autre. Elle est comme ça, on la connaît bien, tu sais. Elle me rappelle Molly Rogers, tu te souviens? Tout pour se faire remarquer: le maquillage, les vulgarités, les attaques verbales lancées au prof, sa grossesse qu'elle soulignait comme un défi avec ses jeans serrés...

— Je n'ai jamais aimé cette fille.

— Nous l'évitions au maximum, tu te rappelles?

June avait acquis cette manie, au fil des années, de les inclure tous les deux dans la même phrase, grâce à un jeu subtil du langage destiné à ranimer leur ancienne intimité. Quinn avait pris l'habitude de la laisser faire, ne relevant aucune de ses astuces, devenues sans doute inconscientes, de crainte de la mettre en colère. Mais son attitude volontairement nonchalante provoquait l'effet contraire: June interprétait ses silences comme autant de flammèches bienfaisantes apportées au feu de leurs souvenirs en veilleuse, et elle continuait d'attendre patiemment le jour où ceux-ci reprendraient vie, une bonne fois.

* * *

Comme d'habitude, il y avait surtout des femmes, obéissant religieusement à un double impératif: venir seules parce que Monsieur l'Écrivain refusait toujours l'accès du lieu aux enfants, ses vrais fans; et se laisser doucement séduire par cet homme au regard envoûtant, aux cheveux vaguement bouclés, aux tempes si peu grisonnantes, qui apposait son paraphe au-dessous de la dédicace destinée à leurs filles respectives. Quinn était le chéri de ces dames depuis déjà quelques années, c'est-à-dire à la sortie de chacun de ces petits livres en demi-cercles qui faisaient palpiter le cœur de leurs adolescentes. L'exaltation de celles-ci était très voisine de l'extase qu'éprouvaient leurs mères en sa présence. La plupart du temps, c'étaient des femmes bien mises, qui se passaient parfois les unes aux autres leur dernier rejeton lorsqu'elles arrivaient en tête de file pour faire du court contact avec leur homme approximativement idéal *un moment Kodak* parfait, voire inoubliable.

Quinn les regardait défiler devant lui, essayant d'accorder le moins d'attention possible aux parfums insolites dont elles s'embaumaient ou à la trop souvent béante échancrure de leur corsage penché vers lui.

— Mettez: «Pour Julie», M. Laramie.

— Une simple signature, M. Laramie, s'il vous plaît, elle préfère ça.

— Vous pouvez mettre «Pour Cynthia», c'est à la fois son deuxième prénom et mon propre prénom à moi. Ça fera mignon.

L'une d'elles, qui portait avec beaucoup de grâce sa jolie quarantaine, lui tendit même un tube de rouge à lèvres taillé en un fuseau d'une extrême minceur.

— Elle m'a priée de vous demander d'utiliser ça, c'est le sien. Ça ne vous dérange pas au moins ?

Drake, qui passait par là, laissa échapper un éclat de rire. Ce qui déplut à l'inconnue qui le foudroya d'un regard torve. Quinn signa le plus simplement du monde.

— Voilà, dit-il en lui remettant l'ouvrage.

Mais au moment où il voulut faire ses propres remontrances au libraire, son regard se porta derrière celui-ci, attiré sans le vouloir par la silhouette d'une jeune fille à la chevelure noire, qui se profilait, immobile, de l'autre côté de la petite vitrine de la librairie. L'espace de quelques secondes, leurs regards se croisèrent, puis, comme par magie, elle quitta son champ de vision. Surpris de sa propre réaction, Quinn prit une bonne minute pour se rendre compte qu'il s'agissait de Misty. Que faisait-elle donc là ?

Il se leva en s'excusant auprès des dernières femmes qui attendaient et se dirigea vers la porte de la boutique. Drake s'excusa à son tour et le suivit jusque dehors où une pluie fine s'était mise à tomber.

— Quelque chose qui ne va pas, M. Laramie ?

— Il y avait une jeune fille, là, tout à l'heure...

— Impossible, M. Laramie. Nous avons pris nos dispositions pour qu'aucun élément perturbateur ne...

— De longs cheveux noirs, un petit nez, treize-quatorze ans tout au plus...

— Voyons, M. Laramie, vous avez dû vous tromper. Aucun enfant n'a franchi le seuil de...

— Pas *dans* la librairie. Dehors. Elle était là, sur le trottoir, derrière la vitre. Je l'ai reconnue. Du moins, je le crois...

Le regard de Quinn balaya de gauche à droite le trottoir d'en face, plongea jusqu'aux carrefours aux deux bouts de l'avenue.

— Mais alors, vous la connaissez ? s'enquit Drake.

— Oui, je pense.

— Une importune qui vous suit partout ?

— Non, non... Elle fait partie de ma famille, plus exactement de la famille de ma mère.

— Pardon?

— Oui, c'est la petite-fille du mari de ma mère... Enfin, c'est compliqué. Oubliez ça, entrons, je suis presque trempé. Et vous aussi.

Quinn reprit son siège derrière la table où trônaient encore deux petites piles de *L'Indien des sables*, la dernière aventure de Kelly Afternoon, fraîchement sortie des presses. À côté de son stylo, il découvrit un morceau de papier où un numéro de téléphone avait été griffonné au crayon à sourcils.

— C'est la dame de tout à l'heure, lui expliqua avec un sourire complice une petite femme brune qui avait patiemment attendu son tour. Je crois que c'est son propre nom qu'elle a inscrit derrière.

Stupéfait, Quinn retourna le papier. On y lisait: *Jennifer — quand vous voudrez.*

Plus tard dans la soirée, à contrecœur, Quinn avait suivi Walker et Drake au restaurant, puis dans un bar. C'était une nuit pluvieuse et triste. Les deux hommes avaient parlé affaires pendant plus de deux heures, essayant autant que possible de l'inclure dans leur conversation. On parlait chiffres et recettes, une activité qui avait le don de lui bloquer la plupart de ses facultés mentales. De plus, la compagnie des hommes ne l'intéressait que dans la seule mesure où ils pouvaient constituer de bons partenaires au tennis.

Il était à peu près minuit lorsqu'il gara sa jeep dans le parking de son immeuble. Puis, à son étage, lorsqu'il sortit de l'ascenseur, il découvrit June, assise par terre, devant sa porte, les cheveux trempés de pluie, à moitié endormie. Avait-il malencontreusement oublié qu'ils s'étaient donné rendez-vous?

— Mais non. J'ai décidé de venir comme ça, à la dernière minute. C'est pour ton nouveau bouquin. Regarde, j'ai apporté du champagne. Juste pour célébrer, rien d'autre, je te le promets.

— June, tu n'aurais pas dû. Tu as vu l'heure qu'il est? Et tu es toute trempée.

— Juste un verre, et puis j'appelle un taxi, d'accord?

Il y avait encore quelques vieilles housses tachées de couleur sur les meubles, une faible odeur de peinture, mais les ouvriers avaient fini leur travail depuis trois jours et Quinn ne les avait plus revus.

— Ta mère ne changera jamais.

— Eh oui, comme tu vois... Tiens, donne-moi ton imper. Je vais t'apporter une serviette pour tes cheveux. C'est un vrai désastre, ici, tu m'excuseras. La cuisine, les salles de bains sont plus ou moins potables. Les chambres à coucher aussi.

— Naturellement, avança-t-elle d'un air amusé.

— June, écoute-moi, dit-il d'un air qu'il voulut sérieux. Tu te rappelles de la dernière fois? Ce que nous nous étions dit, ce que nous avions décidé?

— Je ne sais pas de quoi tu veux parler. Je suis venue pour célébrer la sortie de ton livre. On prend un verre, un morceau de poulet froid, si tu en as, et c'est tout. Sauf si, bien entendu, tu attends quelqu'un.

— Mais non, je n'attends personne.

Dans le salon, elle se laissa tomber de tout son long sur le sofa. Son corps avait gardé sa minceur et sa souplesse d'autrefois grâce aux exercices de danse et de gymnastique auxquels elle n'avait jamais renoncé.

— Quinn, essaie donc de comprendre, une bonne fois. Je ne fais pas partie de tes femmes. Et je ne le dis pas de façon péjorative. On ne peut pas juste s'asseoir et parler un peu? Entre amis? On peut le faire dans la cuisine, si tu préfères?

— Non, non, ça va, excuse-moi. Je rentre d'un dîner avec mon éditeur et le libraire: je ne me suis jamais autant ennuyé. Et j'ai comme une solide migraine en gestation.

— Débouche le champagne. Moi, je vais voir ce qu'il y a dans ton frigo...

Quelques instants plus tard, ils étaient assis par terre autour de la table basse.

— Tu te souviens de ce qu'avait fait Bob Cunningham à Mrs. Barney en guise de poisson d'avril?

— Parfaitement. Le contenu d'un bocal de colle forte étalé sur sa chaise. On ne peut pas oublier ça.

— Eh bien, l'autre soir, j'ai fait un rêve similaire. Mes propres élèves me faisaient le même coup. Je m'asseyais, puis je ne pouvais plus ou ne voulais plus me lever. Mais, chose étrange, personne ne riait. J'étais là, fixée à ma chaise, de quoi faire rigoler l'école entière, mais personne ne riait.

— Les temps changent.

— Peut-être. Les élèves changent, et on dit que les profs restent les mêmes. Mais c'est faux. Regarde : chaque année, mes élèves ont le même âge, mais moi, j'ai un an de plus à chaque fois.

— C'est le temps qui passe, c'est comme ça.

— Les temps changent, le temps passe, c'est tout ce que tu trouves à dire, tu me fais rigoler...

— Mais c'est vrai. Notre amitié reste la même cependant, ce qui est extraordinaire, tu ne trouves pas ?

— Ouais, j'aime bien ça. Je me sens toujours bien avec toi.

Elle était au bord des larmes. Quinn se rapprocha d'elle, la prit contre lui, comme pour lui faire comprendre qu'il éprouvait le même sentiment. Mais elle se dégagea au bout d'un instant, puis fit mine de débarrasser la table en prenant leurs deux assiettes jusque dans la cuisine. Il la rejoignit devant l'évier, la prit par la taille, évitant le plus possible de plonger son visage dans ses cheveux qu'elle avait encore humides.

— C'est que... C'est que j'aurai 42 ans samedi et que personne ne le sait.

Quinn pensa un instant lui mentir en lui disant que lui le savait, mais il s'abstint. Il voulut alors lui prouver que la définition de leur relation pouvait demeurer inébranlable.

— Écoute, il est tard. Tu n'as pas besoin de rentrer chez toi maintenant.

— Non, ça jamais !

— Mais si. Écoute, tu n'es pas à l'aise ici ? Tu dormiras dans la petite chambre. Et demain matin, tu iras directement à l'école, je ne t'entendrai même pas partir.

Elle se retourna pour lui faire face. Ils restèrent silencieux quelques instants, à se regarder. À travers ses larmes qui séchaient se lisait un début de panique qui agitait son visage, ses yeux, ses lèvres. Tout semblait en place pour un baiser. Qu'ils eurent le courage de ne pas se donner. Puis, comme d'un commun accord, un peu maladroitement, leurs corps s'éloignèrent l'un de l'autre.

— Je me lèverai très tôt parce qu'il faudra que je passe chez moi avant l'école, ne serait-ce que pour me changer.

— C'est parfait. Tu feras ce que tu veux.

3

Après 104 ans d'existence en tant que collège pour filles, Radcliffe va fermer ses portes, ou du moins fusionner officiellement avec Harvard... Deux adolescents de l'Oklahoma sont arrêtés pour avoir menacé de faire exploser leur école et d'assassiner l'un de leurs professeurs... Les rides sont facilement éliminées grâce à des injections d'un produit appelé le Botox, une pratique très commune en Californie... Deux hectares de terrain montagneux récompenseront le gagnant du meilleur film au petit festival de cinéma de Taos au Nouveau-Mexique... En guise de soutien aux victimes des récentes tornades, des paniers remplis de chocolat de Pâques envahissent les centres d'hébergement de l'Alabama... Au Fenway Park, les Red Sox inaugurent leur saison de façon magistrale en triomphant deux fois des Mariners de Seattle, tandis que des équipes de démolition commencent à mettre à bas le mur est du Boston Garden pour permettre un accès plus facile au FleetCenter... Pour sa part, Thomas Menino, maire de Boston, veut faire construire un nouvel hôtel de ville au coût de vingt millions... C'est le 102e jour de l'année, le coucher du soleil est prévu pour 19 h 22 et si vous vous levez aux aurores, vous pourrez voir Vénus scintiller à l'est-sud-est et l'observer, jour après jour, se rapprocher lentement de Jupiter...

Abruti par le soleil, crétinisé par les raps à une note émis par les radios d'autos roulant devant lui au ralenti (comme pour mieux l'exaspérer), Quinn replia négligemment le *Globe* et retourna à son cappuccino déjà froid. Occurrence quotidienne: il ne fallait pas s'énerver. La serveuse du Other Side Cosmic Café lui proposa, comme chaque fois, de le lui remplacer, elle le connaissait, qui ne le connaissait pas ici ? Non, non, ça irait... Il se contenterait de regarder passer les gens : vieux clochards fouillant dans les poubelles au coin de Newbury et Massachusetts ; jeunes gens désœuvrés traînaillant autour de Tower Records ; cravatés invétérés, participants probables de quelque messe pascale.

Plusieurs heures avant de se rendre chez Kate, Quinn appréhendait déjà avec terreur la soirée de Pâques. Il imaginait à l'avance les situations à affronter et envisageait les différents angles que pourraient prendre les conversations d'après-dîner. Ce dont il était sûr, c'est qu'elles traiteraient presque exclusivement de toutes les nouvelles qu'il venait de lire dans le journal. Il voyait chacun s'approprier très vite son scoop favori : sa mère, le sort de Radcliffe et les écoliers insensés de l'Oklahoma ; Allison, les injections anti-rides ; son mari, les événements sportifs ; Chris, la conjonction des planètes ; Jack, la dernière folie du maire. Et Quinn, pour se retenir une centième fois de tomber dans les pièges du désir que lui tend de façon régulière la toujours riante Holly, ne pourra trouver refuge qu'auprès de Mrs. Moreno, voisine septuagénaire et amie de longue date de sa mère, invitée traditionnelle de ces délirants attroupements familiaux.

Mais qu'avait-il de mieux à faire ce soir ? Le dîner de Pâques était une tradition. Et au fond, en dépit de ses dehors revêches et des commentaires bourrus qu'il faisait à leur sujet, il aimait les traditions. C'était une manière de se remettre à jour, de vérifier la teneur de certains liens, d'observer. Voilà : il était un observateur, comme tous les écrivains, et c'était normal. Satisfait de l'aboutissement de sa réflexion, bien que conscient de l'absurde naïveté de celle-ci, Quinn étendit ses jambes sous la table, rabaissa son chapeau de paille sur les yeux et gonfla ses poumons d'air urbain. Un air vicié certes, mais quoi : le soleil étincelait, une légère brise installait des sourires sur les visages, des filles se détachaient, cheveux roux, patins à roulettes, de la foule des passants. Pouvaient alors attendre : l'achat chez Waterstone's du dernier roman d'Anne Tyler pour Kate, la promenade dominicale sur Memorial Drive (eh oui, autre tradition, ça fait vieux garçon, mais qu'importe), la remise en ordre de centaines de paperasses, le courrier en suspens, les quelques coups de fil à donner : Peter Jones qui lui demande de participer à une soirée sur les bords de la Charles, Mercedes et son mari qui sont de passage, Jill et Roberta aux projets toujours intentionnellement flous...

La serveuse repassa, posa son plateau, s'assit à sa table.

— Je suis épuisée... Dites, vous voulez manger quelque chose? Sandwich au poulet, au saumon, au crabe? Omelette aux asperges avec une Samuel Adams bien frappée?

Des gouttes de sueur perlaient sur son front, sur ses lèvres minces. La brise passa dans l'échancrure de sa chemisette qu'elle décolla de sa poitrine en quelques gestes saccadés du pouce et de l'index. Leur unique rencontre, dans sa chambre minuscule de Cambridge, remontait à six mois. C'était une idée à lui, une aventure au sujet de laquelle il éprouvait aujourd'hui un sentiment de débâcle complète. Elle l'avait fait entrer chez elle vers minuit comme un voleur. Les gestes de l'amour avaient été expédiés en quelques instants. En la quittant, il croyait l'avoir totalement séduite, il s'était trompé, leur sauterie d'une nuit ne s'était pas reproduite. Quelques jours plus tard, il la vit dans un bar en compagnie de plusieurs amis de son âge. Il comprit qu'avec lui, elle avait agi à contrecœur, comme pour lui faire plaisir. Un court instant, il revit le visage ardent, la peau mate, les hanches fines, les petits seins durs — pour ensuite amèrement reconnaître qu'il avait vingt ans de plus qu'elle. Heureusement pour lui, quelques mois seulement, ou alors un an ou deux tout au plus, le séparaient souvent de celles, nombreuses et bien plus en chair, qui, à intervalles réguliers, lui permettaient de déverrouiller les portes du plaisir.

* * *

Le lendemain de la mort de son mari et pour combler l'alarmante monotonie qui aurait peut-être meublé le reste de ses jours, Mrs. Moreno avait pris une décision qui lui permettait, selon ses propres termes, de *boucler la boucle*. Elle avait dit (et elle le répétait depuis à qui voulait l'entendre): «Jésus a occupé le premier quart de mon existence, je l'ai mis au frigo pendant les deux quarts suivants, je retourne à lui pour le dernier.» Ainsi, il y a une dizaine d'années, et à peine quelques jours après avoir enfoui Jacob

Moreno sous des monceaux de terre sépulcrale (et à cent pour cent juive), elle avait mis un terme au volet judaïque de sa vie en préparant une dinde pour Noël comme le lui avait enseigné sa mère, un demi-siècle plus tôt. Et depuis ce jour, elle acceptait de bon cœur d'assister aux baptêmes et aux communions plus ou moins solennelles des petits-enfants de ses amies, tout en s'excusant poliment auprès de celles qui désiraient sa présence aux circoncisions et aux bar-mitzvahs. Ceux qui la critiquaient sur ce plan avaient de la peine à comprendre pourquoi on ne pouvait pas tronçonner équitablement son existence lorsqu'on en avait envie, et choisir pleinement d'en jouir à sa guise.

— Frankie n'aime toujours pas ça, murmure Ernie Boulosh, la bouche pleine, en direction de sa femme. Né juif, il proclame toujours vouloir le rester jusqu'à la fin de ses jours.

— Personne ne l'en empêche, réplique Allison. Mais pourquoi devrait-il interdire à sa mère de revenir à ses origines?

— Ce sont des choses qui ne se font pas.

— Les choses qui ne se font pas sont les choses les plus intéressantes dans la vie, énonce Holly, assez fort pour que son père, assis juste en face d'elle, l'entende distinctement.

Jack Gibbons se contente de la foudroyer du regard et dirige ses sourcils interrogateurs vers Kate qui en profite pour prendre la parole.

— Jack a quelque chose à vous annoncer. Écoutez bien. Misty, pourrais-tu s'il te plaît aller chercher Mrs. Moreno dans la cuisine? Je l'entends déjà en train de remplir le lave-vaisselle. Elle est vraiment impossible...

Jack attend patiemment que son auditoire soit assis et attentif. On retient son souffle. Il se lève. Il n'a pas de verre à la main, ce que tous les convives considèrent comme un bon signe, car il devra se rasseoir s'il veut reprendre du vin.

— Oui. En ce jour précis, qui vit la parution, il y a soixante-quatre ans, de *Tender Is the Night*, le magnifique roman de F. Scott Fitzgerald qui me permit presque de décrocher le rôle principal dans l'adaptation ciné (mais ils m'avaient préféré Jason Robards, ce moins que rien, ce pou!), en cette journée anniversaire de la mort, à 63 ans, à Warm Springs (Géorgie), du regretté Franklin Delano

Roosevelt, trente-deuxième président de notre nation, j'ai en effet une bonne nouvelle à vous annoncer. Voilà. Je viens de recevoir un petit colis de mon ex-agent et ami, Mike Chambers. Quand le facteur me l'a remis entre les mains, mercredi dernier, je savais exactement de quoi il s'agissait puisque Mike m'avait prévenu. C'est une copie vidéo toute neuve de *The Magic Eye*. (Applaudissements.) Vous êtes choyés, car ce soir, je vous propose de visionner *The Magic Eye* en famille, et avec commentaires appropriés de l'acteur. Disons dans une quinzaine de minutes, au salon...

— Mon père en tueur élégant et glacé, chuchote Holly à l'oreille de Quinn. Le rôle de sa carrière. Rôle qui, depuis, a joliment déteint sur sa vie réelle. Pauvres de nous !

* * *

Christopher transfert son corps sur le grand tapis que Kate avait acheté avec Hudson il y a plus de vingt ans dans un marché du Caire. Ce qui ravive chez Quinn, sous la forme de quelques flashes, les récits exotiques qu'avait pris l'habitude de lui raconter son père aujourd'hui disparu. Curieusement, l'image du corps de Christopher accroupi sur le sol, les scènes du film noir qui se succèdent sur le petit écran et les commentaires monocordes de Jack Gibbons en arrière-fond conviennent de façon parfaite à ces souvenirs d'un autre temps.

— En fait, murmure Christopher, tout ce dont il faut se rappeler, c'est de maintenir son corps et son esprit en équilibre parfait. Les gens parlent souvent d'un régime alimentaire équilibré, mais jamais d'un corps ou d'un esprit équilibré. Je te dirais — et ça va te surprendre — que plusieurs livres de yoga ignorent même ce fait. C'est pourtant essentiel. Et le meilleur exercice pour atteindre cet objectif, c'est le matsayana. Voilà ce qu'il faut faire. Je vais te montrer, puis tu essaieras de le faire toi-même. Tu vois, tu tiens ton pied droit avec la main gauche, et ton pied gauche avec la main droite. Et automatiquement, tu sentiras les courants magnétiques et électriques de ton corps entrer en parfaite cohésion. L'équilibre est appelé, c'est presque, comment dire, un équilibre primal, il est là, il agit déjà...

C'est ça qui était avant-gardiste : cette manière d'entrer directement dans le sujet. Le film a commencé à peine et déjà il y a trois morts dans des circonstances violentes. Vous essayez en ce moment d'identifier lequel des trois criminels je joue. N'essayez pas : mon personnage n'apparaît qu'à la vingt-huitième minute. Oui, oui, j'ai calculé... Il vous faudra patienter...

Holly vient s'asseoir aux côtés de Quinn sur l'étroit sofa, repoussant brusquement du pied son frère qui continue tout seul l'exercice d'assouplissement qui lui permettra de retrouver totalement son équilibre primal.

— Oh, Chris ! Arrête ton bazar, tu nous fais chier à chaque fois, c'est inouï !

Puis, elle se tourne vers Quinn.

— C'est incroyable ce que cette femme m'a proposé...

— De qui parles-tu ?

— De Mrs. Moreno... Comme tu le sais, comme tout le monde le sait, j'ai eu la malencontreuse idée de sortir, il y a quatre ans, avec Frankie. Erreur monumentale. J'ai juste voulu lui faire plaisir. C'est mon côté bon samaritain. Mais Frankie ne sait pas se comporter avec les femmes, ni comment engager une conversation, encore moins se tenir correctement à table. Une fois, nous étions chez Starbucks, il a demandé à une préposée si le café colombien venait directement de Colombie, ou celui de Java en vol sans escale de Java, ou quelque chose dans ce goût-là, je ne sais plus... La pauvre fille n'a pas pu se défendre. Et Frankie était un peu saoul, comme il l'est souvent. Il croit qu'il est plus marrant quand il a bu, mais ce n'est malheureusement pas le cas... Il est gentil, je ne dis pas, il est plein de ces petites attentions qui se veulent mignonnes, mais chacune d'elles me mettait mal à l'aise...

— Quand il a essayé de t'embrasser, tu lui avais dit, si je me souviens bien, quelque chose au sujet de ses mains calleuses.

— Oui, dans cette famille, c'est le récit qu'on raconte depuis des années. Dieu sait combien de fois je me suis fait répéter ça. Que je l'ai éloigné à cause de sa mauvaise haleine, à cause de ses gros doigts sales, etc. Faux, archi-faux. Frankie Moreno est plombier, je le savais...

— Un plombier pas comme les autres, dit-on, puisqu'il s'y connaît également en mécanique et en instruments de précision.

— Tu te moques de moi, là, c'est ça?

— Mais non, je disais ça comme ça.

— Pas grave. Tu sais que de toi, j'accepte tout.

— Écrivains-tous-les-deux: la raison fourre-tout.

— Au fait, je n'ai pas encore lu *L'Indien des sables*, mais j'ai hâte de m'y plonger. J'appréhende déjà avec passion la morsure des flèches et la brûlure des fouets.

— Sur ce chapitre, tu seras déçue.

— Enfin, bof! Disons que ce ne sera pas ma lecture de la semaine. J'ai bien mieux à faire. Je rencontre Yo-Yo Ma qui passe chez Tower vendredi.

— Tu comptes l'interviewer? Pour ton livre, je veux dire.

— Oui, entre autres.

— Comment: entre autres?

— On ne sait jamais... Peut-être pourra-t-il m'accorder plus qu'une entrevue... La recherche pour une anthologie ne se donne pas de limites... Bouge pas: je vais me chercher à boire. Je t'apporte quelque chose?

Alors là, les événements se précipitent. Vous vous souvenez de l'homme corpulent qu'on a entrevu il y a quelques minutes? Celui qui était vêtu d'un habit sombre? Non?... C'est vrai que la caméra le cadrait de très loin. Bon, en tous cas, le revoilà. Regardez bien ce qui dépasse de sa poche, non, ce n'est pas un revolver, trop facile. C'est pourtant clair, non?...

Kate demande à Quinn de se pousser un peu plus vers le milieu du sofa, puis s'assoit à ses côtés.

— Holly essaie encore de te faire du plat, hein?

— Mais non. Elle a commencé à me parler de Mrs. Moreno et de son fils. Rien de spécial, tu n'as pas à t'inquiéter.

— Parce que cette fille-là, elle obtient généralement ce qu'elle veut, tu sais...

— Jamais avec moi.

— C'est ce que tu me dis, ou alors ce que tu veux me faire croire.

— Mais enfin, maman...

— Enfin quoi? Tu la trouves jolie, non? Séduisante, attirante ou je ne sais trop quoi, non?

— C'est une jolie femme, il va sans dire.

— Alors, c'est peut-être toi qui... J'ai interrompu quelque chose alors...

— Mais non...

Jolie, attirante, séduisante, Holly? Bien entendu, et ça, tout le monde peut en témoigner. Chaque fois qu'il est en sa présence, Quinn s'imagine la prendre un jour dans ses bras, faisant se contorsionner, s'arc-bouter, son corps menu, malléable, doté de cette élasticité particulière qui donne à sa démarche une allure de petit fauve. Les fines lunettes ajoutent à sa singulière beauté; elles semblent rapetisser les traits de son visage et donner à ses courts cheveux blonds un étrange rayonnement. Enfin, il y a son humour, un humour aussi rafraîchissant que son corps, habité en permanence d'une joyeuse allégresse, d'une sorte de réjouissance enfantine qui invite à un batifolage folichon, d'une polissonnerie sans arrière-pensée. Bandante, Holly? Parfois peut-être, lorsqu'on veut bien se prêter à ses jeux et accepter sa folie. Alors seulement, certaines de ses facéties, trouvant ainsi preneur, peuvent presque aussitôt entraîner des grivoiseries d'un ton autrement plus égrillard.

Soudain, la jeune Misty vient s'accroupir devant Kate. Quinn l'entend lui demander timidement où se trouve l'album des photos de famille. Kate prend le temps de lui caresser les cheveux et les joues, puis se lève.

— C'est dans la troisième chambre, mon chou, dans un tiroir secret. Viens, je vais te montrer.

Elles s'éloignent avant que Quinn puisse demander à l'adolescente qu'il suit un instant des yeux si c'est bien elle qu'il a aperçue l'autre jour à l'extérieur de la librairie où se tenait la séance de signatures.

Bon, alors là, faites bien attention parce que vous risquez de laisser échapper un détail indispensable à la compréhension de la suite. Attendez, j'arrête un instant. Écoute, je ne peux pas supporter ça. C'est à toi que je m'adresse, Chris. Si tu veux rester assis par terre, c'est parfait, mais alors tourne-toi au moins vers l'écran, nom de Dieu!

Holly vient se rasseoir près de Quinn et lui tend son verre.

— Bon, alors, je te disais...

— Baisse la voix. Ou ton père va encore gueuler.

— OK, OK. Donc, Mrs. Moreno. Sa proposition : tu ne veux pas savoir ? Comme elle le fait tout le temps, elle me repropose de sortir avec son fils, mais cette fois, il s'agit d'un échange. Une idée que Frankie a eue, dit-elle. Mais je ne la crois pas. C'est une idée tordue née dans son esprit tordu à elle, j'en suis sûre. Alors, voilà. Il paraît que Frankie pourrait me présenter deux Coréens pour mon étude. Comme ça, gratuitement. Il a appris que je travaillais en ce moment sur l'Asie, le tome 2 de mon anthologie, et il a pensé me fournir de la marchandise à bon marché. Mais tu te rends compte...

— Mais lui alors, comme *marchandise*, il ne veut pas se proposer ? Il attendra comme ça patiemment que tu en viennes un jour à te consacrer à l'Amérique ?

— Il aura longtemps à attendre. Ce sera le volume 5.

Ils retiennent difficilement leurs rires, imaginant, dans le noir total, le regard sévère de Jack dans leur direction. C'est que Jack Gibbons a demandé qu'on tire les rideaux afin d'établir l'obscurité complète et produire ainsi le maximum d'effet pour les quinze dernières minutes de *The Magic Eye*.

— De toute manière, la Corée, j'ai déjà couvert, précise Holly.

— Ah ? Et c'était comment ?

— Intéressant. Et quoi ? Tu donnes des détails supplémentaires, toi, sur Kelly Afternoon, quand on te le demande ?

— Ce n'est pas la même chose.

— Ah bon ? Et pourquoi donc ?

— D'abord, elle n'est pas coréenne...

Cette fois, pour étouffer son éclat de rire, Holly enfouit son visage au creux de l'épaule de Quinn qui, tout à coup, se voit écrasé des deux côtés sur le sofa, parce qu'à sa droite, Kate vient de réintégrer sa place.

— Il est presque onze heures, remarque Kate, c'est la nuit, et Jack a fait tirer les rideaux. Il faudra l'excuser : il n'est pas dans son état normal depuis ce matin.

— Pourquoi ? Qu'est-ce qui s'est passé ? s'enquiert Quinn.

— Forrest Fickling est mort. Tu sais, l'auteur des romans policiers. Mort à 72 ans d'une tumeur au cerveau. C'était un ami à lui.

— Forrest qui ? demande Holly.

— Fickling. Son héroïne s'appelait Honey West. Elle était considérée comme le premier détective privé (de fiction, j'entends) de sexe féminin. À l'époque, c'était Anne Francis qui tenait ce rôle dans l'adaptation télé. Enfin, c'est la vie...

Holly est maintenant blottie contre Quinn qui, ne serait-ce que pour créer de l'espace, a placé ses bras sur l'arrière du sofa, derrière les deux femmes.

— Ça me rappelle les sorties en groupe au ciné, entre lycéens.

— C'étaient tout de même de bien meilleurs films que celui-ci.

— Faut dire qu'on n'y prêtait pas trop attention, chuchote Holly dont il sent les lunettes appuyées contre son cou.

Et elle accompagne ses murmures vaporeux d'un mouvement direct de sa main droite entre ses cuisses. Puis, elle s'empare de la main de Quinn, la place sur son épaule, puis lui fait effectuer un astucieux glissement dans l'échancrure de sa blouse.

— Le garçon, lui, il avait sa main là.

Quinn essaie de se dégager. Impossible. Sous ses doigts, le sein gauche et rond de Holly palpite. Et de sa propre main, la jeune femme accentue l'emprise.

— Holly, s'il te plaît, arrête tes trucs, j'ai un coup de fil à donner.

— Comment, c'était pas ton portable, là ?

Quinn arpente le couloir menant à la petite pièce qui sert de bibliothèque, puis s'arrête un instant devant la chambre de sa mère. Là, étendue à plat ventre sur le grand lit, les jambes repliées vers le plafond, le visage soutenu sous le menton par ses deux mains, Misty feuillette l'album de famille. Qu'est-ce qui peut bien l'intéresser là-dedans ? Le visage du premier mari de sa nouvelle grand-mère ? Les quelques lettres mystérieuses, cryptographiées, que Kate a soigneusement placées entre les pages et qu'on ne parvient à déchiffrer qu'à l'aide d'une grille ou d'un code ? Peut-être la petite veut-elle seulement rêvasser, comme savent si bien le faire les adolescentes de son âge, devant ces images d'un temps révolu qu'elle tente de mettre en parallèle avec celles de sa vie présente. Ou alors s'éloigner de ces adultes encombrants, trop vivants, qui ne pensent qu'à eux...

Dans la bibliothèque où trônent toujours, sur une étagère à part, les petits ouvrages regroupant les aventures complètes de Kelly Afternoon, Quinn se met à bouquiner quelques instants. Du salon, lui parvient un assortiment de voix qu'il est surpris de pouvoir parfaitement distinguer les unes des autres. Celle de Chris : « Tu sais que tu peux flotter dans l'eau dans cette même position pendant assez longtemps ? Pousse-toi un peu que je te montre... » Celle de Holly : « Non, non, toi tu restes où tu es, là, par terre, c'est ça, tu as compris ? » Celle d'Ernie s'adressant à sa femme : « Tu ne peux pas t'asseoir et ne rien faire pendant cinq minutes ? Et cesser de mettre de l'ordre partout ? Ce n'est même pas notre maison ! » Et celle, rugueuse et énervée, de Jack Gibbons : « Là, tous ces violons, je les ai toujours trouvés inutiles, ça n'ajoute rien à l'action... Enfin... » Étranges personnages qu'une nouvelle fois Quinn se promet d'intégrer un jour à ses récits.

Parmi les messages que lui renvoie son répondeur, il y a celui de June. Quinn, qui a oublié son anniversaire, compose rapidement son numéro.

— Oh, ce n'est pas grave, Quinn. Je suis sortie au resto avec Meredith. On est allées au Mistral, tu sais, le bistrot sur Columbus Avenue... C'était si bon. Il faut que je t'emmène un jour goûter leur double soufflé au chocolat, avec vanille, Grand Marnier et crème anglaise. Succulent. J'ai embrassé le chef sur les deux joues. Un geste qui t'aurait sûrement plu, non ?

— Pourquoi tu dis ça ?

— Tu me dis toujours que je dois m'ouvrir aux autres. Mais ne t'attends tout de même pas à ce que je sorte avec n'importe qui, juste pour te faire plaisir... Comme le facteur, ou Bates, le prof d'histoire-géo, ou le beau-fils de ta mère, le maharishi...

— Mais non, voyons, ce que je disais, c'était de vivre plus pleinement ta disponibilité...

— Et ça veut dire quoi, ça ? Tu as lu ça où ? Pourquoi ça t'emmerde tellement que je continue de t'aimer à ma manière ?

Comme dans le temps, quand j'allais chez toi, ou toi chez moi, et qu'on suait ensemble sur nos devoirs ? On suait, c'était le cas de le dire... Tu vois, je rigole, c'est ma fête après tout, je suis très bien, tu vois, je ne t'en tiens pas rigueur, au contraire, je suis contente que tu me rappelles, non, franchement...

Quinn repasse devant la chambre de sa mère. Elle est vide. Le vieil album de photos est posé sur la table de nuit. Misty a dû rejoindre les autres dans le salon pour la scène finale de *The Magic Eye*. Quinn s'allonge sur le lit. Quelques instants plus tard, il dort à poings fermés.

4

Selon la radio, ce beau soleil de juin, sans être ardent, allait habiter le ciel des prochains jours, rendre impatients les enfants dans les écoles (et complètement paranoïaques leurs professeurs) tout en déshabillant les jeunes filles sur les trottoirs et dans les parcs, ravies, elles, de montrer enfin, après le long hiver et l'étrange printemps qui l'a suivi, ce dont la nature les avait pourvues.

Face à l'écran de son ordinateur, Quinn a l'esprit qui flâne. Il sait, comme tous les écrivains sans doute, combien oblitérante peut être l'apparition d'une nouvelle idée de roman lorsqu'on est en train de mettre la touche finale à celui sur lequel on trime depuis des semaines. Mais tel n'est pas le cas cet après-midi. Ce qui le préoccupe, c'est l'accueil que l'on réservera à *L'Indien des sables* et l'effet de blocage que cette préoccupation produit sur la conception encore embryonnaire (car sans véritable fil conducteur) de *Kelly Afternoon disparaît* dans lequel sa jeune héroïne est entraînée dans les bas-fonds de New York par une bande de malfaiteurs dont elle croyait aisément déjouer les plans.

Les jeunes seront-ils captivés par *L'Indien des sables*, dont le récit se déroule presque entièrement dans le désert de l'Arizona ? Quinn n'a-t-il pas trop habitué son public aux aventures jusqu'ici presque strictement urbaines de Kelly, aux poursuites haletantes qu'il lui a fait vivre dans les couloirs des métros, ou dans les ascenseurs de gigantesques gratte-ciel ? Et ne trouveront-ils pas trop paresseux, trop démodés, les coups de théâtre nombreux que Quinn y a si patiemment aménagés ?

Quinn avait voulu plonger Kelly dans une atmosphère de western cinématographique, avec shérif maladroit, anti-héros mal dans sa peau, brigands aimables et habitants corrompus de petite ville brûlée par le soleil. Une école, une église, un *general store*, une prison. Et un hôtel dans le saloon duquel se dérouleraient d'intenses parties de poker, mais où, bien entendu, ne se pavanerait aucune entraîneuse au grand cœur. Le grand cœur, associé à cet esprit de justice qu'il trouvait très américain, il l'avait, comme d'habitude, légué à Kelly, bien connue pour cet amour du prochain qu'elle dispense à grands renforts d'accolades et d'étreintes bon enfant. Mais les westerns d'aujourd'hui, tout le monde le sait, ce sont les téméraires exploits spatiaux et les jeux vidéos complexes. Pourquoi les aventures de Kelly Afternoon n'avaient-elles pas suivi le mouvement? Et pourquoi leur créateur n'avait-il pas pensé à se lancer, lui aussi, dans le courant nouveau?

Raison numéro un: la paresse. Les lecteurs sont heureux, les bouquins continuent de se vendre, les profits sont importants: pourquoi modifier, altérer de quelque façon que ce soit une combinaison gagnante? Et puis, quoi de plus ennoblissant qu'un écrivain dont la vie se résume à une série de grasses matinées impeccablement dessinées, chevauchant les midis vacants, permettant, en fin de journée, quelques heures de lecture ou de dialogue silencieux avec soi-même — et la possibilité, parfois, en soirée, de s'envoyer en l'air?

Raison numéro deux (justement): les femmes. Alors que la majorité des écrivains transfèrent leurs irréalisables fantasmes sexuels dans leurs écrits, Quinn, lui, les vit de façon régulière. Il ne peut donc reporter dans ses petits livres que quelques vagues désirs de liberté, de pureté et d'innocence. Le mois dernier, il a été stupéfait lorsqu'un ami lui a avoué qu'il possédait, au vu et au su de sa compagne, un petit carnet d'adresses et de numéros de téléphone de femmes avec qui il entretenait de solides relations amicales où le sexe n'avait pas sa place. Des âmes-sœurs sans passion? Des yeux-dans-les-yeux avec salade et café entre les deux? Bref, des baisers sans baise? Trop peu pour lui.

Raison numéro trois: un sentiment général d'insatisfaction. Inné et héréditaire, disait sa mère. Plutôt né des tâches ingrates et terre à terre de la vie moderne, lui répondait-il. Lorsqu'il lui téléphonait pour lui dire qu'il passerait la voir, Kate lui faisait noter que, s'il avait trop de travail ou quelque chose de plus urgent à faire, il n'avait pas à se déranger. Il se sentait choqué, parfois insulté par cette attitude. Mais il devait reconnaître après réflexion que les activités banales, définies comme urgentes par sa mère (passer à la blanchisserie ou à la laverie, faire des courses, ranger les provisions, régler des factures) avaient quelque chose de rassurant, surtout lorsqu'elles étaient derrière lui, terminées, au revoir et merci, à la prochaine. Alors, cette insatisfaction, quelle forme prenait-elle? Difficile à dire. Quelque chose ayant peut-être trait à la célébrité qui donne droit à la première classe dans les avions, les meilleures chambres d'hôtel, parfois des limousines de neuf mètres de long, et tout ce qui va avec: les femmes, le vin, les gens, les sourires de ceux que vous ne connaissez pas, mais qui vous aiment déjà... Oui, mais tout au bout?

* * *

Quinn a laissé ses partenaires de tennis rentrer chez eux avec leurs femmes, ou regagner leur bureau avec leur secrétaire.

Et il est rentré chez lui. Señor Lopez l'a accueilli, le visage préoccupé. Mr. Man l'a-t-il à tout jamais plongé dans un état d'idiotisme avancé? En effet, le portier divague, articulant avec peine quelques aberrations sur le temps qu'il fait et le prix d'un nouveau détachant miracle. Quinn l'imagine recevant la plus verte des semonces de la part du propriétaire qui a dû, peut-être ce matin même, donner libre cours à sa colère à cause des agissements renouvelés de Mr. Man. Les murs de l'ascenseur ne sont plus qu'une terrifiante superposition de graffiti maladroits où les gros mots ont maintenant remplacé les répugnants dessins qui, eux du moins, avaient eu, pour un temps, la qualité de ressembler à quelque forme d'art.

Chez lui, Quinn n'est plus importuné par les relents de peinture que les ouvriers ont laissés derrière eux, plusieurs semaines plus tôt, ni par le fameux abricot pâle des murs et des plafonds qui, il y a à peine quelques semaines, agissait tantôt comme saccageur de créativité tantôt comme vomitif sur son organisme. Aujourd'hui, d'autres éléments dérangeants pouvaient tout aussi aisément prendre la relève. Tel ce message qu'Allison a laissé sur son répondeur, lui annonçant que sa fille s'était volatilisée depuis l'avant-veille, que personne ne savait où elle était, ni la police, ni les hôpitaux, ni la morgue, et que tout portait à croire qu'elle se cachait quelque part, avec la ferme intention d'emmerder le plus de monde possible.

— Seul toi pourrais savoir où Misty se trouve. Je pourrais t'expliquer tout cela au téléphone, mais ce serait trop long. Kate m'a rappelé que tu as cette phobie des enfants, phobie que tout le monde connaît — un autre de tes petits snobismes à mon avis —, mais elle m'a dit que tu serais compréhensif, que tu ferais exception pour un membre de la famille. D'ailleurs, tu comprendras tout de suite quand je viendrai moi-même t'expliquer tout ça. Je serai chez toi à cinq heures. S'il te plaît, ne t'échappe pas, attends-moi.

De toute manière, au moment où il avait fini d'écouter le message, il était déjà cinq heures moins dix et il était impossible pour Quinn de s'enfuir. Il risquait de rencontrer Allison en bas, ou bien, si elle parvenait à le manquer de quelques secondes, Señor Lopez se serait fait un plaisir de lui indiquer quelle direction il avait prise.

Quinn lui a donc ouvert la porte et, se plaignant de la chaleur, Allison lui a demandé un verre d'eau.

— Tu as vu comme le ciel est noir ? Cette canicule ne prédit rien de bon. Il se prépare une de ces tempêtes !... En tous cas, je m'assois. Je ne serai pas longue, je te le promets. Ne me regarde pas comme ça et ne t'étonne pas si je n'ai pas l'air de la mère devenue folle que tu t'attendais à recevoir. C'est que, d'abord, je ne m'inquiète pas vraiment. Je connais ma fille. Ce n'est pas sa première fugue.

— Et toutes ces histoires de police, de morgue, etc. ?

— C'était pour te dorer la pilule un petit peu. Et à propos de pilule, le verre d'eau, c'est pour mieux pouvoir ingurgiter celle qui met un terme au stress le plus opiniâtre. J'en ai plusieurs, je peux t'en laisser quelques-unes si tu veux.

— Non, ça va, merci.

Allison se cala dans son fauteuil, se mit à mâcher vigoureusement quelque chose en regardant autour d'elle. Elle était vêtue d'une longue robe de coton léger et d'un châle transparent à franges de couleurs vives. Ses longs cheveux drus étaient noués en un chignon compliqué et elle portait autour de ses maigres poignets une collection de bracelets cliquetants. Elle avait un air oriental que Quinn ne lui connaissait pas, un air qui avait peut-être séduit Ernie Boulosh plusieurs années plus tôt lorsque, sur des campus enflammés, ils hurlaient ensemble leurs slogans anti-quelque chose. Quinn imagina le corps d'Allison enduit d'une mince couche de graisse luisante, illuminé de tatouages bleu azur ou vert foncé et exsudant des parfums de plantes broyées, sans doute fournies par son frère jumeau, l'ascète pseudo-hindou. Certaines femmes sont si étranges, se dit-il.

— Misty est une fille intelligente. Elle est excellente à l'école, elle épate tous ses profs par ses travaux. C'est cependant une enfant secrète, toujours l'esprit occupé par quelque chose. Elle a des amis comme tout le monde, ils viennent parfois à la maison, elle va chez eux. Des garçons, des filles. Pas de fréquentations compliquées, juste des copains. Misty ne fait pas partie de ces filles capricieuses qui veulent qu'on soit toujours là pour s'occuper d'elles, pour faire leurs quatre volontés. Ce n'est pas une flirteuse non plus. Elle rentre à la maison tôt et s'enferme dans sa chambre jusqu'à l'heure du dîner. Elle se tient bien à table, répond poliment quand on lui demande quelque chose. Une bonne fille, enfin, tu sais.

— Façon de parler. En fait, je ne sais pas grand-chose. Je ne la connais pas bien. On n'a jamais parlé plus de deux minutes ensemble. Rien en tout cas qui puisse s'appeler une conversation. Ce qui fait que j'ai peine à comprendre ce que je...

— Attends. C'est là que tu entres en jeu, mon cher. Comme des milliers d'adolescentes, Misty aime les livres que tu écris. C'est une de tes plus ardentes admiratrices. Mais je ne savais pas que son obsession la mènerait jusque-là.

— C'est-à-dire?

— Eh bien, voilà. En fouillant dans la maison à la recherche d'indices qui pourraient m'aider à la retrouver, j'ai remarqué que certains objets avaient disparu : les lampes de poche, les bougies, les jumelles, la loupe qu'Ernie utilise lorsqu'il consulte sa collection de timbres, les ampoules électriques de rechange pour le petit lustre de l'entrée, même les allumettes et les briquets. Tu commences à comprendre...

— Vaguement.

— Comment : vaguement ? Ce sont tous les objets qui accompagnent Kelly Afternoon dans chacune de ses foutues aventures. Ce sont tous ces putains d'outils qu'elle trimballe tout le temps dans ses poches ou dans ses grands sacs de toile, et qui lui servent parfois à résoudre ses énigmes. Tu ne vas pas me dire que ça ne crève pas les yeux...

— Admettons. Et alors ?

— Alors, j'imagine qu'elle s'est vachement identifiée à ton héroïne et que, comme elle, elle prépare un sale coup, ou alors, comme une *supergirl* chevaleresque et généreuse, qu'elle s'est donné pour tâche de venir au secours de je ne sais quelle veuve ou quel orphelin. J'en sais rien...

— Et comment le saurais-je, moi ?

— Tu l'as inventée, donc tu sais.

— Je n'ai pas inventé ta fille.

— C'est tout comme. Elle est devenue ce que tu as inventé.

— Mais comment veux-tu que je devine ce qui s'est passé dans sa tête et ce qu'elle a décidé de faire ? J'ai de l'imagination, mais tout de même, je ne suis pas responsable de...

— Écoute, je ne te tiens pas responsable de l'acte qu'elle a commis, comprends-moi bien. Je te dis simplement que tu as mis au monde un personnage et que, de ce fait, tu deviens, que tu le veuilles ou non, responsable de ta création. Et des sursauts d'extravagance qu'elle génère, des conséquences que ça entraîne...

— Bref, d'après toi, je suis comme ces cinéastes qui font des films violents et qu'on accuse de tous les maux de la société.

— C'est à peu près ça, voilà.

— Mais l'œuvre d'art est basée sur la société, elle s'inspire de la réalité...

— Avec une dose d'invention pour faire original, pour faire joli...

— Je ne te comprends pas.

— Il faut que vous, les artistes, comme on a l'audace de vous appeler, ajoutiez quelques détails supplémentaires, un ou deux petits trucs judicieux pour vous différencier les uns des autres. Sinon, tous les artistes se ressembleraient, non? Eh bien justement, ce qui m'inquiète quand je pense à ma fille, lancée je ne sais où, à la poursuite de je ne sais quel maudit tort à redresser, je la vois, comme ta Kelly Afternoon qui se jette au cou du premier venu, en train d'embrasser je ne sais qui, tout le monde, des inconnus, des alcooliques, des drogués, tous ceux qu'elle rencontre...

— Allons, Allison, là, tu exagères, ta fille n'est pas si bête. Je ne la connais pas, c'est vrai, mais je connais sa famille, ses parents, vous êtes des gens lettrés, lucides...

— Et Kelly Afternoon? C'est quoi, sa famille? Elle vient d'où? Où est-ce qu'elle habite? Elle fréquente quelle école? Qui est sa mère? Misty a des parents, elle nous a, nous, Ernie et moi, et nous l'aimons, et nous l'entourons d'amour et lui donnons tout ce dont elle a besoin...

— Justement, Misty a dû noter tout cela elle-même. Elle a dû voir que Kelly est inventée de toutes pièces, que c'est un personnage imaginaire, un personnage qui bénéficie d'une liberté, d'une disponibilité inexistantes en temps normal, tout à fait improbables dans la vie réelle. Tu dis que c'est une fille intelligente, normale...

— C'est justement cette liberté-là, dont tu parles, qui m'inquiète. Kelly Afternoon est un *symbole* de liberté. Une liberté absurde, selon moi, mais qui peut monter à la tête de certaines filles sensibles.

Le mouchoir d'Allison avait déjà servi deux fois en un quart d'heure: une fois pour le nez, une fois pour les larmes. Il était temps pour Quinn de mettre un terme à ce cirque.

— Allison, écoute-moi. Tu vas rentrer chez toi, rester près du téléphone, et moi, je te promets que je vais essayer d'imaginer toutes les possibles escapades qui auraient pu lui passer par la tête.

— J'ai donc eu raison de penser que tu pouvais nous aider.

— Je ne te promets rien, mais je vais sérieusement y réfléchir.

Elle accepta de se lever, puis se dirigea, la tête basse, vers la porte. Au moment précis de la franchir, elle se retourna vers Quinn, le regarda droit dans les yeux.

— Réfléchis fort, fort.

— Oui, t'en fais pas, je te tiendrai au courant.

Elle se pressa contre lui un court instant, ce qui permit à Quinn de lui rappeler que les baisers de Kelly Afternoon étaient de cet ordre, que c'étaient de pures et simples embrassades, des étreintes d'affection légère, rien de plus.

Lorsqu'il referma la porte derrière elle, Quinn se précipita vers son pupitre où gisaient des morceaux de papier de couleur et de toutes dimensions, une série de petits squelettes disparates, destinés à faire ultimement partie d'un section de chapitre, d'un morceau de paragraphe. Tout au long du discours d'Allison, et à partir du moment où, pour la première fois, elle avait fait allusion à ses livres, Quinn ne put écarter de son esprit le fait qu'il travaillait en ce moment sur un récit qui s'intitulait provisoirement *Kelly Afternoon disparaît*.

* * *

David Walker fit savoir à Quinn que le lancement de *L'Indien des sables* allait se faire à New York comme prévu la semaine suivante, mais on ne lui avait pas confirmé l'heure exacte.

— Ce sera lundi matin ou lundi après-midi. Mais je te confirmerai ça.

* * *

Quinn trouva inconcevable que les trois chemises qu'il avait apportées mardi dernier chez le Vietnamien ne fussent pas encore prêtes.

— La blanchisserie a changé de propriétaire. Et ça a causé quelques retards. On s'excuse. Demain, sans faute, c'est promis.

* * *

Peter Jones, son ami de longue date, insista pour que Quinn vînt à la soirée qu'il organisait au bord de l'eau. Il tenait à lui présenter sa nouvelle fiancée.

— Si je te disais qu'elle est différente des autres, tu dirais que je me répète. Alors, je veux que tu la voies. Et que tu me donnes ton avis, c'est tout.

***

De son côté, Roberta ne cessa pas d'insister.

— Pourquoi pas? répétait-elle.

— Parce que ce soir, je suis fatigué.

— Nous ne te fatiguerons pas trop, c'est promis. Jill, qui est là, à mes côtés, te le promet aussi. N'est-ce pas, Jill?... Une heure, c'est tout ce qu'on te demande.

— Non vraiment, pas ce soir...

***

L'orage le réveilla au milieu de la nuit. Il se rendit compte qu'il n'avait dormi que deux heures à peine et qu'il était encore une fois tout en sueur. Devait-il consulter son médecin? Après tout, la situation durait depuis des mois.

Il se leva, se regarda dans la glace de la salle de bains, puis se dit qu'en plein cœur de la nuit, tout le monde devait avoir une sale gueule. Pour se rendormir, il avait pris l'habitude d'essayer de se souvenir d'un rêve, n'importe lequel, qu'il aurait peut-être fait quelques minutes plus tôt. Difficile, à part cette scène curieuse, presque baroque, où il s'était trouvé en train de ramasser les balles de deux petites Chinoises qui jouaient au ping-pong sans filet, dans la petite gloriette du Boston Common.

Mais il n'arriva pas à se rendormir.

Pendant de longues minutes, il se mit à écouter la pluie qui tombait et dut reconnaître que la disparition de Misty lui occupait totalement l'esprit. Lui qui ne voulait s'impliquer dans aucun incident, dans aucune histoire impliquant un enfant... C'était bien la première fois.

Était-ce parce que Kate lui en aurait voulu s'il décidait d'ignorer totalement l'acte de la petite fugueuse? Voulait-il comprendre les raisons qui avaient poussé une adolescente parmi tant d'autres à s'identifier à un personnage qu'il avait créé de fond en comble? Ou alors désirait-il trouver le pourquoi afin de pouvoir utiliser plus tard les actions de la petite dans une aventure de Kelly Afternoon? C'étaient là des découvertes enrichissantes qui pouvaient ajouter une certaine authenticité au bouquin qu'il était en train d'écrire.

Pendant quelques instants, il imagina les scénarios les plus rocambolesques : 1. Misty en avait marre de sa famille de détraqués et voulait se distancer d'eux pour réfléchir sur son sort. Elle prenait la route et descendait dans la petite ville que lui aurait suggéré un passager choisi au hasard dans l'autocar où elle avait pris place. 2. Misty, elle-même détraquée par contagion familiale, décidait de suivre les disciples d'une secte, pas nécessairement religieuse, pour se refaire une spiritualité quelque part dans les montagnes. 3. Misty, ayant fait fructifier l'argent reçu en cadeau lors de ses cinq derniers anniversaires et de tous ses Noëls passés, partait retrouver, dans une autre ville, une adolescente, aussi rêveuse qu'elle, avec qui elle avait correspondu depuis l'enfance. 4. Misty était allée *refaire sa vie* en compagnie d'un gars qu'elle aimait, un point c'est tout, adieu la compagnie, je vous écrirai peut-être.

Admettons. Mais où diable l'avait menée son imagination une fois prise la poudre d'escampette ?

En fait, la question était de savoir ce que Kelly Afternoon aurait fait à sa place.

Quinn ne connaissait pas Misty, mais il connaissait bien Kelly. Il pensait à elle de façon constante, savait ce qu'elle faisait, dans cet espace entre deux romans, inconnu de ses lecteurs, où elle languissait, dans l'attente du nouvel épisode où voudrait bien la plonger son auteur. Or Misty ne connaissait Kelly qu'en pleine action, lorsqu'elle s'exprimait, riait, s'agitait, lorsqu'elle se trouvait dans des situations délicates et qu'elle était forcée de prendre des décisions. Bref, lorsqu'elle était *dans les livres*. Et dans les livres *seulement*.

Alors, l'insomniaque se leva, disposa tous les petits ouvrages qu'il avait écrits sur la grande table de la salle à manger, les ouvrit au hasard et se mit à lire.

* Dans *L'Échiquier*, Kelly Afternoon enquête sur la mort d'une ballerine barbue dont le fils est trapéziste dans un cirque italien en tournée sur la côte est des États-Unis.
* Dans *L'Extravagante Mrs. Adams*, Kelly est en vacances au bord de la mer, chez une amie d'enfance dont la grand-mère, magicienne, fait disparaître, les uns après les autres, tous les animaux domestiques du voisinage.

* Dans *Le Garçon du port*, un pêcheur très malade est à la recherche de son fils qu'il soupçonne de fréquenter une bande de sinistres marins. Kelly finit par le retrouver, sain et sauf, sur l'épave de sa barque détruite par la tempête.
* Kelly doit retrouver au plus vite l'opérateur d'un tracteur qui émet des gaz lacrymogènes mais toxiques, surgi d'on ne sait où, au beau milieu de la *Rue des Grandes Ondées*.
* Un propriétaire terrien du Kansas force une famille de fermiers à prendre la route à bord d'une vieille camionnette. Kelly, en route pour la Californie, se joint à eux par hasard et découvre *De noirs secrets*.

Et il y en a d'autres, moins légers, destinés à encourager le lecteur à *aller plus loin* : dans un hôpital où elle se fait soigner à la suite d'une chute de bicyclette, Kelly observe les allées et venues d'un curieux vieillard dont les efforts pour entrer en contact avec un médecin ne cessent d'échouer ; une rescapée d'Hiroshima sauve Kelly de la noyade et part avec elle à la recherche d'un grand-père amnésique ; dans *Road Movie*, Kelly traverse six États du Sud pour échapper à des hommes de loi qui l'accusent de complicité dans un hold-up ; dans *L'Enfer de là-bas*, elle se porte au secours d'un garçon de son âge, atteint d'hémophilie, abandonné par les siens dans une gare et sujet à de violents accès de rage...

Quels éléments communs trouver dans ces récits ? Ou alors, quels éléments se rapprochaient de près ou de loin à des fugues, des fuites, des voyages, des randonnées ? Quelles situations entraînaient Kelly à se retrouver seule ? Et quel serait le centre géographique de toutes ces aventures combinées ?

Et voilà qu'au milieu des flashes qui se télescopent, surgit l'élément liquide, toujours présent (la mer, la pluie, les larmes, le sang) ; puis, les grandes étendues (les plaines, l'océan) ; l'élément soleil aussi, bien que moins fréquent...

De l'eau, de l'espace, du soleil...

À cinq heures et demie, n'y tenant plus, Quinn appela Allison.

— Ne hurle pas. Écoute-moi. J'ai deux questions. Misty a-t-elle une amie qui habite sur une île non loin de la ville ?

— Il y a Annie, la petite des Bergman. Misty va souvent chez elle, à Nahant, pour la plage... Mais c'est plutôt une presqu'île, accessible par une belle petite route. Mais si tu penses qu'elle est là-bas, tu te trompes. Annie a téléphoné hier soir pour un truc d'école, une histoire de fête de fin d'année, ou je ne sais trop quoi. C'est Ernie qui lui a parlé, moi j'étais dans un sale état... Tu as vu le temps qu'il fait ?... Mais quoi, qu'est-ce que tu...

— Alors, il n'y a qu'une seule possibilité. Ta fille aime la solitude et le bord de l'eau. Va vérifier si la clef de la maison de campagne est toujours à la place habituelle.

— Tu veux dire, la maison familiale sur le Vineyard ?

— Va voir, s'il te plaît.

La clef n'y était pas, et Allison commença à balbutier des inepties.

— Alors, voilà, dit Quinn. Tu te calmes et tu m'écoutes bien.

5

Pas agréable, cette pluie sur la ville. Pas agréable du tout. Plus tôt, déjà, la météo avait annoncé des rafales de vent se transformant en bourrasques, une succession d'orages violents, même une esquisse d'ouragan — une véritable apocalypse d'eau.

Cependant, pour la première fois depuis des années, Quinn s'était levé tôt. Il n'aurait d'ailleurs pas pu faire autrement : Allison l'avait appelé deux fois : à huit heures, puis une demi-heure plus tard. Pour lui débiter quelques paroles échevelées : que sur l'île, personne ne répondait au téléphone, que peut-être la tempête était déjà passée par là et que les lignes avaient été coupées avec le continent, «tu ne penses pas t'être trompé ? que Misty n'est pas là ? qu'elle est ailleurs ? qu'elle a été enlevée ? qu'elle veut nous emmerder à tout prix ?» — tout ça à la fois. Quinn ne connaissait pas bien Allison, mais il n'avait aucune difficulté à imaginer qu'elle pouvait être aussi irritante que son frère et sa sœur, si ce n'est plus encore. Lorsque ça lui arrivait de déblatérer à l'infini contre toutes les philosophies non orientales à la mode, Christopher, lui, savait au moins rester calme. De son côté, Holly, grâce à son charme, qu'exhibait malicieusement chacun de ses pores, pouvait se faire pardonner toutes ses maladroites tentatives de séduction, chacune de ses sautes d'humeur, la moindre de ses expressions savamment équivoques. Mais Allison pouvait être suffisamment exaspérante pour donner des démangeaisons d'escapades à la petite, et peut-être cette subite envie de voir du pays, ne serait-ce que pour quelques jours.

Avant d'affronter l'autoroute, Quinn se rendit chez Kate qui considéra que c'était son devoir de mère de lui remettre, comme il le lui demandait, sa propre clef de la maison du Vineyard. Elle n'émit qu'un commentaire, accompagné d'un bref haussement d'épaules : « Je suppose que tu sais ce que tu fais. »

Quinn roulait depuis dix heures et quart. À deux reprises, il s'était arrêté sur le bas-côté, aveuglé par les trombes d'eau que les cieux et les autres automobilistes déversaient sur son pare-brise. La première fois, un souvenir lointain remonta à sa mémoire, et c'est sans doute pour pouvoir se le remémorer plus à loisir qu'il avait décidé de faire une autre halte, cette fois sous un pont qui enjambait la route.

C'était l'été de 1976, il pleuvait tout aussi fort sur la route d'East Lansing, et il roulait comme un fou dans sa Volkswagen orange, essayant de rattraper une jeune fille qui l'avait quitté sur un coup de tête après lui avoir laissé sur la petite table en plastique de sa chambre d'étudiant un message hâtivement griffonné. Elle s'appelait Jody, elle était blonde et jolie, sportive et délicate à la fois, et elle faisait l'amour avec la ferveur vigoureuse et bien portante de la handballeuse olympique qu'elle aurait pu devenir. La course folle de Quinn vers le Michigan s'était soldée par un fiasco total, malgré la présence dans la famille de Jody des jeunes sœurs de celle-ci et de leurs joyeux parents, dont il s'était immédiatement pris d'amitié, qui l'avaient choyé pendant trois jours, puis redéposé, un peu moins triste, sur la route de Boston en lui souhaitant de rencontrer un jour la fille qui l'aimerait d'un amour véritable.

Le ciel commença à se dégager à mesure qu'il se rapprochait de Buzzards Bay et de son gigantesque pont. Déjà, une vingtaine de kilomètres avant le Cape Cod Canal, on pouvait distinguer des traînées de sable jaune des deux côtés de la route, à certains endroits asséché. Même, on sentait la mer.

Une fois sa jeep bien engoncée dans le ventre du ferry de Woods Hole, Quinn monta sur le pont et respira l'air marin avec une volupté mêlée d'appréhension. Il était midi et demi : dans une quarantaine de minutes, le bateau s'immobiliserait au quai de Vineyard Haven et moins de vingt minutes plus tard, il serait à East Chop, sur le seuil de la maison de campagne des Gibbons, lieu de villégiature estival où les membres de la famille passaient les uns après les autres leurs deux semaines de soleil et d'océan. Il arrivait que les vacances des uns chevauchaient celles des autres : cela créait quelques esclandres que Kate mettait sagement sur le compte de malencontreux quiproquos et qu'elle racontait à Quinn dans le détail. Curieux, ce dernier avait plus d'une fois accompagné sa mère sur l'île dans le seul but d'être témoin de ces petits conflits provoqués sans doute par l'excès de cette oisiveté prolongée, née et comme encouragée par la brise marine et le fin brouillard des embruns flottant parmi les hautes herbes jaunies. C'était une immense demeure à deux étages, possédant de nombreuses chambres, à deux pas de la petite ville d'Oak Bluffs et de ses fameuses petites maisons de style *gingerbread*. Jack Gibbons l'avait appelée *The Second Lighthouse*, à cause de l'immédiate proximité du vieux phare d'East Chop. Pour Misty, cette maison pouvait parfaitement s'associer dans sa tête aux objets *lumineux* qu'affectionnait Kelly Afternoon, la jeune fille que Quinn inventa une nuit de demi-lune, à la lumière d'un des vieux becs de gaz de Revere Street.

Lorsque, par tous les moyens, en se forçant à l'extrême, on essaie d'obtenir quelque chose, lorsqu'on essaie bien fort, on arrive à l'obtenir, pensa Kelly Afternoon, observant avec intérêt les curieuses manœuvres qu'effectuait le capitaine à la barre. Il n'y a pas mille manières, on ne s'arrête pas en cours de route et il n'y a pas de mais. Imagine que tu attends l'autobus, on est au cœur de l'hiver, et tu es en train de geler. Ton impatience prend de telles proportions que tu commences à te poser de sérieuses questions de survie. Eh bien, voilà ce qu'il faut faire. Il s'agit par la pensée de faire face à l'objet de ton attente, de te placer à l'intérieur du bus que tu guettes depuis des éternités, d'être le chauffeur du bus, de percevoir l'argent ou de prendre les tickets, d'ouvrir et de fermer les portières. Puis, tu dois te mettre à réfléchir. Oui, oui. Voyons : tu es le chauffeur et il y a cette fille qui meurt d'envie que tu arrives pour profiter de la bienfaisante chaleur que ton véhicule pourrait lui prodiguer. Alors, en te faisant ta propre image d'elle, tu vas appuyer sur la pédale d'accélération, tu vas arriver à destination, juste à temps pour la sauver du gel total. Et puis soudain, tu es toi à nouveau, et voici le bus, et tu entres, et tu es sauvée, et ta vie reprend son cours normal. En essayant, en essayant bien fort, on a le monde à ses pieds. Et tout ce que cela demande, c'est un petit effort d'imagination.

Lorsque, quelques minutes plus tard, dans la cale du ferry, au volant de sa voiture, Quinn se mit à obéir aux consignes des préposés de la Steamship Authority, il savait qu'il agissait de façon purement automatique. Il était encore en train de fabuler, et le visage de sa petite héroïne imaginaire se mêlait aux traits de la belle Jody du Michigan qui, il y a plus de vingt ans, lui avait fait parcourir des centaines de kilomètres pour rien.

Lorsqu'il entra dans la maison, il fut accueilli par de la musique. Il se mit à déambuler lentement à travers le vaste salon rococo, entre les fauteuils en rotin, faisant grincer à chaque pas le bois du vieux plancher. Avant de monter à l'étage, il préféra toutefois appeler la jeune fille par son nom pour ne pas l'effrayer. Mais il n'obtint aucune réponse.

Toutes les pièces étaient vides et une odeur de feuilles sèches voguait dans l'air vif. Quinn suivait précautionneusement les accords musicaux qui le conduisirent à l'intérieur d'une chambre où la radio avait été laissée allumée — une station locale qui diffusait du rock. C'était clairement le lieu où Misty avait décidé de camper : des vêtements de jeune fille jetés négligemment sur le lit défait, une serviette de bain humide qui sentait le savon, un petit chapeau, des magazines pour adolescents, quelques livres (dont deux vieilles aventures de Kelly Afternoon) astucieusement placés sur une table de nuit devant la fenêtre donnant directement sur la petite plage et l'océan. Et quelques mots comme écrits à la hâte sur un carton de couleur. Pour lire, Quinn baissa la radio. « Si tu es arrivé par le ferry de 1 heure : je suis allée assister à la remise des diplômes aux Camp Meeting Grounds d'Oak Bluffs. Je ne sais pas à quelle heure je rentre, mais tu peux venir si tu n'es pas trop fatigué. Y aura du monde, mais je te trouverai. Heureusement qu'il a cessé de pleuvoir, c'est déjà ça. En tous cas, il y a du pain frais et du fromage dans le petit placard en bas. À plus tard. »

Elle savait qu'il viendrait.

Elle attendait son arrivée. Prête.

Qu'est-ce que tout cela signifiait ?

Quinn éteignit la radio, quitta la chambre et se dirigea presque inconsciemment à l'autre bout du long couloir, vers la pièce que

Kate avait coutume de lui assigner lorsqu'il venait passer deux ou trois jours sur l'île. Sa dernière visite remontait à quatre ans au moins, mais il crut logique cependant d'y déposer ses affaires. Sa fenêtre donnait également sur la mer, et le vent du large qui faisait voler les rideaux à l'intérieur de la pièce donnait à celle-ci un aspect vaguement amazonien. Deux lourdes armoires vermoulues débordaient de vêtements d'été, de chapeaux de paille mutilés, de sandales encore recouvertes du sable de l'été précédent. Il régnait dans la chambre la même fraîcheur qu'il avait découverte dans celle de Misty. Dans la petite salle de bains attenante, bourrée d'objets de toilette et de tubes de crèmes de toutes sortes, un autre carton de couleur, collé sur le miroir, l'attendait: «J'espère que tu te sentiras à l'aise. J'ai changé les draps.»

Quelques minutes plus tard, alors qu'il était prêt à démarrer, quelque chose le poussa à retourner à l'intérieur de la maison et à rallumer la radio. Il passa les quatre minutes suivantes à essayer de comprendre son geste.

Vers 1835, sur l'emplacement du centre actuel d'Oak Bluffs, une importante communauté méthodiste avait dressé ses tentes et en avait fait un village. Les jours de grandes fêtes religieuses, les fidèles se regroupaient autour d'un tabernacle de toile central. Ils étaient parfois si nombreux qu'on avait même pensé à construire une petite voie ferrée pour les transporter depuis les quais situés pourtant à seulement quelques centaines de mètres de là. Une quarantaine d'années plus tard, les tentes furent remplacées par les pittoresques maisons de bois colorées qui entourent le parc médian où on célèbre, encore de nos jours, autour d'un tabernacle en dur, la messe dominicale.

Quinn avait toujours aimé cet endroit, loin de la plus aristo-cratique Edgartown. Il veillait cependant à ne pas trop étaler sa préférence devant Jack Gibbons qui s'était lancé un jour dans une longue diatribe contre la présence à Oak Bluffs d'une certaine bourgeoisie moyenne noire. Le beau-père n'était pas commode et ses attitudes inflexibles avaient le don d'irriter tous les membres de la famille. Seule Holly, la cadette de ses filles, lui tenait tête, et les duels qui les opposaient prenaient parfois un tour si tempétueux qu'il arrivait que certains vacanciers curieux franchissaient Highland Drive pour n'en pas perdre une miette.

Cet après-midi, l'île entière semblait s'être donné rendez-vous pour assister à l'imposante remise des diplômes de fin d'année de la Martha's Vineyard Regional High School. Lorsque Quinn arriva, les discours avaient déjà été faits et les diplômés étaient en train de défiler sur l'estrade les uns après les autres, serrant les mains de quelques dignitaires, déclenchant par intermittences parmi la foule des applaudissements nourris. On félicitait chez l'étudiant sa moyenne de notes très élevée, ses exploits artistiques ou sportifs, ou alors quelque autre défi prodigieux.

Soudain, tout le monde se leva d'un bond lorsqu'une bourse spéciale fut attribuée à une jeune fille qui monta sur le podium en souriant de toutes ses dents.

— Tout le monde ici dit qu'elle la mérite, articula une voix jeune, à la gauche de Quinn.

Misty était là, debout à ses côtés, applaudissant comme tout le monde. Comme il s'attendait d'un moment à l'autre à la voir surgir de quelque part, son apparition soudaine ne fut pas une surprise. Quinn la regarda avec un étonnement amusé pendant quelques secondes : la queue de cheval noire, un serre-tête en coton blanc libérant une frange noire, les yeux noirs, un très large tricot blanc.

— C'est quoi, cette bourse ? lui demanda-t-il.

— C'est un prix récompensant le progrès académique.

— Et tout le monde se lève ?

— Oui. C'est spécial.

— Ah bon.

— C'est la bourse Ryan-Mone.

— Et alors ?

— C'était un étudiant qui a grimpé vertigineusement sur le plan académique. Un véritable exemple pour tous ces gens...

— Mais alors, c'est donc lui qui devrait être là.

— Impossible.

— Attends, ne dis rien : il a vite déguerpi pour aller chercher fortune sur le continent.

— Il est mort. Un accident de voiture, ici sur l'île. En janvier dernier. Le jour de l'An...

Le silence gêné de Quinn coïncida avec l'arrêt des applaudissements et la reprise du défilé estudiantin sur le podium. Mais dès que tout le monde se fut rassis, Misty se dirigea calmement vers une des sorties. Embarrassé, Quinn la suivit quelques instants, puis la rattrapa.

— Excuse-moi, dit-il.

— Ce n'est pas grave. De toute façon, je ne le connaissais pas, ce type.

Ils marchèrent en silence sur les trottoirs encombrés de Circuit Avenue. Ce n'était pas encore la haute saison, les vacanciers n'arriveraient pas avant deux semaines, mais c'était tout de même dimanche. Un dimanche de célébration pour tous les insulaires.

— Je ne connais pas beaucoup de monde ici, murmura Misty, le regard fixé devant elle. Ou alors si peu...

— C'est vrai, vous ne venez ici qu'en plein été, non?

— Oui.

— Excepté cette fois-ci.

— Oui.

— Du moins, toi seule.

— Oui.

Elle garda le silence pendant quelques secondes, le temps peut-être de bien préparer, puis d'articuler la réplique qui suivait : « Toi, par contre, ça t'a pris du temps pour rappliquer... »

Il voulut dire quelque chose mais se tut, convaincu que s'il ouvrait la bouche à nouveau, il ne dirait que des âneries. En moins d'une journée, il s'était fait une image multiple de cette petite qu'il suivait maintenant dans la rue comme un automate. Dès le moment où, grâce à ses propres livres, il avait découvert son refuge, il s'était plu à l'auréoler de mystère. Puis, en quelques heures de route, elle était devenue une sorte de rebelle, comme on en voit des milliers dans les sociétés dites civilisées, une de ces ados qui en ont marre et qui se taillent pendant quelques jours pour se redéfinir avant de rentrer chez elles, déterminées à faire part aux autres de leur identité toute neuve. Tout ce qu'il savait à cet instant précis, c'est qu'il aurait affaire à une enfant bornée, au visage fermé, qu'un rien risquait à tout moment de contrarier.

Qu'arriverait-il maintenant ? Vers où se dirigeaient-ils ? Une averse soudaine décida pour eux. D'un geste, il lui indiqua la jeep garée au coin d'une petite rue et lorsqu'ils s'y engouffrèrent, ils étaient déjà trempés.

— Comme tu sais, y a pas grand-chose à manger à la maison.

— Je sais.

— Mais on y va quand même, juste pour fermer quelques fenêtres. On verra après.

Aussi brusquement qu'elle avait commencé, la pluie cessa de tomber. La maison les accueillit avec la musique. Misty ôta ses souliers, grimpa à l'étage et Quinn l'entendit fermer les vieux volets de bois de leurs deux chambres.

— Tu peux laisser ouvert, tu sais, lui cria Quinn.

Mais elle ne pouvait pas l'entendre, car elle avait haussé le volume de la radio.

C'est alors que le téléphone sonna.

Quinn se dirigea vers l'appareil placé sous l'escalier. Là, il eut juste le temps d'apercevoir Misty qui le regardait d'en haut, debout devant la balustrade, en train de se sécher les cheveux. La sonnerie devenait insistante, tout comme le regard qu'ils échangèrent alors. Puis, ce fut un court silence, mais tellement lourd qu'il semblait couvrir de son poids la musique qui parut baisser d'un ton au haut de l'escalier.

Une arrière-pensée commune naquit à cet instant et Quinn la laissa prendre toute la place. C'était le genre de situation qu'il essayait de créer aussi souvent que possible dans sa propre existence, et de façon constante dans chacune des aventures de Kelly Afternoon. Mais cette fois, ce n'était pas la présence de son héroïne qu'il sentait à l'étage au-dessus, mais celle d'une petite inconnue qui avait réussi, par une simple ruse, à le conduire jusqu'à elle.

Plusieurs fois, dans l'heure qui suit, Quinn est tenté d'appeler Allison, rien que pour la rassurer sur Misty, mais quelque chose l'en empêche. Une sorte de complicité muette, née du regard anonyme que la jeune fille et lui se sont échangé tout à l'heure, flotte dans la grande maison, et il décide de patienter. Au moins jusqu'au soir. Peut-être que d'ici là, ils pourront s'entendre sur la façon de le faire. Alors, il arpente les différentes pièces du rez-de-chaussée. Il trouve la maison spacieuse et confortable, malgré les affiches de films des années 40 que Jack Gibbons a accrochées un peu partout, après les avoir laminées. Près de l'antique piano acheté dans une vente aux enchères de Chilmark, de vieux magazines encombrent un petit guéridon éraflé à plusieurs endroits. Deux grands fauteuils placés côte à côte et recouverts de housses poussiéreuses trônent au milieu de l'immense salle de séjour. Deux tables basses les encadrent comme des serre-livres. L'odeur de renfermé semble nager avec peine entre les murs. En fait, il commence à faire chaud...

Lorsque Misty dévale soudain l'escalier et se dirige vers la porte d'entrée, Quinn se rend compte qu'il s'est endormi sur le sofa.

— Je m'excuse de te réveiller. Je sors un peu, pas loin, là, juste au bord de l'eau.

Quelques minutes plus tard, Quinn monte à l'étage, entre dans sa chambre et se poste à la fenêtre. Il est presque cinq heures de l'après-midi et les nuages semblent avoir disparu depuis longtemps derrière l'horizon bleu. En bas, Misty laisse ses pieds nus batifoler avec les vaguelettes du rivage, puis Quinn la voit s'asseoir sur le sable, les genoux sous le menton, la visière de sa casquette arborant l'emblème des Bruins de Boston rabaissée sur le visage. Ses mouvements lui paraissent plus arrondis, elle est peut-être plus détendue dans son immense survêtement jaune, dont elle a retroussé les jambes et dont les longues et larges manches lui recouvrent les mains. Quinn se demande si c'est le moment d'aller la rejoindre, pour lui parler. S'obstinera-t-elle à lui répondre par monosyllabes ?

En fait, lorsqu'il descend sur la plage et s'approche d'elle, Quinn ne sait même pas quoi lui dire. Ou alors quelque autre inanité, des mots vides et blancs, n'entraînant aucune conséquence.

— Je me demandais si on pouvait aller acheter...

— Des choses à manger, des provisions. Oui, je sais. C'est que je ne voulais pas interrompre ta sieste.

— Je me suis levé assez tôt ce matin...

— Et ce n'est pas dans tes habitudes.

— C'est ça.

— Je suis au courant, comme tout le monde. Ce n'est d'ailleurs pas dans mes habitudes non plus, mais ça, tu devrais le savoir, non?

Misty se lève, ramasse ses sandales. Les pieds dans l'eau, elle se dirige vers la maison. Intrigué, Quinn la suit. Du fond d'une poche, elle sort un morceau de papier.

— J'ai déjà préparé une liste, pas longue, juste quelques trucs essentiels. Tu veux voir?

— Oui, bien sûr.

— Mais d'abord, une chose. J'ai besoin de savoir.

— Oui?

— Tu as déjà téléphoné à maman?

— Pas encore. Mais il faudra le faire. J'ai promis.

— Certainement. Tu le feras.

— Aujourd'hui.

— Bien sûr, bien sûr. Disons: ce soir?

Le soleil était presque couché lorsqu'ils sont sortis de chez A&P, avec leurs sacs de provisions. Quinn a été surpris de la quantité de nourriture qu'elle entassait dans le chariot, mais il l'a toutefois laissée choisir ce qu'elle voulait. Lui-même s'est offert une petite caisse de bière. Elle lui a précisé qu'il y avait de l'alcool dans la maison (qu'elle-même n'y touchait pas, mais que bon, il y en avait), dans le petit compartiment aménagé dans une des tables basses de la salle de séjour. Il lui a répondu que c'est de bière qu'il avait envie. Elle lui a rétorqué que chacun faisait ce qu'il voulait, que c'était un pays libre. Et maintenant, dans la jeep immobile au milieu du parking du supermarché, l'altercation se poursuit, prend de l'ampleur, accédant par à-coups au statut de querelle officielle.

— Écoute, je ne comprends pas.

— Tu ne comprends pas quoi?

— Toi. Je ne *te* comprends pas. J'essaie, mais je n'arrive pas. Pourquoi t'es-tu enfuie? Quels secrets essaies-tu de dissimuler? Et qu'est-ce que tu es venue foutre ici, toute seule depuis hier?

— Petite précision : avant-hier. Je suis arrivée vendredi, par le ferry de 11 heures.

— Deux jours déjà !

— Et alors ? Tu n'es pas mon père que je sache !

— C'est vrai, mais je me sens concerné. C'est un truc à indices que tu as manigancé de toutes pièces.

— La petite fugueuse qui ressemble un peu trop à la ridicule héroïne de tes bouquins à la noix !

— Mais je croyais que...

— C'est *moi* qui ne te comprends pas. Je te croyais différent, plus relax, plus insouciant, moins formel, t'abandonnant plus aisément aux excès, te livrant à quelque désordre, je ne sais pas moi... Ressemblant plus à tes livres, à ce que tu écris. Kelly Afternoon ne cesse de faire des trucs insolites, de dire des choses hors-normes... J'ai toujours pensé que tu étais un peu comme elle. Que tu savais par exemple comment t'affranchir des contraintes. Je me suis trompée...

— Hey, un instant, veux-tu ?

— Tu vas te défendre, c'est normal.

— Mais bien entendu. Je ne vais tout de même pas me laisser faire...

— Par une petite fille comme moi.

— Je n'ai pas dit ça. Écoute, tu vas cesser de me faire chier, okay ? C'est vrai, je n'aime pas trop les... les personnes de ton âge, elles me mettent mal à l'aise... Une aversion héritée je ne sais où... Mais je ne te permettrai pas de me juger. On a à peine échangé quelques mots... Tu ne peux pas me dire : tu es comme ci, tu es comme ça. Non pas que tu aies tort ou raison. C'est juste que tu ne me connais pas.

— Alors, comment envisages-tu les prochains jours ?

— Les prochains jours ? Combien de jours comptes-tu rester sur l'île ? Tes parents... Et puis, moi... C'est que je veux savoir. Parce que je suis impliqué, là, tu vois, et que tout à coup, ça me concerne.

— Tu es impliqué parce que tu as voulu t'impliquer.

— Je suis impliqué parce que *tu* as voulu m'impliquer. Toutes ces simagrées au sujet de ton identification à Kelly Afternoon, les lampes de poche, les allumettes, etc. Tu m'as tendu une sorte de piège, non?

— Et tu en as profité. Profité pour t'enfuir à ton tour, par curiosité probablement, pour pouvoir un jour enjoliver le contenu de tes récits puérils pour petites filles délurées. Oui, Monsieur Best-seller, pour petites bêtasses niaises!

— Ce n'est pas très gentil, tout ça. Tu les as pourtant tous lus, mes bouquins, un à un.

— Heureusement, j'ai passé l'âge. D'ailleurs, ces histoires sottes et grotesques ne m'ont jamais remuée, pas même intéressée. Tu fais fausse route, mon vieux, tu t'illusionnes...

— Et en plus, tu vas me dire comment écrire, quoi écrire, et comment vivre... Tu ne vas tout de même pas me dire que c'est ça qui t'emmerde, que c'est la raison première de ta fuite jusqu'ici!

— Mais bien sûr que non!

— Alors, c'est quoi? Qu'est-ce qu'il y a?

— Je ne sais pas. Je voudrais bien le savoir, à vrai dire... Je ne peux pas... C'est difficile à expliquer...

Le sanglot qui bloquait la gorge de Misty finit par exploser. Il se métamorphose en deux filets de larmes qui coulent lentement sur son visage.

— Excuse-moi.

— Ça va, ça va.

— J'ai juste besoin d'un peu de temps, OK?

— OK, OK.

Pour ne pas l'incommoder, Quinn détourne le regard qu'il fixe maintenant sur les acheteurs qui se pressent à l'intérieur, aux caisses du supermarché. Oui, il donnera à la jeune fille le temps qu'il lui faut. Pas trop quand même, parce que baby-sitter, c'est pas tout à fait son truc.

— Tu as tort, en tout cas, sur un point, parvient-il à articuler sans la regarder. Tout au fond de moi, je suis comme Kelly Afternoon... Vraiment. Et je vais te le prouver sur-le-champ. Regarde. Tu vois cette vieille dame qui paie pour ses légumes et ses boîtes de lait concentré, juste là devant, caisse numéro 6?... Bon, alors, écoute ce que je vais faire. Toi, tu ne bouges pas, et moi, je vais aller vers elle et lui demander de m'accorder quelques pas de danse, et si elle accepte, je vais danser avec elle, nous danserons tous les deux, là, avec l'exécrable musique d'ascenseur comme bande-son. Tu penses que ça va la choquer ou bien lui inscrire un sourire sur le visage? Hein? Dis-moi, dis-moi franchement.

— Tu fais ça pour inscrire un sourire sur ma face plutôt...

— Ça aussi. Alors?

— Alors quoi?

— Alors, j'y vais?

— Tu es fou.

— C'est exactement ce que j'essaie de te prouver. Allez, j'y vais, regarde-moi bien.

Vers deux heures du matin, Misty rencontre Quinn dans la cuisine. Il lui avoue avoir téléphoné à Allison pour lui dire que tout allait bien, qu'elle n'avait pas à s'inquiéter.

— Naturellement, elle a voulu te parler, mais je lui ai dit que tu dormais, que tu l'appellerais, dès demain matin.

— Je l'ai déjà fait.

— Ah oui? C'est bien. Quand ça?

— Hier matin, avant même ton arrivée.

— Avant mon arrivée?

— Oui. Je lui ai tout expliqué. Elle a compris. Difficilement, mais elle a compris. On s'est toujours tout dit, maman et moi. Il fallait la calmer, ce n'était pas juste de ma part.

— Mais tous ces téléphones qui ont sonné tout l'après-midi et plus tard en soirée, ce n'était peut-être pas elle...

— Sans doute pas.

— Mais alors...

— Bon, moi, je retourne dormir. J'ai entendu du bruit, c'est pour ça que je suis descendue. C'était la télé?

— Oui. Je m'excuse si je t'ai réveillée.

— Tu ne m'as pas réveillée. Il fait chaud et j'avais soif. Qu'est-ce que tu regardais?

— Le match des Bulls. Ils ont remporté le championnat. Et puis un film vraiment horrible, avec Alicia Silverstone. Mais qu'est-ce que vous lui trouvez tous à celle-là, je me demande? Remarque, je ne sais pas pourquoi, mais je l'ai tout de même regardé jusqu'à la fin. Il y avait pourtant un vieux John Wayne sur un autre canal. Et puis...

Et puis, Quinn se rend compte qu'il parle seul et que Misty a regagné sa chambre sur la pointe des pieds.

6

La ligne d'horizon était parfaite, comme tracée à la règle. Elle séparait le ciel de la mer en deux parties si exactement semblables qu'on n'avait aucune peine à distinguer où commençait l'un et où finissait l'autre. C'était une ligne dure, difficile à franchir, qui délimitait le paysage comme une page à plier puis à découper le long du pointillé. La relative chaleur de cette soirée était arrivée soudain, sans doute au milieu de la nuit précédente, et tous les nouveaux orages annoncés n'avaient pas eu lieu — à part celui lentement né dans la tête de Quinn pendant toute la journée écoulée, et qui y avait déferlé en cascades au cours de la dernière heure.

Quinn fixait le lointain. Quinze minutes plus tôt, il avait claqué la porte et maintenant, il était encore furieux. Il y avait long-temps qu'il n'avait pas ressenti une rage pareille à celle que Misty avait fait progressivement monter en lui, tout au long de la jour-née. Et il n'arrivait pas à comprendre le pourquoi de cette colère qui avait effectué en quelques heures sa patiente ascension vers son paroxysme.

Qu'est-ce qu'il était venu faire ici ? Pourquoi avoir changé du tout au tout ses habitudes pour partir soudain à la recherche d'une enfant qui était à la veille de le rendre complètement fou ? Il l'avait trouvée, l'enfant en question, puis avait décidé, il ne sait trop pourquoi, de passer quelque temps en sa compagnie, mais c'était devenu une compagnie dont il ne jouissait plus, qu'il subissait plutôt, comme s'il avait soudain les mains liées derrière le dos. Il ne les aimait pas, les enfants, ses proches le savaient, le monde entier le savait. Mais dans ce cas précis, qu'est-ce qui s'était soudain produit ? Désirait-il à ce point examiner à la loupe l'intérêt que pouvait porter une lectrice de choix à ses récits ? Il n'était plus aussi sûr de cette explication, celle qu'il avait donnée à Allison, ni de cette aberrante coïncidence avec l'histoire qu'il était en train d'écrire, une coïncidence qu'il avait pour un temps interprétée comme un signe du destin.

Un sourire puéril s'inscrivit sur le visage de Quinn et il ne remarqua même pas que deux mouettes curieuses venaient d'atterrir à ses côtés. Misty ne les aimait pas, ses récits. Quant au destin... Il n'avait jusqu'ici cru en aucun destin, en aucune philosophie écrite, en aucun mouvement d'idées identifiable. Ce sont les autres qui y croyaient, particulièrement ceux qui composaient la famille de l'adolescente, ces individus devenus soudain si abjects à ses yeux, principalement à cause de ces récits d'eux que Misty avait réussi à rendre suffisamment saisissants pour qu'il les croie vrais.

Tout avait commencé vers midi lorsque, brisant le silence matinal, ils s'étaient mis d'accord, et cela, en dépit de toute la nourriture qu'ils s'étaient procurée la veille, d'aller à Edgartown prendre le brunch. Misty connaissait un petit coin, le Among the Flowers Café, qui servait d'excellents bagels, style new-yorkais. L'endroit était peuplé de jeunes universitaires qui parlaient du job qu'ils avaient décroché pour l'été et de la manière dont on leur avait appris, en quelques séances, à traiter le touriste. Quinn laissa gentiment son regard se promener parmi ces grandes filles à la beauté fraîche et propre. La plupart faisaient partie de ces *filles de la plage* qui avaient passé toute leur vie au bord de l'eau, et qui portaient des sweatshirts à l'emblème du yacht club dont leurs parents étaient membres. Les garçons étaient des sportifs de magazines, aux pectoraux proéminents et aux vieux jeans déchirés aux bons endroits. Ils ne semblaient cependant éveiller aucune curiosité de la part de Misty qui proposa de marcher quelques minutes le long du quai où l'on pouvait voir les petits ferries à trois voitures effectuer en moins de cinq minutes le court voyage entre Edgartown et Chappaquiddick. Misty se garda d'évoquer l'accident devenu historique qui avait eu lieu de l'autre côté de l'étroit canal, et qui avait failli coûter sa carrière politique à Edward Kennedy.

Mais tous les deux avaient sans doute en tête le célèbre fait divers lorsqu'ils en vinrent à parler des différences entre le Nord et le Sud. Misty raconta que, lorsque son professeur d'histoire avait un jour demandé aux élèves de lui dire ce qu'ils savaient de la Géorgie, tout ce qu'ils avaient réussi à énoncer, c'était que Jimmy Carter y avait une entreprise de cacahuètes, et qu'un jour sa fille Amy avait été surprise en train de se mettre les doigts dans le nez — une anecdote stupide qui avait fait la manchette des journaux. Quinn en avait profité pour amener la conversation sur la manière dont les gens du Nord percevaient ceux du Sud, que cette perception remontait au temps de l'esclavage et de la guerre de Sécession et que tous ces stéréotypes étaient nés de coriaces préjugés et d'une bonne dose d'ignorance. En outre, d'après lui, tous ces conflits scolaires au sujet de drapeaux et de chansons n'avaient fait qu'embrouiller les notions de patriotisme. Il voulut alors se taire pour ne pas sembler trop paternaliste aux yeux de la jeune fille, mais celle-ci avança que les choses avaient tout de même changé par le fait même que Carter avait vécu à la Maison-Blanche et qu'il avait réussi à prouver à tous qu'un homme du Sud pouvait diriger le pays avec justice et intelligence. Comme pour clore le sujet, Quinn rétorqua qu'en fait, la guerre de Sécession était plus un produit de la haine et de l'égoïsme que de l'ignorance.

Plus tard, après avoir fait le plein d'essence, ils roulèrent sur la route du centre de l'île. Puis, sur une idée soudaine de Misty, ils s'arrêtèrent au Alley's General Store de West Tisbury, un des seuls endroits selon elle où l'on pouvait trouver de la mozzarella fraîche : ils en avaient besoin pour les pâtes qu'elle se proposait de faire le soir même, puisqu'ils allaient vraisemblablement être condamnés à l'intérieur par les déluges de pluie annoncés par la météo. Quinn acheta deux cartes postales. L'une d'elles était une photo de James Dean, prise à Fairmount (Indiana) en 1954, en compagnie d'un énorme porc de ferme, l'autre celle d'une demi-douzaine d'immenses camions de déménagement déversant leur contenu de meubles et d'appareils ménagers devant la porte de maisons identiques, alignées le long d'une même rue.

C'est lorsqu'ils reprirent leur promenade que les premiers éléments de conflit surgirent. Misty avait commencé par s'excuser de ses insolences de la veille au sujet de Kelly Afternoon. Elle avoua avoir pris Kelly pour cible afin de montrer à Quinn que le vrai monde, la vraie vie ne suintait pas nécessairement de tous les pores de cette héroïne un peu fabriquée qui ne ressemblait en rien aux petites filles de son âge — du moins à la petite fille qu'elle avait été. Quinn ne s'était pas emporté. Au contraire, il rappela l'incident qui s'était produit avec la jeune Gloria lors de sa visite dans la classe de June.

— D'après elle, c'est le sexe qui fait défaut dans mes histoires.

— Peut-être, osa Misty.

— Alors, comme ça, toi aussi tu voudrais que Kelly couche avec le premier venu.

— Mais pas du tout. Juste que tu en parles, parce que c'est là, c'est tout autour, c'est partout. Tu n'as qu'à zapper à la télé sans t'arrêter. Tu le sais, je ne t'apprends rien.

— Est-ce que c'est quelque chose qui t'obsède, toi ?

— Alors là, pas du tout. Je préfère ma musique, mes livres, mes amis. Du moins pour le moment. Mais je sais voir, je comprends. Je ne peux tout de même pas ignorer ça.

— Tu sais voir ? Qu'est-ce que tu vois ?

— Des choses... Autour de moi...

— Exemple ?

— Des tas. Tiens, prends ma mère.

— Nous y voilà.

— Si tu te mets à critiquer, je ne te raconte rien.

— Non, non, vas-y. Je promets.

— C'est juste pour te prouver ce que j'avance.

— D'accord, d'accord...

— Tout le monde sait que maman a des moments de déprime. Certains disent que c'est le stress, mais comment savent-ils ? Moi, je la connais mieux que personne. Elle a souvent tendance à se mettre dans des états qu'elle-même ne comprend pas. Lorsque, dans ces moments-là, je vais rester avec elle dans sa chambre, que je décide de lui parler, de la faire parler un peu, elle n'arrive pas à exprimer ce qui la tourmente. Elle me dit que tout le monde a parfois des périodes pareilles, que ça va même m'arriver à moi quand je serai plus adulte. J'aime maman, et je le lui fais savoir régulièrement. Je la prends dans mes bras, je me mets à l'écoute de ses battements de cœur accélérés. Ça m'inquiétait au tout début, mais aujourd'hui, je ne me pose plus de questions aussi inquiétantes au sujet de sa santé. Parce que j'ai vu combien ses fameuses classes anti-stress (ces cours qui font d'elle la risée des autres) lui font du bien. À chaque fois, lorsqu'elle en revenait tout épanouie, je n'en saisissais pas exactement la cause. Un jour, j'ai fini l'école plus tôt que prévu, un prof absent, ou quelque chose de ce genre. Le bâtiment où maman suit ses cours n'est pas loin et je décide, vu l'heure, d'aller l'attendre à la sortie. J'ai pensé que c'était aussi le moment idéal pour aller faire un peu de shopping. La semaine même, elle m'avait parlé de vêtements d'hiver chauds, de chandails et de grosses chaussettes de ski. Elle a l'habitude de dire que, lorsqu'il fait froid, le premier frisson qui vous pénètre et vous glace jusqu'aux os est très difficile à éliminer, et qu'il faut, dès le début de la saison froide, se couvrir d'une multitude de couches protectrices. Donc, j'attends dans la rue, mais comme il fait froid et qu'elle tarde à descendre, je monte moi-même au troisième étage. Apparemment, là aussi, il y a eu contretemps et le cours s'est prolongé pour je ne sais quelle raison. Maman m'aperçoit derrière la vitre, me fait un sourire et un petit signe de la tête. Dans une large pièce ensoleillée, une demi-douzaine de femmes en collants noirs sont plus ou moins étendues sur le tapis, entourant le prof, un jeune homme de trente ans maximum. Bien sûr, il est beau, et athlétique, et souriant, et pâmé lui-même d'être à l'origine de leur pâmoison à elles. Elles sont toutes sur le point de prendre congé, glanant malgré tout avant leur départ un petit conseil par-ci, une suggestion par-là. Dans les dernières minutes, il se trouve tout seul à montrer à maman quelque exercice particulier. Ils sont assis par terre et il lui demande de se coucher sur le dos. Voilà, voilà... Maintenant, tendez les muscles de votre poitrine en prenant une grande inspiration. Oui, comme cela, retenez-la, juste là... Mais maman n'y arrive pas. Je la sens tendue, mais pas dans le sens qu'il le souhaite. Je ne suis pas bête : je sais que c'est à cause de la proximité de leurs deux corps. Quelques centimètres seulement la séparent de lui, elle doit même sentir sa respiration tout près. Allons, Allison, essayez encore. Voilà... Retenez-la. C'est presque ça.

Dix secondes. Allons-y, on compte. Un, deux, trois... Il est penché sur elle, il observe son abdomen qui fait de son mieux pour demeurer immobile. Difficile pour maman : il y a ce jeune homme, là, qui lui donne toute son attention et qui semble appuyer son regard sur sa poitrine. Alors, il a une autre idée, il lui demande de se lever et d'aller devant la glace à l'autre bout de la grande salle. Il se tient à ses côtés et lui montre comment retenir sa respiration en faisant disparaître son abdomen sous ses côtes. Elle essaie. Il s'approche, et de la main, lui presse délicatement le ventre. Je la vois rougir. Lui semble habitué à ce genre de choses. Par la suite, il se place derrière elle, lui prend les deux mains et les appuie sur le centre de son corps, comme s'il lui apprenait à se servir d'un club de golf. Comme cela. Ce n'est pas compliqué. Continuez de retenir votre respiration... C'est ça. On compte : un, deux, trois... Attention, il ne faut pas tricher. On reprend... C'est à ce moment que je perçois le gémissement de maman. D'aussi loin, je ne peux pas voir si le type s'est exagérément collé contre elle par derrière. Mais s'il n'y avait pas le grand miroir, je n'aurais pas remarqué ses mains. Tout en comptant lentement, il n'appuie plus seulement sur l'abdomen de maman, ses mains sont maintenant remontées jusqu'à ses seins. Lorsque je m'aperçois du geste, c'est un vrai choc, surtout que je perçois un nouveau gémissement de la part de maman. Je me retourne d'un seul coup et je prends la fuite. Quelques minutes plus tard, elle me rejoint dans la rue et j'explose. Pour qui se prend-il ? Comment est-ce que tu lui permets ? etc. Embarrassée, elle m'apprend tout d'abord qu'elle a oublié ma présence, puis que ces choses arrivent toujours, que les femmes se parlent entre elles, qu'elles se racontent constamment des trucs. Tu sais, me dit-elle alors, je ne suis certainement pas la plus belle dans cette classe, avec mes jambes fortes et mes gros seins. Tu as vu celle qui porte le collant jaune, avec son nez parfait et ses pommettes subtilement soulignées par deux nuances de fard à joues ? Alors, tu comprends que je m'estime chanceuse qu'il me choisisse de temps en temps... Entre-temps, moi, la petite innocente, j'apprends que non seulement ce n'est pas la première fois que ma mère se fait peloter de la sorte, mais que c'est la première fois qu'elle a le courage de prendre elle-même l'initiative de guider les doigts de son instructeur vers ses seins. Inconsciemment, l'image de papa se superpose sur la scène que je revois dans mon esprit et je ne comprends plus rien. Je m'arrête de marcher à ses côtés, je la fixe d'un regard accusateur, puis je file toute seule en direction de la maison.

— Et plus tard?

— Plus tard, nous parlons de nouveau, elle me donne des tonnes d'explications détaillées et je la comprends.

— Tu la comprends?

— Totalement. La vie n'est pas toujours rose pour les femmes de son âge. Et le travail de mon père l'occupe trop souvent. Ce n'est pas qu'ils ont cessé de s'aimer. C'est juste ainsi.

— Tu entretiens d'excellentes relations avec ta mère, non?

— Oui.

— Alors, tu ne lui dis rien, tu la laisses te donner toutes ces raisons, et tu t'en contentes.

— Absolument.

— Et le fait que ce bonhomme la touche, qu'il profite d'elle, ça ne te fait plus rien...

— Ce que lui éprouve ne m'affecte pas. C'est maman qui m'intéresse. Elle est heureuse. Elle sourit plus souvent. À mon avis, elle ne fait rien de mal.

Une heure plus tard, ils s'arrêtèrent au Black Dog Café, le long de State Road, pour acheter du pain et le *Boston Globe*. Misty avait déjà faim et, de retour à la maison, elle monta se changer puis redescendit quelques minutes plus tard pour fabriquer d'immenses sandwiches qu'ils emportèrent avec eux sur la petite plage à l'entrée d'Edgartown. L'air était frais et un léger brouillard descendit brusquement et s'installa parmi les quelques familles présentes. Quinn et Misty mangèrent dans un silence relatif, leurs regards se posant à intervalles réguliers sur un parasol solitaire, planté dans le sable, abandonné. Pour un homme qui avait l'habitude d'exiger farouchement que toute altercation animée aboutisse toujours à quelque résultat majeur, Quinn avalait à chaque bouchée une rancœur qu'il n'arrivait pas à s'expliquer. Pour sa part, afin de rétablir un semblant de tranquillité entre eux, Misty essayait de l'aider à remplir les cases des mots croisés du *Globe* auxquels il s'était distraitement attelé. Il remarqua ses efforts et voulut le lui faire savoir en lui demandant qui lui avait appris à concocter des sandwiches aussi appétissants.

— Annie, ma meilleure amie.

— Annie Bergman? Celle qui habite à Nahant?

— Je vois que tu es bien informé.

— Un peu. C'est mon côté détective. Tous les écrivains ont un côté détective.

— C'est vrai.

— Et cette Annie, tu la vois souvent, non?

— Tous les jours, ou sinon, on parle au téléphone.

— Alors, elle sait que tu es ici.

— Non. Presque personne ne sait.

— Presque?

— Enfin... Il y a Holly.

— Holly? Ta tante?

— Oui, mais j'ai toujours eu de la difficulté à l'appeler ma tante. S'il n'y avait pas une quinzaine d'années de différence entre elle et moi, elle serait ma meilleure amie au même titre qu'Annie.

— Holly, ton amie?

— Je sais, tu ne l'aimes pas trop, parce que tu crois qu'elle te court après. Mais tu te trompes.

— Je ne suis pas sûr qu'elle ait une bonne influence sur toi, avec son mode de vie, ces livres un peu spéciaux qu'elle écrit...

— Le sexe: exact?

— Justement.

— Nous y revenons, tu vois? D'ailleurs, je lui dois pas mal de renseignements sur ce que je sais aujourd'hui sur le sujet.

— J'imagine. Mais tu aurais tout aussi bien pu les apprendre avec des amis de ton âge, ou dans des livres.

— Peut-être, mais Holly est si délicieuse, si piquante, et si comique aussi, on rigole tellement quand on est ensemble. De plus, c'est une mine d'informations au sujet de la famille.

— C'est-à-dire?

— Elle sait des choses, elle me les dit et me les prouve quand je lui dis que je ne la crois pas. Ne t'inquiète pas: à ton propos, elle ne m'a rien dit que je ne savais déjà. D'ailleurs, Kate et toi, vous êtes en fait juste des greffes à la famille.

— Je reconnais le vocabulaire de Holly.

— Elle n'est pas méchante et contrairement à ce que tu penses, elle a beaucoup d'admiration et d'affection pour toi.

— Je n'en doute pas.

— Holly essaie, sans doute inconsciemment, de m'inculquer sa philosophie de la vie, mais je suis loin de lui ressembler, et je n'avale pas automatiquement tout ce qu'elle me dit. Il y a toutefois des trucs qui me plaisent. Par exemple, sa définition des trois sortes de beauté qui existent chez les femmes : la beauté frappante, la classique et l'intérieure. Je pense qu'elle appartient à la deuxième catégorie, elle dit que je suis indéniablement dans la troisième. C'est un point de vue. Elle me confirme certaines pensées qui me trottent par la tête depuis des années : que le silence est un des bons moyens de mentir ; qu'il faut se méfier des garçons souriants qui passent sans cesse leurs doigts dans leurs cheveux et portent des chemises déboutonnées à manches longues ; qu'il ne faut pas montrer d'hostilité envers les filles de mon âge qui ne parlent que de leur chevelure et arborent fièrement la ferme pointe de leurs seins à travers leurs tee-shirts. Chaque année, le soir de Halloween, Holly est toujours avec moi, elle m'aide à confectionner des déguisements abracadabrants, des machins avec des ailes ou des étoiles, des jupes à franges western. Elle-même se fait des accoutrements hors du commun : hôtesse de l'air paumée, bibliothécaire dévergondée ou prostituée de Bay Village. Elle est comme ça, elle n'essaie pas de choquer, comme le pense mon père à qui j'ai interdit de faire des commentaires à son sujet depuis le 31 octobre dernier. Car c'est ce soir-là que s'est produit ce qui devait me faire douter pour la première fois de Holly. Il est déjà une heure trente, c'est tard, et Holly et moi rentrons sur la pointe des pieds à la maison. Il a été décidé qu'après les pérégrinations dans les rues, ce Halloween-là, elle va dormir chez nous. Surtout qu'avant de rentrer, on est en plus allé voir deux sympathiques Pakistanais de ses copains, sans doute des types qui l'ont aidée pour son livre, mais je ne me mêle pas des affaires des gens. Je vais immédiatement dans la chambre de mes parents pour leur raconter un peu comment s'est déroulée la soirée. Je trouve maman déjà endormie. Papa doit être en train de roupiller en bas devant la télé. Lorsque je m'y rends, Holly quitte le salon en me faisant signe de garder le silence. Ton père s'est endormi en regardant un film porno. Je ne vois pas comment tu sais ça. Simple, il n'y a qu'à voir l'emplacement de sa télécommande. Je me dirige à pas lents vers son fauteuil, il ronfle faiblement, l'objet en question coincé entre son ventre et le creux de ses cuisses. Nos regards se parlent dans le silence. Ça ne prouve rien... Allons, ne me dis pas que tu ne saisis pas ce que j'essaie de te dire, ce que tu vois de tes propres yeux. Non, je ne vois pas, vraiment. D'un signe de la tête, Holly me demande alors de nous rendre dans ma chambre pour ôter les crèmes et fards de nos visages fortement maquillés. Puis, elle me dit qu'on ne connaît jamais bien les siens, qu'ils sont capables d'actions qu'on n'ose jamais leur prêter, que mon père, un soir, a essayé de coucher avec elle sous prétexte qu'elle faisait de la recherche sur les étrangers, qu'il lui avait fait remarquer qu'il était lui-même petit-fils de Libanais et qu'elle pouvait se prêter sur lui à toutes les investigations qu'elle désirait. Bien entendu, je ne la crois pas. Elle me dit que je ne veux simplement pas la croire, qu'elle pourrait me fournir la preuve de ce qu'elle avance cette nuit même. J'hésite à accepter, car les agissements de Holly, tout en éveillant mes réticences, me procurent parfois des fous rires inégalables. Elle me propose donc le plan suivant : elle descend réveiller mon père pour lui dire qu'il est temps pour lui de monter se coucher, que tout le monde dort déjà, tandis que moi, j'observe la scène à partir du corridor. Nous nous mettons d'accord. Papa, qui me tourne le dos, commence par émettre quelques objections somnolentes à se lever, Holly décide de le secouer un peu. Elle veut s'emparer du contrôle à distance, mais il exerce une telle résistance sur l'objet qu'elle doit se mettre à genoux devant lui pour combattre son obstination. Pour ma part, je me rends compte que papa n'est soudain plus dans un demi-sommeil, qu'il ne dort d'ailleurs plus du tout, puisqu'il est là, à se prêter avec amusement au jeu. Voilà, je me dis, Holly avait raison, la preuve est faite : mon père est un autre de ces coureurs qu'on voit dans les mélodrames d'après-midi à la télé. Toutefois, j'entends Holly émettre des petits rires embarrassés, entrecoupés de mots chuchotés. Soudain, je devine qu'elle n'est plus sous son emprise, que là, agenouillée devant mon père, elle semble même se divertir de la mise en scène qu'elle a elle-même bâtie de toutes pièces, une mise en scène que je ne saisis pas encore tout à fait. Holly s'aperçoit alors de mon trouble, elle se lève brusquement, rajuste ses petites lunettes sur son nez. Elle dit alors quelques mots bien articulés : Bon, finie la musique. Ou quelque chose dans le genre. Lorsqu'elle me rejoint dans ma chambre, je suis couchée sur mon lit, j'essuie mes larmes, mais ça ne m'empêche de lui lancer à la figure ma façon de penser, que si elle veut continuer à se livrer à sa distraction favorite, elle n'a pas à jeter son dévolu sur mon père, qu'elle me dégoûte et que je ne veux plus la voir. Mais elle ne m'écoute pas, elle se couche à mes côtés et me parle à voix basse. C'est à moi ou à ton père que tu en veux ? Lui, tu ne dois pas lui en vouloir. La majorité des hommes sont ainsi, c'est dans leurs gènes, on n'y peut rien. Lorsque l'occasion se présente, ils ne la manquent pas. Cela ne veut pas dire qu'il n'aime pas Allison. Ma sœur, c'est l'amour de sa vie, il n'y a aucun doute là-dessus. Quant à moi, je ne vois pas en quoi mon attitude peut te sembler répréhensible, à part le fait un peu cocasse que je fasse partie de la famille et qu'il s'agisse de mon beau-frère. Si on donne la permission à un homme d'être homme, la femme peut aussi se déclarer femme de temps à autre, car personne ne viendra me dire que nous, les femmes, avons des envies, des désirs, qui sont inférieurs à ceux des hommes. Ce soir, pour moi aussi s'est présentée une occasion. Occasion de vérifier mon pouvoir de séduction, occasion de m'amuser moi aussi un peu, mais sans conséquence, ça n'aurait pas été plus loin, tu le sais, j'ai trop d'amour pour toi, pour Allison, et même pour Ernie si tu veux me croire. Ce sont là des conventions bien connues de tous ceux qui se livrent à ces petits jeux. Parce que ce sont des jeux, rien de plus, pas même des flirts... Elle parle encore longuement, me donne d'autres exemples et l'aventure que je viens de vivre prend alors un tour différent. C'est devenu une sorte de prélude à un flair nouveau, à une perception inédite, entière, encore intacte, d'une manière de penser. Je devais méditer pendant de longues semaines sur ces réflexions immatérielles, mais ce soir-là, en une heure à peine, la métamorphose attendue s'est opérée comme dans un conte : la belle-sœur de mon père est redevenue par secousses irrégulières ma jeune tante qui sent la pêche, puis, en se forçant un peu, mon amie à nouveau, la jolie compagne un peu folle avec qui je ne veux pas couper les ponts.

— Totalement insensé.

— Je savais que tu ne comprendrais pas.

— Mais qu'y a-t-il à comprendre ? Il veut la sauter, il se retient. Elle veut ajouter un autre fleuron à son palmarès, mais à cause de toi, elle s'arrête aux préliminaires.

— Tu ne vois que de la baise partout ?

— Y vois-tu, toi, quelque chose de plus délicat ? C'est inimaginable ! Ce que j'entends là dépasse toutes les fables, anciennes et modernes...

— Je ne vois pas pourquoi tu le prends de cette façon. Bien sûr, je suis encore fascinée par certains mystères que je ne comprendrai que lorsque moi-même je les aurai vécus ; j'ai encore du temps devant moi... J'ai juste eu cette nuit-là une expérience étrange, parce qu'elle était nouvelle, puis on me fait voir qu'il n'y a pas là matière à faire tout un drame.

— *On* te fait voir ? C'est Holly qui *te fait voir* et ce n'est pas, à ce que je sache, une extraordinaire référence.

— Là, tu deviens méchant, insultant même.

— Non, mais c'est vrai. Je suppose que ses explications ont réussi à te convaincre qu'elle ne faisait rien de mal.

— De mal, non. Un égarement, une faiblesse, un faux pas, peut-être, c'est humain. Je décèle sans doute une petite culpabilité quelque part, c'est certain, je ne suis pas sotte à ce point, mais rien de sacrilège, rien de monstrueux.

— Et ton père ?

— Même chose. Une friponnerie, une coquinerie, un petit délit en tous cas, pas un crime.

— J'aime bien ton choix de mots.

— C'est ma tendance presque maladive à assimiler les termes qu'utilisent mes auteurs préférés.

— Je suppose que je ne fais pas partie de cette liste. Et que Holly y est inscrite tout en haut.

— Erreur. Tu me connais bien mal.

— Mais j'apprends à te connaître, et ce que j'apprends me fait

mieux saisir les raisons de ta fugue. Avec une famille aussi inconsciente, aussi tordue que la tienne...

— Là, tu fais totalement fausse route.

— Je pensais que ton oncle Christopher était le seul timbré de
la famille, mais je me trompais.

— Je me garderais bien de te parler de lui : car là, tu jetterais
les hauts cris, tu hurlerais à la malversation la plus monumentale.

— De grâce, je ne veux rien savoir.

— C'est mieux comme ça.

Toutefois, Quinn ne s'en tira pas à si bon compte.

Il était environ cinq heures lorsqu'ils rentrèrent. Les nerfs à
bout, Quinn décida de prendre une douche et de se reposer pendant une heure. Mais il n'arriva pas à fermer l'œil : il était mani-
feste que quelque chose le tourmentait. Dans son esprit, les visages
de Kelly Afternoon et de Misty ne se superposaient plus que l'espace de quelques secondes. Il s'efforça de mettre de côté ses propres expériences d'adolescent pour se concentrer uniquement sur
les membres de cette famille à laquelle sa propre mère l'avait
arrimé par contrecoup et sur cette petite qui préparait en bas dans
la cuisine un pesto extravagant pour accompagner leurs spaghettis.
Il était incontestable que les récits qu'elle avait faits de ses proches
avaient eu sur lui un effet aussi remarquable qu'inattendu. Remarquable parce qu'il ne parvenait pas à les rayer de son esprit. Inattendu parce que, malgré leurs dehors inhabituels, voire affligeants,
ils étaient parvenus non seulement à l'intéresser, mais aussi à secrè-
tement le divertir. Plus tard, à table, Quinn sut résister à la ten-
tation de pousser Misty à lui parler de Christopher qu'il soup-
çonnait depuis longtemps de toutes sortes de perversions. Mais la
jeune fille semblait avoir deviné sa curiosité et avait elle-même
abordé le sujet, en se frayant élégamment un astucieux passage au
milieu des compliments que Quinn lui avait faits au sujet du
repas.

— C'est une copine à l'oncle Chris qui m'a passé la recette.

— Une copine à lui ?

— Oui. Il n'en a pas beaucoup, mais Cynthia est une sorte
d'amie d'enfance. Ils ne se voient pas souvent, mais ils restent en
contact. C'est peut-être un homme secret, mais pas avec moi. Il

me raconte pas mal de choses. Et pas seulement au sujet de ses méditations transcendentales.

— J'ai peur d'en savoir plus.

— Et moi, j'ai de la peine à te croire. Dans ton catalogue personnel de détraqués, je suppose qu'il occupe une place privilégiée. Tu n'es pas très original : tout le monde pense comme toi.

— Tout le monde mais pas toi.

— Exact.

— De prime abord, mon oncle Chris exerce sur ses proches un sentiment de répulsion. Il y a d'abord ses cheveux longs, pas toujours bien arrangés, les effluves de graines et de noix sèches qu'il fait flotter autour de lui, et puis ses conversations, qui semblent souvent tourner autour des mêmes thèmes : les philosophies orientales, le yoga, le zen, et je ne sais trop quoi. Mais c'est un homme sensible, qui veut vraiment que le monde soit meilleur et qui croit pouvoir le rendre meilleur par les enseignements qu'il a lui-même assimilés. Maman a beaucoup d'affection pour lui, et je me suis longtemps demandé pourquoi je n'éprouvais pas le même sentiment à son égard. Je n'oublierai jamais un moment passé en sa compagnie lors de mon onzième anniversaire. Il était venu avec la reproduction d'une photo de Cartier-Bresson en noir et blanc, prise en 1972, qu'il avait spécialement fait encadrer à mon intention. L'image représente un jeune papa, très fier de son enfant de deux ans à peine, qu'il tient par les pieds et d'une seule main. L'enfant est debout sur sa main, comme en prolongement du bras de son père. Comme arrière-fond, l'impressionnante vue panoramique d'un lac. J'entends encore oncle Chris me donner son point de vue sur la photo : le fils qui devient l'extension du père, les sourires des deux, ce grand lac, véritable *vie devant soi*. Ses mains et sa voix tremblent un peu quand il parle et je ne comprends pas encore comment on peut éprouver autant d'émotion devant une simple image. Il faut dire que, de tout temps, lui n'a pas eu de parfaites relations avec son père. Grandpa n'est pas commode, comme tout le monde le sait, Holly la première. En janvier dernier, je rentre du cinéma avec Annie et on est accueillies par des cris : oncle Chris est au téléphone avec Grandpa, ils s'engueulent comme d'habitude et maman essaie d'éteindre le feu en faisant des gestes muets en direction de son frère, comme le tirer par la manche de son large chandail. Annie se rend compte que ce n'est pas sa place et décide de rentrer chez elle. C'est le moment précis où oncle Chris raccroche, tremblant de tous ses membres. Maman, qui doit sortir, lui propose de le raccompagner chez lui. Il refuse, ce n'est pas fini, il ne veut pas s'avouer vaincu, il décroche à nouveau. Entre-temps, c'est Annie qui accepte de partir avec maman qui l'accompagnera au moins jusqu'au métro et qui me recommande d'essayer de calmer son frère jumeau (Prends-le faire une petite promenade... Par ce froid?... Fais de ton mieux...) Mais moi, je juge bon de m'enfermer dans ma chambre. Je suis au téléphone quand, quelques minutes plus tard, oncle Chris frappe à ma porte et rentre. En attendant que je finisse ma communication, il observe les lieux, sourit de voir son Cartier-Bresson joliment accroché près de la fenêtre. C'est occupé, dit-il, mon père a simplement décroché pour ne pas avoir à me répondre, il est comme ça; toi, tu as ta propre ligne? c'est bien, peut-être que j'essaierai de le rappeler plus tard. Tu sais ce qu'il dit, Cartier-Bresson? Que photographier, c'est placer dans le même champ de vision la tête, l'œil et le cœur. Je suis assez d'accord avec lui. Qu'est-ce que t'en penses? Hey, j'ai là dans ma poche un nouveau CD sur les bruits de la nature, tu veux écouter? Il s'apprête à sortir pour me le faire écouter à partir de l'appareil du salon, mais je lui montre ma propre chaîne, installée là, au-dessus de mon pupitre. Ah, c'est bien. Passent alors les gazouillis, les murmures de brise dans les calmes vallées, un carillon lointain, les chutes d'eaux, les oies sauvages, les coqs matinaux... Pour faire quelque chose, j'examine longuement le disque: c'est une suite d'airs de campagne, signés Rick Wakeman, sans doute un bonhomme d'avant mon temps. Il fait une remarque sur les morceaux qu'il aime, me demande quels sont mes chanteurs, mes groupes favoris. Quand j'essie de lui répondre, il est soudain ailleurs. Je vois le souvenir grimaçant de Grandpa s'inscrire sur son visage. Alors, oncle Chris se lève, il fait craquer ses doigts, frappe contre un mur, faisant sauter quelques notes sur le disque compact. Il balbutie des choses: Je ne peux me débarrasser de ce sentiment d'impuissance que j'ai en sa présence, même au téléphone, quand j'entends seulement sa voix. Pour ma part, je ne bouge pas: je me

89

souviens de la mission que m'a assignée maman. Je lui propose un peu de thé. Quand je reviens de la cuisine avec nos deux tasses, je le trouve écoutant sa musique, couché sur mon lit. D'un mouvement brusque, il se lève en s'excusant. Non, non, tu peux rester couché un peu, si tu veux. Mais il refuse. Il reste assis sur le lit, il boit son thé en silence. Je m'éloigne pour aller m'asseoir à mon pupitre où m'attendent des travaux en retard. Mais il me rejoint bientôt. De sous le pupitre, il tire le petit escabeau qui me sert à atteindre les livres les plus hauts de ma bibliothèque, et s'assoit dessus à mes côtés. Puis, sans préliminaires, il me raconte un rêve étrange qu'il a fait la veille. Soudain, je suis transportée à la frontière fictive entre l'Angleterre et la Finlande, un petit coin de terre divisé en son milieu par un long mur et des barbelés. Côté finlandais, il y a ces maisons de bois aux pièces spacieuses, aux couleurs denses et unies, sans nuances gênantes. C'est un drôle de rêve : même la région en question avait un nom, ça s'appelait Lilietta. Je l'écoute, il me regarde. Je crois qu'il y a des choses que tu comprends. Je voudrais de nouveau avoir ton âge, ou peut-être pas. Il parle de façon décousue, passant d'un sujet à l'autre sans explication et, contrairement à ce qu'il pense, j'ai du mal à le suivre : des ballons libérés vers le ciel qui sont une célébration, un cadeau pour les dieux, l'eau qui coule et qui purifie, etc. Je commence à être un peu gênée par sa présence à mes côtés, et je le suis encore plus lorsque le capuchon de mon stylo m'échappe et qu'il se met prestement à quatre pattes pour me le chercher, me le passer et se remettre maladroitement debout en se retenant à mes épaules. Lorsqu'il se rassied, une de ses mains reste un peu plus longtemps sur mon épaule. Tout à coup s'installe en moi un début de panique, parce qu'on dirait que quelque chose d'adulte va se passer. J'évite son regard, mais il me demande de le regarder un instant. Tu es belle, et tu le seras encore plus dans deux ou trois ans. Il me sourit, je note que ses cils sont humides, tandis que ses mains se promènent sur mes cheveux, descendent sur mes joues. Pendant quelques secondes, j'ai l'impression qu'il a aussi peur que moi. Ses doigts se touchent sur ma nuque, ses pouces autour de mon cou. Et brusquement, son visage se crispe, ses yeux rougissent, comme s'il avait pleuré, comme s'il pleurait, comme s'il allait pleurer. Inconsciemment, mes mains se tendent devant moi et encadrent son visage mal rasé. Pourquoi ce geste? L'ambiance? La musique du vent, les harpes célestes dans les hautes futaies, les délicats cris d'insectes, surgis du compact en arrière-fond? Le soir est tombé si vite. Si je n'avais pas allumé ma petite lampe de travail, on aurait été dans l'obscurité. Mon geste, donc, je pense qu'il est dû à la crainte qu'il m'embrasse. En effet, en tendant mes mains vers son visage, je l'éloigne physiquement de moi. Mais je n'ai pas compté que mon mouvement favorise d'autres mouvements de sa part, ceux plus dégagés, plus amples de ses bras, et de ses mains qui sont descendues, tremblantes, le long de mes côtés, jusqu'à ma taille. Il a évité ma poitrine, mais c'est pour un court instant, car ses mains remontent sur mon chandail, il évite mon regard comme j'évite le sien (mais comment est-ce possible : nous sommes face à face, lui à un niveau plus bas, à cause de l'escabeau). Il effleure alors mes seins puis, très délicatement, appuie dessus, comme pour en mesurer la fermeté. Je les sens petits dans ses paumes. Est-ce la raison pour laquelle je l'éloigne gentiment? Il se lève, je constate que des larmes ont vraiment coulé sur ses joues, je ne rêve pas, mais pourquoi pleure-t-il? Il dit des mots sans suite : je ne voulais pas, je n'ai aucune excuse, je te demande pardon... Mais quand il est à la porte, il doit se dégager parce que je me suis gentiment serrée contre son dos. Il est tout en sueur, et mon geste se veut apaisement, consolation. L'heure qui suit : je me hais, je le hais, je me calme, je fourre mon visage dans mes oreillers, j'ai envie d'appeler Annie pour tout lui raconter, mais je me retiens. D'ailleurs, le téléphone sonne, c'est oncle Chris qui me demande si tout va bien, qui me demande encore une fois, tout confus, de l'excuser, qu'il ne s'est pas rendu compte, que jamais plus... Je lui dis qu'il n'a pas à s'inquiéter, que personne n'en saura jamais rien, que ce sera un secret entre nous. Il me félicite d'avoir deviné que cela, en effet, le préoccupait. Quand je raccroche, je dois me rendre à l'évidence en m'avouant enfin à moi-même avoir eu, dans cet épisode, ma petite part de culpabilité.

C'est là que Quinn, n'y tenant plus, avait claqué la porte, furieux de tant de perversité face à tant d'innocence, furieux que cette fille pût vivre dans un climat aussi malsain, qui exsudait à ce point la décadence.

Il était cependant plus calme une demi-heure plus tard, quand, le crépuscule aidant, il avait donné la permission à Misty de s'asseoir à côté de lui sur le sable. Quinn ne pouvait pas savoir si elle avait pris ces trente minutes pour préparer son discours, mais il l'écouta sans interruption. Sauf lorsque, à un moment donné, presque naturellement, elle lui avait mis le bras sous le sien, où il lui avait lancé un bref regard interrogateur auquel elle avait répondu par trois petites tapes tranquillisantes sur l'épaule.

— Écoute. J'avoue avoir été égoïste, irresponsable, même impulsive dans cette histoire. Comment c'est arrivé, je ne le sais pas. J'ai pensé que le toucher avait de l'importance à ce moment-là. Pour lui, en tous cas. Dans l'urgence de ce regard désemparé, j'ai lu un petit, un tout petit appel à l'aide, qui a pris le dessus sur le sentiment que j'avais depuis toujours, à savoir que tous les hommes sont obsédés par les petites filles innocentes, qu'ils rêvent tous, sur une plage, de se voir donner la permission d'étaler de la crème solaire sur leur dos nu et d'y inscrire des mots qu'elles doivent deviner. Mais j'avais perçu quelque chose d'autre chez oncle Chris, un drapeau blanc qui semblait prier pour la fin de je ne sais quelle hostilité maladive qui le tourmentait. Et moi, je voulais me sentir plus importante pour quelqu'un que je ne l'avais jamais été. Je me devais d'être là, je ne pouvais pas m'empêcher d'être là, mais je savais que je donnais mon veto, que j'autorisais, que je faisais quelque chose de mal, en tous cas quelque chose d'interdit. Bien entendu, je le regrette. Les choses se sont calmées par la suite. Si quelqu'un, comme Annie par exemple, avait soupçonné quelque chose, je lui aurais dit la vérité, mais personne ne m'a rien demandé parce que personne ne s'est aperçu de quoi que ce soit. C'est un petit secret finalement, que je viens de partager avec toi par hasard — un autre de ces hasards que je m'explique mal. Le fait est que je me suis exprimée à haute voix, et que maintenant je porte ce secret comme un fardeau moins lourd. Bref, en un sens, je te remercie pour cela, pour avoir été là, même si ça t'a choqué, même si tu ne voulais rien entendre, même si tu ne voulais pas que cela m'arrive, à une fille aussi gentille que moi, et blablabla. Mais c'est que c'est vrai, je suis une fille gentille, tu sais, je ne suis pas méchante, j'ai une excellente réputation avec mes amis, mes profs, ma famille. Tu le sais, non? Non? Tu n'as jamais entendu parler de moi? Tu écris sur les enfants, mais tu ne veux rien savoir d'eux? Tu vois, c'est ça que je trouve plutôt bizarre.

— Bon, bon... Alors, si je comprends bien, tu l'aimes, ta famille.

— Mais oui.

— Alors, pourquoi tu t'es enfuie comme ça?

— Parce que j'ai décidé de fêter mon anniversaire sur une île.

— Ton anniversaire?

— Oui, je vais avoir quatorze ans.

— Quand ça?

— Jeudi.

— C'est dans trois jours.

— Exact.

7

JUNE CLAY sort du cinéma et remarque qu'il ne pleut plus. Il fait même plus chaud qu'à l'intérieur.

À son amie Meredith qui essaie de la convaincre que le film qu'elles viennent de voir est un petit chef-d'œuvre d'émotion, elle affirme qu'elle n'y a pas cru un seul instant. Tous ces gens qui pleurent sur mesure l'agacent plus qu'ils ne la dépriment. Dans la vraie vie, on ne pleure pas ainsi. Une vraie personne n'est pas une personne qui pleure, c'est quelqu'un qui essaie de ne pas pleurer, mais qui pleure uniquement parce qu'elle s'effondre. On ne pleure pas dans la vie, on fond en larmes, on éclate en sanglots. Meredith proteste : elle donne l'exemple de comédiens qui savent parfaitement jouer les ivrognes, avec démarche vacillante et propos incohérents. Mais June n'est toujours pas d'accord : si on interprète le rôle d'un ivrogne, on essaie au moins de marcher droit et de parler correctement, et non de s'efforcer de tituber et de mal articuler. Un véritable acteur doit faire siennes toutes les dispositions particulières de l'être humain véritable ; ultimement, il ne doit pas être acteur.

Il faut dire que ces derniers jours, c'est le théâtre qui a occupé le temps et l'esprit de June. Si ses élèves ont été chaudement applaudis lors des représentations scolaires des *Trois Sœurs*, le résultat final ne l'a pas satisfaite. On sait que ce genre de spectacle attire un public composé de parents et d'amis, non de véritables amateurs. Et à certains moments, on ne pouvait faire la différence entre les larmes des acteurs et celles des spectateurs. D'un côté, d'apprentis comédiens qui n'aspirent qu'à devenir un jour riches et célèbres, de l'autre, des parents émus de voir leurs rejetons sur scène — sans plus. En fait, la seule vérité tchékhovienne de cette illusoire entreprise fut le samovar authentique que June s'était elle-même procuré au Thrift Shop de Beacon Hill, sur le conseil d'un brocanteur italo-slave du North End.

June est maintenant chez elle, picorant sans appétit son omelette, laissant traîner un regard distrait sur les examens de ses élèves. Les années passent et son existence patauge. Elle remporte certes quelque récompense professionnelle, vit de vagues aventures sentimentales qu'elle sait sans lendemain. Mais ne surgit pendant des mois aucun réel événement, aucun moment exceptionnel. C'est une existence sans surprise, où la vie est absente. Comme toutes ces pièces de Tchekhov où il ne se passe jamais rien, où seul ronronne, justement, un samovar dans un coin sombre de la vieille salle de séjour qui se veut jardin.

June a souvent parlé à Quinn de ce qui la préoccupe. Et elle a été surprise d'apprendre que son existence à lui, en dépit des apparences, était en plusieurs points semblable à la sienne, mais que lui réussissait parfois à se prendre en main en se lançant à corps perdu dans le tennis, dans d'autres activités, ou dans son écriture. Elle devrait faire la même chose, lui répète-t-il, se remettre à la danse par exemple. Suggestions qu'elle trouve toujours puériles de la part de cet homme qu'elle a aimé vingt ans plus tôt, qu'elle aime sans doute encore (et qu'elle aimera vraisemblablement jusqu'à la fin de ses jours), et dont lesdites activités destinées à éliminer la vacuité du quotidien consistent à procurer un plaisir momentané à une multitude de femmes en quête de sensations fortes.

Lorsque, lundi dernier, elle ne l'avait pas aperçu parmi les spectateurs venus pour *Les Trois Sœurs*, elle a d'abord pensé qu'il avait craint d'avoir à affronter une nouvelle fois les quelques élèves qui l'avaient accueilli froidement lors de son passage dans sa classe. Elle l'avait appelé plusieurs fois, lui avait laissé deux messages. Ce soir, lorsqu'elle essaie à nouveau d'entrer en communication avec lui, elle s'aperçoit que le répondeur a été débranché. Pas normal : ce n'est pas quelque chose qu'il ferait.

June entre alors en contact avec Kate qui, depuis toujours, l'a mariée à son fils dans sa petite utopie personnelle. Et c'est ainsi qu'elle apprend que Quinn est allé chercher Misty jusqu'à Martha's Vineyard, qu'il y est encore et qu'on attend de ses nouvelles au sujet du retour au bercail de la petite fugueuse. Et déjà, alors que June écoute distraitement Kate lui avouer qu'elle pense proposer à son fils le remplacement de l'abricot pâle des murs de son appartement par un saumon teinté lilas, tout s'entrechoque dans sa tête. Les numéros de téléphone de Holly, d'Allison et de son propre directeur d'école sont déjà alignés devant elle, et elle a mentalement établi le contenu de la valise qui fera partie de son voyage vers l'océan.

Les conversations entre Holly et June n'ont jamais dépassé les deux minutes réglementaires de banalités. Pour June, la petite blonde aux yeux de soie n'est rien qu'une myope dévergondée. Pour Holly, la grande prof au corps impeccable est l'exemple type de la vieille fille, repliée sur elle-même, renfermée dans le sens de *mal aérée*. Mais Holly est très proche de Misty, et June se doit d'essayer de lui soutirer quelques renseignements.

— Misty rentrera quand ça lui plaira.

— Quinn n'a pas cette patience.

— Misty a la tête dure.

— Quinn ne se laisse pas aisément marcher sur les pieds.

— Pourquoi tu ne leur fous pas la paix?

— Pourquoi tu ne me fous pas la paix?

Pour sa part, Allison semble bien aise de voir June aller rejoindre ce couple mal assorti, donc malsain, donc nuisible, dont elle n'a plus eu de nouvelles depuis vingt-quatre heures. Pendant des années, elle a entendu Kate pérorer à l'infini sur June et Quinn, autre couple tordu, vaguement halluciné celui-ci...

— Je croyais que toi et lui...

— Il n'y a plus de *moi et lui* depuis vingt ans, ma chère.

— Mais vous êtes restés bons amis, non?

— Tu veux dire: suffisamment pour que je parte à sa poursuite? Disons que j'en profite un peu pour me payer des vacances avant les vacances officielles. J'en ai un peu marre de tous ces élèves, tantôt apathiques sur leurs sièges pendant des mois, tantôt dotés d'une énergie qui m'essouffle et déclenche à intervalles réguliers mes extinctions de voix.

— Alors, tu y vas ?

— Oui, demain matin, le temps de prévenir l'école de ma grippe printanière inattendue. Maintenant, tu cesses de me poser tes questions obtuses et tu me donnes l'emplacement exact de la maison...

* * *

Il est minuit passé.

Et il n'est pas tombé une goutte de pluie.

Dans un petit restaurant de West Tisbury, avec un sérieux imperturbable, Quinn commande une soupe aux légumes avec une paille, Misty une soupe aux champignons sans champignons. Laissant la serveuse nager en pleine perplexité, ils promènent alors leurs regards sur les murs de l'établissement. La bonne femme qui n'a pas cessé de les observer les informe que l'ancien propriétaire avait eu autrefois l'audace de recouvrir le bois original de peinture blanche et que le décapage complet a nécessité plusieurs semaines. Quinn lui signale qu'à son avis, le décapage en question a été une grossière erreur, vu l'état actuel de décomposition du bois. Misty renchérit en déclarant mieux comprendre maintenant les curieuses effluves en provenance des toilettes. Lorsqu'ils se dirigent vers la sortie, ils lui adressent néanmoins quelques compliments, Misty sur l'éclat pistache de son vernis à ongles, Quinn sur le style loufoque de ses sandales roses.

* * *

En raccourcissant de quelques jours le terme de son année scolaire, June ne fait finalement que suivre les conseils que Quinn lui a si souvent prodigués : se laisser vivre, partir à l'aventure, laisser le monde se débrouiller sans elle. Mais elle n'a jamais été dupe de son attitude à son égard : l'ami de toujours espère surtout qu'elle pourra, ce faisant, se dénicher un bonhomme pour lui ficher une bonne fois la paix.

June décide donc de se lancer à l'assaut de l'inédit, même si, dans le cas présent, Quinn fait encore partie du tableau. La petite, elle saura s'en occuper. Des gamines de ce genre ont peuplé ses classes depuis des années. Et lorsque quelque obstacle inopiné viendra se dresser à l'horizon, elle saura faire preuve d'originalité. De toute façon, les quelques heures de route lui permettront de mettre au point de judicieuses tactiques.

Pourvu que sa vieille Honda, une habituée de la ville, ne lui fasse pas faux bond sur l'autoroute.

8

Bien entendu, dans *Kelly Afternoon disparaît*, Kelly Afternoon disparaît. C'est à cette tâche que se livre Quinn en ce moment, tandis qu'un magnifique soleil d'après-midi envahit la grande maison dont Misty a ouvert toutes les fenêtres. Elle écoute de la musique dans sa chambre, tandis que Quinn continue de se battre avec la vieille Remington qu'il a découverte sous un lit. Dès qu'il l'a vue, cette machine lui a fait peur. Pour un temps très bref, elle l'a fait revenir en arrière, à l'époque où il essayait de son mieux de finir un article avant la date limite imposée par le rédacteur en chef du journal de l'université.

Aujourd'hui, Quinn est le maître, maître de ses écrits, maître de ses personnages et de leurs agissements.

Il fait extrêmement chaud ce jour-là à New York et une petite foule de curieux s'est formée à Grand Central Station pour accueillir celle qui s'est fait connaître, au fil des exploits, pour son intrépidité, sa droiture et ses grandes marques d'affection. Ils sont donc là, une trentaine de joyeux adolescents, venus recevoir de leur amie les fameuses embrassades qui ont fait sa gloire. Fait aussi partie de l'attroupement une famille de Gitans, la peau sombre et le regard fermé. Le père, la mère et les trois fils attendent Kelly à sa descente de train pour la conduire chez eux dans un coin du Bronx et lui expliquer dans le détail les circonstances qui ont conduit les habitants de leur quartier à les dénoncer à la police, soi-disant pour dommages à la propriété et tapage nocturne. À mesure que les wagons se vident, les Kowalski se rendent progressivement compte que Kelly n'a pas fait le voyage. Ou n'a jamais eu l'intention de le faire. Ou a été retenue contre son gré. Ou bien s'est volatilisée mystérieusement quelque part entre Boston et New York. Les hypothèses se superposent sur le visage interrogatif de chacun, même sur celui des jeunes gens présents qui se sont maintenant résolus à accepter que leur amie ne viendra pas.

Jakob Kowalski est sur le point d'interpeller l'un d'eux qui se dirige tristement vers la sortie, afin de mettre sur pied avec lui une enquête pouvant les mener à des possibilités de solutions à leur questionnement — lorsque Quinn est brusquement assailli par une idée qui avait fait irruption dans sa tête, s'y était insinuée, puis y avait élu domicile depuis déjà quelques semaines.

Et qui soudain occupe toute la place à ce moment précis.

En admettant que Quinn fasse disparaître son héroïne dans cet épisode particulier, pourquoi ne pas aller plus loin en la déclarant tout simplement absente, physiquement ailleurs? Tout ce qu'il s'agirait de faire, c'est de ne l'inclure que dans la conversation des autres, de ne la faire exister que dans le regard et l'esprit des personnages secondaires. Elle garderait son statut de personnage principal, tout en acquérant encore plus de poids. Elle pourrait devenir par surcroît, une fois tous les indices étudiés, toutes les fausses pistes empruntées, une héroïne par défaut, qui s'auréolerait de ce mystère dont Quinn avait toujours essayé de l'investir.

La jeune justicière pourrait continuer à accomplir ses exploits habituels par contumace, égrenant au fil des pages ses actions d'éclat dans les coulisses, sans avoir à se soucier d'entrer en scène. La présence de ses briquets, de ses bougies, de ses lampes de poche, de tout son bric-à-brac lumineux signalerait par intermittence son passage dans différents lieux. Elle ne se déclarerait présente que par objets interposés, tous ces objets qui l'ont définie au cours de ses aventures antérieures, et elle bénéficierait, de la part de ses lecteurs assidus, d'une nouvelle attention. De plus, Kelly deviendrait plus humaine, plus vraie, dans son absence. Étrange paradoxe. Avec le temps, les récits que Quinn écrivait perdaient vite de leur souffle, à l'instar d'ailleurs de son imagination. Mais cette acrobatie dans l'écriture, tout à fait nouvelle chez lui, permettrait l'incursion d'un nouvel oxygène qui donnerait à Kelly une tout autre dimension. Kelly absente, le lecteur reconstituerait tout seul son portrait, l'inventerait à sa façon, comme il la voyait lui-même depuis toujours, tout en imaginant, sans qu'on ait à le prendre par la main, ses allées et venues entre les lignes imprimées. Quitte à la retrouver comme d'habitude, quelques mois plus tard, en chair et en os, dans une autre histoire tout aussi pétrie de hasards et de péripéties.

L'effervescence de Quinn a maintenant fait place à une sorte de soulagement. Il dégage sa feuille du rouleau de la vieille machine à écrire et la boule qu'il en fait atterrit parfaitement dans la petite poubelle à l'entrée de la cuisine, dont les abords sont jonchés d'autres boules de papier qui n'ont pas atteint leur but.

Lorsque, quelques instants plus tard, Quinn appelle Misty pour lui faire part de sa trouvaille, il est certain qu'elle sera prête à partager son enthousiasme. Après tout, c'est un peu elle qui lui a suggéré quelque innovation dans l'écriture, mêlée à une dose plus accentuée de réalisme. Elle descend aussitôt, s'assoit et l'écoute tout en jetant un coup d'œil sur les feuilles qu'il lui tend.

— C'est original, ça c'est vrai.

— Mais?

— Mais rien: c'est très bien. Encore faudra-t-il expliquer sa disparition, comment elle s'évapore, où, quand et pourquoi.

— Bien entendu. J'ai déjà ma petite idée sur le pourquoi.

— Moi j'ai une idée pour le où.

— Vas-y.

— Vers le couchant. Comme un cowboy à la fin d'un western. Et puis, ça colle avec son nom. Sauf que cette fois, ce ne serait plus l'après-midi. Plutôt la soirée.

— Un peu dur, tu ne trouves pas? Et vieillot.

— Tu penses? C'est juste une idée. Libre à toi de mettre la touche finale.

— Quelle touche finale? Tu parles comme si je devais lui administrer les derniers sacrements.

— C'est tout comme, non?

— Mais pas du tout. Kelly reviendra, comme à l'accoutumée, dans un autre récit.

— Je croyais qu'avec cette idée de disparition, tu voulais l'occire pour toujours.

— L'occire? Écoute: je note avec intérêt ta métaphore sur le couchant, mais tout de même...

Misty quitte alors le fauteuil où elle s'est enfoncée pour aller se préparer un petit bol de glace à la fraise.

— Tu en veux ?

Quinn refuse d'un geste de la main et retourne à ses papiers. Misty se laisse tomber de tout son long sur le vieux sofa, son petit goûter dans une main, un vieux magazine dans l'autre. Ce qui ne l'empêche pas de poursuivre sur sa lancée.

— En fait, ce que tu devrais faire, pour une fois, c'est écrire quelque chose de différent. Je veux dire : il n'y a pas de mal à fermer le dossier Afternoon, ne serait-ce que pour un temps limité. Trois, quatre ans — pour te consacrer à autre chose. Tu n'en as pas envie ?

— Ne crois pas que je n'y ai jamais pensé.

— Je te sens tout à fait capable de garder cette fraîcheur de récit un peu naïve qui a fait le charme des premières aventures de Kelly. Et d'entreprendre une histoire pour adultes, pour grandes personnes, comme on dit.

— Je vais t'avouer que je me suis souvent demandé pourquoi je n'essaierais pas d'écrire un roman au sujet de gens de mon âge. Mais je ne me sens pas très proche d'eux, tu vois...

— Et tu ne te sens pas très proche non plus des enfants. De qui, de quoi te sens-tu proche, finalement ?

— Difficile à dire. D'ambiances peut-être, de moments associés à des voyages, à des lieux exotiques. Je me trouve bien là-dedans, tu sais : je vagabonde, je vogue...

— Pense alors à une histoire où des gens dans la vingtaine prendraient la route un peu au hasard et raconteraient leurs existences, en vivraient d'autres, s'échangeraient des idées. Mets une bonne fois au rancart ce scoutisme un peu puéril à la Baden-Powell qui n'intéresse plus personne aujourd'hui, je t'assure, et écris donc quelque chose d'électrisant et d'instinctif à la fois. Avec plein de ces passions que tu as dû connaître. Et que tu as dû vivre, je n'en doute pas.

— Si tu fais référence à ce qu'on te raconte à mon sujet... Sur ces femmes dans ma vie...

— Hey, hey, ne te sens pas agressé, tu n'as pas à te justifier devant moi.

— Je ne cherche pas à me justifier.

— Tu me sembles constamment sur la défensive. Je te parle ici d'un livre qui se plairait à perdre le lecteur entre le blanc et le noir, le bien et le mal, le bon goût et le mauvais. Des situations et des états d'âme qui se contredisent, qui se téléscopent et se chevauchent sans pour autant s'éliminer.

— Une vraie bombe, quoi. Avec des homos, des sadomasos, des raves d'enfer, de l'inceste et du crime?

— Pas nécessairement. Tu vois comme tu t'obstines à prendre les choses de manière purement empirique? Ça commence à m'agacer. Ce que je veux dire, c'est que tu te mettes à oser parler de toi, de tous ces tabous que tu fustiges dans tes conversations avec les gens, avec ceux que tu connais, de tous ces trucs politiquement corrects que tu as en horreur.

— On parle automatiquement de soi quand on écrit, qu'on le veuille ou non. Et c'est vrai: j'avoue m'être trop commodément caché derrière Kelly.

— Mais tu pourras continuer à raconter des histoires, à dire beaucoup de choses sur toi-même, tout en te cachant. Le tout avec un mélange de candeur et de crudité qui titille, qui dérange et fascine en même temps.

— Je ne sais pas si je suis capable de titiller, de déranger et de fasciner dans un bouquin.

— Tu le fais bien dans la vie.

— Ah bon?

— Tu es un type fascinant. Tu danses avec une vieille dame inconnue dans un supermarché, tu commandes au restaurant des soupes extravagantes... Tu fascines.

— Je ne suis pas sûr que les gens soient tous fascinés de la même manière. Ou que je puisse les fasciner sur commande.

— Bon. Alors, imagine un récit où les personnages sont purement instinctifs et ne se posent pas (ou pas trop) la question de savoir si leurs actions sont, par exemple, répréhensibles.

— Donc, qui n'ont pas nécessairement le désir de choquer.

— C'est ça. Ils agissent ainsi, juste parce qu'ils sont comme ça, parce que c'est dans leur nature. Je les imagine un peu brusques, mais ils ne sont pas méchants. Toi, tu as ce côté brusque dans tes livres, et aussi le sens des ellipses soudaines. Et c'est ça qui est peut-être fascinant.

— Et ça, ça te fascine?

— Ça me fascine.

À cet instant précis, deux regards se croisent, s'échangent deux répliques silencieuses, très jumelles des vraies: «*Je te* fascine?», «Oui, *tu me* fascines.»

C'est le téléphone qui viendra interrompre cet échange muet et Misty se lève d'un bond.

— C'est pour moi. Je le prends là-haut.

— Si c'est ta mère, je voudrais lui...

— Ce n'est pas ma mère.

En fait, il s'agissait de Timmy, seize ans, un ami qui avait partagé l'enfance de Misty plusieurs étés de suite et qui l'invitait à sortir dans la soirée. Elle expliqua à Quinn que c'était Timmy qui avait téléphoné à plusieurs reprises dans les dernières quarante-huit heures, et qu'elle n'avait pas décroché parce qu'elle ne savait pas comment Quinn allait interpréter la situation. Elle ajouta qu'elle n'avait plus aucune raison maintenant de lui cacher son existence.

— C'est toi qui sembles devoir te justifier maintenant, souligna Quinn.

— Non, pas vraiment. Je t'explique, c'est tout. Timmy est comme un frère pour moi, il l'a toujours été. D'ailleurs, tu le rencontreras: il vient me chercher à six heures.

— Et vous allez où?

— Pizza près du port, devant les bateaux. Ensuite, promenade en voiture, celle de son frère aîné, parti jusqu'à la fin du mois de juin à Nantucket où il s'est déniché un emploi d'aide-cuisinier. Je sais, il pleut, mais tu n'as pas à t'inquiéter. Je devrais être de retour vers neuf heures, tout au plus.

— Je ne m'inquiète pas, s'entend-il répondre à cette gamine qui semble n'attendre de lui que cette simple réplique, comme si elle savait parfaitement que toute sa vie, il avait cultivé plus souvent le goût de la liberté que celui des convenances.

Misty s'est replongée dans les profondeurs du vieux sofa et ils ont échangé un bref sourire avant de retourner à leurs lectures respectives. Quinn a maintenant pris place dans le fauteuil qu'elle occupait tout à l'heure. Il met de l'ordre dans ses papiers tout en la regardant du coin de l'œil. Il a un peu de difficulté à l'imaginer dans les bras d'un garçon, ne pouvant concevoir la tenue des gestes primaires, même innocents, de l'amour pubère, chez cette jeune fille à l'intelligence vive, aux connaissances essentiellement livresques, aux qualités intellectuelles bien supérieures sans doute à celles des filles de son âge. Lui vient en mémoire tout cet abondant vocabulaire, opulent et précis, que même des femmes de son âge à lui ignorent totalement : *empirique, titiller, fustiger*. Et cet *occire* prononcé cet après-midi avec un sarcasme qui l'avait instantanément forcé à sourire et à rendre les armes. Une ado de fin de millénaire, nourrie de littérature, ignorant la télé. Une fille qui sera absolument *incroyable* dans moins de cinq ans, comme le lui avait d'ailleurs assuré son oncle Christopher, même s'il le lui avait dit entre deux attouchements quelque peu licencieux.

Misty semble s'être maintenant endormie sur le canapé et Quinn entrevoit, l'espace d'un court instant, ce que pourrait être la définition de la liberté entre deux individus... qui ne se haïssent pas.

Le supplément illustré d'un vieux *Globe* glisse sur la petite carpette entre le sofa et la table basse où Quinn a déposé ses feuilles éparses. Et pour la première fois, l'homme qui a l'habitude de détourner le regard lorsque passe un enfant, l'homme qui n'a jamais pu s'expliquer sa répulsion paradoxale vis-à-vis des moins de quinze ans, se met à contempler la beauté de cette gamine qui lui a vaillamment tenu tête depuis trois jours.

Il s'agit bien de cette beauté *intérieure* dont parlait Holly, mais Quinn discerne aussi une indéniable pureté dans les traits de ce visage grâcieux, menu et comme délié — un visage que recouvrent maintenant les longs cheveux noirs qui semblent protéger son sommeil entrecoupé de petites respirations régulières. À son arrivée sur l'île, lors de son premier contact avec Misty à la remise des diplômes en plein air, il n'avait pas prêté attention à sa bourgeonnante féminité. Pour lui, il y a trois jours, les enfants n'avaient toujours pas de sexe. Aujourd'hui, son regard a changé. Cette petite fille aura quatorze ans dans deux jours et elle dégage une sorte de parfum indolent qu'il aura intérêt à mieux (et vite) identifier.

L'exiguïté du sofa ne permettant pas l'extension de ses longues jambes, Misty les a recroquevillées sous elle. Elle a les pieds nus et a croisé ses bras sur l'avant de son tricot de laine qui recouvre, ample et évasé, le haut de son jean blanc.

Et Quinn continue de l'observer avec une curiosité attentive dont il s'étonne lui-même.

Car son regard n'est pas celui de reconnaissance implicite qu'il a pris l'habitude de poser sur toutes ces femmes dont il satisfait de son mieux les diverses carences et déficiences.

Ce n'est pas non plus le regard appuyé — parce qu'ému et tendre — qu'il octroyait vingt ans plus tôt aux jeunes femmes qu'il trouvait séduisantes et avec qui il aspirait partager un jour des sentiments d'affection pouvant conduire à autant d'histoires d'amour.

Parce qu'il a le triple de son âge, Quinn veut bien alors s'imaginer que cet après-midi de juin, dans une belle et rustique demeure de Martha's Vineyard avec vue imprenable sur l'océan, ses yeux posés sur Misty sont ceux, protecteurs et chauds, d'un père qui couve sa fille.

Et cette pensée lui permet de rayer de son esprit certaines implications pouvant résulter du tableau qu'ils forment malgré eux : belle au bois dormant et prince charmant.

Misty est une petite fille qui n'est déjà plus une petite fille, et Quinn se sent un peu flatté d'être le témoin privilégié de cette imperceptible transition.

Quinn a appelé David Walker qui lui a avoué éprouver quelque appréhension au sujet du lancement de *L'Indien des sables* lundi à New York : un auteur absent constituerait une véritable catastrophe pour sa prestigieuse maison. Quinn a essayé de le calmer à plusieurs reprises en lui jurant qu'il serait là.

— J'ai ton numéro là, inscrit sur mon appareil, l'avertit l'éditeur. Alors ne me force pas à t'envoyer quelqu'un de costaud qui fera en sorte de te ramener chez Doubleday, pieds et poings liés.

Ensuite, Quinn a laissé un message sur le répondeur d'Allison (« Elle a juste besoin de prendre un peu d'air : je l'ai à l'œil »), puis a essayé de placer quelques mots dans une courte conversation avec Kate, mais sa mère ne semblait pas d'humeur à l'écouter, occupée plutôt à le convaincre de la beauté de murs saumon teinté lilas, « couleur idéale pour l'automne qui s'en vient ». Enfin, il a fait quelques brefs appels destinés à décommander deux sorties, une partie de tennis et une rencontre particulière avec une ex-femme de sénateur qui, très irritée par cette annulation, lui a promis de l'humilier en public dès son retour.

Quinn a alors examiné le contenu du frigo, imaginé une ébauche de repas solitaire pour plus tard, tout en se rendant agréablement compte que l'espace qui lui avait manqué ces derniers jours lui serait dans moins d'une heure restitué et que ce retour momentané au silence et à la solitude lui ferait le plus grand bien.

À cinq heures et demie, il décide de réveiller Misty. Mais comment s'y prendre? Faire intentionnellement claquer une porte au deuxième étage? Prononcer son nom plusieurs fois à mi-voix à partir de la cuisine? Mettre un peu de musique douce?

Quinn finit par opter pour les gestes dont il a maintes fois été témoin au cinéma dans des scènes de ce genre: la maman qui s'assoit sur le lit, relève les mèches de son petit garçon pour lui dire qu'il est temps d'aller à l'école.

Les cheveux de la jeune fille sont lourds et luisants et, lorsqu'elle ouvre faiblement les yeux, une pâle lueur s'inscrit presque immédiatement sur son visage.

— J'ai pensé que tu avais besoin de temps pour te préparer avant l'arrivée de ton ami. C'est pour six heures, non?

— C'est gentil... Mais je suis prête... Si ça ne te dérange pas, je vais roupiller encore un tout petit peu...

Elle esquisse un léger sourire, puis lui tourne le dos en s'étirant. Quinn se lève prestement et décide de passer les quelques minutes qui le séparent du départ de Misty posté à la fenêtre de sa chambre, observant la pluie qui tombe sur la mer. Le fameux *roman pour grandes personnes* lui occupe l'esprit. Mais alors: abandonner dès maintenant, dès tout de suite, Kelly Afternoon? Passer de l'un à l'autre sans trop réfléchir? Laisser agir l'instinct? Qu'arriverait-il de ses lecteurs? Et comment réagirait ce pauvre David Walker?

— Bon. Je m'en vais.

Misty est là : elle s'est juste mis un élastique pour reformer sa queue de cheval, elle a encore quelques traces de sommeil dans le regard, et elle est à la porte, prête à partir.

— Il est arrivé ?

— Oui, il est dans la voiture, à l'avant de la maison.

— Parfait.

— Qu'est-ce que tu vas faire ?

— Je vais sans doute regarder les Red Wings de Detroit remporter leur deuxième coupe Stanley à la télé.

— Et manger ?

— J'ai jeté un coup d'œil. On a ici de quoi nourrir une armée. T'inquiète pas. Amuse-toi bien.

Elle lui fait un petit geste de la main et se précipite à l'extérieur.

— Ciao !

* * *

Le vent soufflait dans les bosquets entourant l'immense propriété des environs de San Carlos, une des plus grandes et de plus belles de tout l'État de Cojedes. C'était une bourrasque impétueuse et violente qui faisait pencher les arbres, les fouettant de lourdes gifles de pluie — une pluie hypocrite, bestiale par moments, fine et timide ensuite.

On avait l'impression que c'étaient les deux cavaliers qui galopaient, et non plus leurs chevaux.

Ils étaient dans une sorte d'ailleurs qui leur montait au cerveau, les faisait se rendre compte d'une vigueur dont ils n'avaient jamais soupçonné l'existence.

On force les passages, on fait irruption, on perce les obstacles, on fend l'horizon. On s'engouffre dans le considérable, le spacieux, l'in-fini. Et l'immense suprématie de la nature va s'amplifiant, à mesure que le ciel se rapproche...

Elle avait cette beauté diaphane de clairière qui n'existe que dans les contes de fées les moins colorés, c'est-à-dire les plus courts et les plus énigmatiques, ceux directement destinés à l'imagination des grandes personnes. D'ailleurs, tout chez elle était laissé à l'imagi-nation. À vingt ans, elle avait décidé de tout abandonner, parents de descendance allemande, ferme de son enfance, grands chiens danois, amis artificiels, agglutinés autour d'elle pour des raisons qu'elle avait toujours eu de la peine à comprendre, pour aller suivre à l'université la plus lointaine des cours insolites et fantasques.

Lorsqu'il la vit pour la première fois, le peintre était en train d'agrémenter de couchers de soleil sur fond verdoyant un immense I LOVE YOU inscrit grossièrement sur la façade d'un immeuble en démolition. La jeune femme s'était approchée et, sans avertissement, l'avait interpellé avec indignation, prétextant que l'amour n'était pas, n'avait jamais été ces rayons blafards, ces prairies illuminées, mais rien qu'une plate solitude à deux, entrecoupée d'altercations, de suggestions mal reçues, de conseils mal prodigués, de compromis accordés à contrecœur, de violences verbales et de jalousies sans fin. Lui avait voulu lui expliquer que c'était sa manière à lui de sauver le bâtiment historique qu'on était sur le point de démolir, qu'il était bon, dans des cas pareils, de faire appel à la nature sous toutes ses formes. Elle lui répliqua presque violemment que ce mur où l'inscription, clairement adressée d'un seul individu à un seul autre, allait à l'encontre de son message à lui, plus social, plus universel.

Des passants intrigués qui s'étaient arrêtés par curiosité attendaient maintenant que le jeune homme donne à son tour son point de vue. Mais les deux pugilistes observaient soudain un étrange silence...

* * *

Il est à peine sept heures et demie et Misty est déjà de retour. Elle entre en tourbillon. Une sorte de frénésie illumine son visage et ses cheveux dégoulinent de pluie.

— J'ai acheté du poulet frit... C'est encore chaud... Tu n'as pas mangé, j'espère... Alors quoi, tu ne regardes pas le match?... Qu'est-ce que tu écris, fais voir... Pendant ce temps, peux-tu aller chercher des assiettes, des verres et la grande bouteille de Coke, s'il te plaît?...

Quinn obéit sans réfléchir, dispose le tout sur la petite table. Il est même monté chercher une serviette pour qu'elle se sèche les cheveux.

— Merci, dit-elle tout en parcourant le court texte mal dactylographié.

— Et ton ami?

— Timmy? Il est rentré chez lui.

— Tout va bien?

— Si, si... J'ai quelque chose à te dire... Une sorte de surprise... J'espère que tu apprécieras... Mais, mange, mange...

Elle pose les feuillets par terre à ses côtés, ôte l'élastique qui retenait ses cheveux, les frictionne énergiquement d'une seule main. De l'autre, elle s'empare d'un morceau de poulet qu'elle trempe dans la sauce et porte à sa bouche.

— Je meurs de faim... Mais dis-moi, c'est quoi, cette histoire de chevaux dans la plaine espagnole?... Et puis, cette bonne femme qui hurle dans la rue?... Je ne vois pas le rapport...

— Il n'y en a aucun. C'est juste des idées qui surgissent et que j'ai mises sur papier, c'est tout. Et puis, les chevaux, ce n'est pas en Espagne, mais au Venezuela...

— Tu y as passé quelques mois dans le temps, c'est vrai.

— Comment le sais-tu?

— Ta mère me l'a dit... Ou alors, je l'ai entendue le dire à quelqu'un d'autre, je ne me souviens plus... Et la fille, c'est quelqu'un que tu as connu?

— Pas vraiment. Une vieille histoire, réajustée.

— Tu peignais dans les rues?

— Non, non, pas du tout. Invention.

— Intéressant, et ça va donner quoi, cette affaire?

— Je ne sais pas encore. Mais en venant ici, sur le ferry, quelques souvenirs me sont revenus en mémoire.

— Alors, tu vas raconter ça : c'est cool.

— Non, non, pas nécessairement.

— Elle est où maintenant, cette fille?

— Aucune idée. Et ça ne m'intéresse pas.

— Mais elle pourrait intéresser ton héros. Qui partirait à sa recherche, la retrouverait au bout du monde, tiens, en Amérique du Sud par exemple, comme ça tes deux trucs se recouperaient, puis il ferait la connaissance de son deuxième mari, de ses quatre enfants, de son horrible belle-mère, etc.

— Tu délires. Qu'est-ce qui s'est passé avec Timmy? Allons, tu peux bien me raconter.

— Mais je compte bien le faire, mais laisse-moi te dire immédiatement que ce n'est pas du tout ce que tu imagines dans ton esprit tordu.

En fait, la sortie avec Timmy n'avait été qu'un prétexte pour mettre à exécution un projet qui était né dans l'esprit de Misty dès son départ de Boston et que le court voyage en ferry jusqu'au Vineyard avait solidement ancré dans une perspective plus réaliste. Sur l'île, Timmy et sa mère vivaient dans une maison voisine de celle de la bibliothécaire d'Edgartown pour qui le garçon effectuait, de temps en temps, de menus travaux modestement rémunérés. Misty expliqua à Quinn que lorsque son idée d'escapade avait pris forme dans son esprit, elle s'était mise en contact avec Timmy qui, à son tour, avait proposé à la bibliothécaire l'idée d'une rencontre informelle entre Quinn et les jeunes habitués des séances de lecture de l'établissement. En été, tous les mercredis matin, les parents y emmenaient leurs enfants à qui, pendant une heure, la bibliothécaire lisait des extraits choisis. Tout au long de l'enfance de Misty, sa mère était toujours parvenue à placer deux ou trois mercredis à l'ordre du jour des petits plaisirs estivaux. Et aujourd'hui, Misty proclamait que son amour de la lecture avait pris naissance lors de ces rendez-vous occasionnels avec les livres. À l'époque, c'était Mrs. Pratt qui était en charge de la bibliothèque, mais lorsqu'elle avait pris sa retraite il y a deux ans, on avait placé Pamela Chow à la tête de l'établissement et l'atmosphère de l'endroit avait progressivement changé. Au sous-sol, dans la section réservée aux livres d'enfants, des bancs recouverts de coussins moletonnés et des poufs colorés avaient remplacé les sièges en plastique, accommodant ainsi davantage de petits derrières. De minuscules fenêtres avaient été percées à même le bâtiment, au niveau de la rue, permettant à la lumière naturelle de pénétrer dans le sous-sol. La bibliothèque s'était abonnée à des revues étrangères et avait acquis six nouveaux ordinateurs et des atlas tout neufs. L'Institut océanographique de Woods Hole avait fait don d'un petit aquarium et les poissons, dont les espèces étaient identifiées par de petites étiquettes de couleur, étaient changés tous les trois mois pour permettre aux visiteurs de mieux connaître la faune sous-marine de la région. Enfin, la nouvelle bibliothécaire avait établi un calendrier d'activités où des auteurs-conférenciers se succédaient tous les quinze jours.

La colère de Quinn ne se fit pas attendre. Il trouva trop sournois, presque pernicieux qu'un projet de ce genre ait été planifié à son insu et que Misty l'ait concocté avec la certitude qu'il l'aurait retrouvée et rejointe sur l'île.

— Et c'est pour quand, cette saloperie? Le jour de ton anniversaire, je suppose...

— Non, mon anniversaire, c'est jeudi. Ton truc, c'est pour demain.

— Demain?

— Oui. Judy Blume passe dans quinze jours.

— Judy Blume? hurla-t-il.

— Elle vient de publier un bouquin qui se passe sur l'île.

— Je sais, je sais, nom de Dieu! C'est juste l'idée de faire partie du même machin qu'elle qui me hérisse! Ces trucs, ça se prépare, et mon éditeur n'acceptera jamais...

— Il n'a pas besoin de le savoir.

— Comment ça? Mais on a signé des contrats, il y a des clauses explicites qui y sont inscrites... Non, c'est impossible. Ne compte pas sur moi. Tu peux annuler tout ça tout de suite.

— Très bien.

— Mais on se parle, bon sang! Tu aurais pu m'informer.

— C'était censé être une surprise.

— Bon ben, c'est raté. Alors, tu annules tout. Moi, je n'ai plus faim, merci pour le poulet, je monte me coucher, bonne nuit.

Milieu de la nuit. On frappe à la porte. Quinn ouvre un œil.

— Oui?

— Juste un mot.

L'homme imperturbable:

— Quelle heure est-il?

— Deux heures et demie.

Elle entre, s'approche du lit, s'assoit.

— Qu'est-ce que tu veux?

— D'abord m'excuser.

— Tu es pardonnée.

— J'aurais dû t'en parler avant.

— Ça va. Autre chose ?

— Je n'ai pas annulé.

L'homme cool :

— J'avais deviné.

— Écoute. Tu pourrais parler avec quelques jeunes pendant une vingtaine de minutes tout au plus. Après, on file, on va à la plage. Il n'y aura pas de signatures, pas de photographes. Juste vingt minutes, c'est promis, tu veux bien ?

Le raisonneur :

— Tu comprends que je sois réticent, non ? Et toute cette situation, là, dans cette maison... Ce n'est pas normal, c'est trop insolite, trop inusité, j'ai de la difficulté à m'habituer, je n'ai plus l'âge des situations impromptues, tu dois comprendre, merde !

— Oui.

— Tu pleures ?

— Plus maintenant. Je regrette pour tout ça. Vraiment.

Le père :

— Tu vas aller te coucher maintenant, OK ?

— Oui.

Elle se penche. L'obscurité empêche leurs regards de se rencontrer. Sa tête, qui lui arrive au niveau du cou, quête un geste de consolation. Il lui tapote délicatement le dos, caresse prudemment ses cheveux en désordre à travers lesquels il reçoit sur la joue un baiser fugitif. Puis, en moins de cinq secondes, l'embrasseuse a quitté la chambre.

L'insomniaque.

* * *

Le mécanicien n'était pas particulièrement beau garçon, mais c'est cependant lui qui occupe les pensées de June, forcée de passer la nuit dans un motel d'autoroute à cause d'un carburateur défectueux. Les chambres de motel, ça lui rappelle le gros Jeff, que lui avait présenté il y a presque deux ans un suppléant venu prendre la relève d'une collègue alitée. De passage en ville, Jeff avait également été de passage dans son petit cinéma charnel : une simple apparition, rien que de la figuration, deux ou trois coups et puis s'en vont. Cette nuit-là, dans la chambre anonyme de ce motel en forme de L, au décor colonial et aux meubles clairs, elle avait eu peur d'être réduite à l'état de crêpe par toute cette masse de chair, mais il avait été assez délicat dans ses mouvements. Ce soir, le souvenir lui est revenu, sensuel et chaud, se superposant facilement à la silhouette pansue du garagiste qui l'a servie quelques heures plus tôt.

Avant de s'endormir, June laisse encore défiler d'autres images grivoises dans sa tête, tout en se félicitant d'avoir réussi à dissoudre, à intervalles réguliers et presque sans effort, la fixation qu'elle s'était faite au fil des ans sur son séduisant amour de jeunesse.

9

Rɪᴇɴ ɴᴇ sᴇ ᴘᴀssᴀ ᴄᴏᴍᴍᴇ ᴘʀᴇ́ᴠᴜ. En fait, les choses prirent un tour tout à fait inattendu.

Ce matin-là, Quinn avait réglé le réveil sur neuf heures. C'était un peu tôt pour lui, bien trop tôt pour s'attaquer à quelque journée que ce soit, et plus particulièrement à celle-ci qui s'annonçait difficile. Très vite, il sentit qu'il régnait dans la maison une atmosphère différente. D'abord, il faisait chaud. Pas la moindre brise. Rien qu'une pesante chaleur pas très réconfortante pour des levers aussi matinaux. Et Misty était absente. Elle avait cependant préparé le café et placé un petit couvert sur la table de la cuisine avec deux mots brefs écrits sur un carton appuyé contre le sucrier : « Partie jogger ». Quinn en avait profité pour faire sa toilette et se préparer en écoutant la radio qui n'annonçait pas de canicule pour les prochaines heures, rien qu'une « lourdeur dans l'air qui pouvait incommoder certaines constitutions sensibles ».

Préoccupé par sa rencontre avec les jeunes de la bibliothèque, Quinn n'avait pas d'appétit. Il ingurgita cependant deux tasses de café, puis descendit sur la grève guetter l'arrivée de la jeune fille. Vers neuf heures et demie, à l'endroit où les plages privées font une courbe, Quinn finit par l'apercevoir et se rendit compte qu'il ne l'aurait probablement pas reconnue si elle courait au milieu d'un groupe. Dans son survêtement gris marqué de taches de sueur à plusieurs endroits, elle semblait plus grande que la veille, et son visage, congestionné par la chaleur, avait pris des teintes variées de rose. Elle s'arrêta à peine pour lui dire bonjour et se précipita dans la maison en annonçant qu'elle serait prête dans quinze minutes.

La rencontre avec la bibliothécaire constitua la première surprise. Pamela Chow était une jeune femme d'une trentaine d'années, délicate et détendue, petite de taille mais bien proportionnée, qui les accueillit avec gentillesse. Elle les informa tout de suite que ce qu'ils avaient prévu n'allait probablement pas se produire : la publicité faite autour de la venue à la bibliothèque de Quinn Laramie n'avait fait l'objet que d'un sprint de dernière minute et la préparation des examens de fin d'année allait sans doute retenir chez eux la plupart des jeunes.

Il se créa alors une situation imprévue. Quelques jeunes parents qui avaient l'habitude d'accompagner leurs enfants aux rendez-vous de lecture du mercredi matin les avaient laissés au sous-sol aux bons soins de la lectrice du jour, puis étaient montés rencontrer Quinn. Cinq ou six personnes commencèrent à lui poser quelques questions élémentaires sur le métier d'écrivain et, de fil en aiguille, ils avaient tous échangé des réflexions diverses sur la création littéraire en général. Bientôt, Pamela les dirigea vers un coin du deuxième étage où, assis sur des coins de divans ou sur le tapis, ils purent bavarder en toute liberté.

La conversation démarra sur lesdites *valeurs familiales* qui, selon certains, entravaient la création et contribuaient à trop aseptiser l'art au point de le rendre bon pour enfants seulement, et donc de lui interdire de continuer à refléter les passions de la vie réelle. Un jeune père, qui écrivait des nouvelles à ses moments perdus, déclara que les œuvres les plus tumultueuses étaient celles qui exigeaient une extrême régularité de vie, et que c'était là toute l'ironie du métier d'écrivain. Il avança par ailleurs que, s'il essayait un jour de se faire publier, il trouverait trop difficile de se frayer un passage dans un monde intellectuel qu'il jugeait a priori trop glacé. Quinn était d'avis que la création d'un livre quel qu'il soit (et il englobait ses propres romans pour les jeunes) était un moyen de se reconnaître spirituellement et que c'est pour accomplir cet acte purement personnel qu'il s'était mis à écrire. Une jeune femme avoua qu'elle l'enviait d'avoir la chance d'en être conscient, car, selon elle, les récompenses sont souvent inexistantes dans ce métier. De plus, disait-elle, nous sommes tous tellement prisonniers de nos agendas et de nos horaires, de nos jours morcelés en segments d'une demi-heure, que la vie de café, de promenades et de loisir nous apparaît comme une sorte de complaisance. Quelqu'un soutint que toute création vraie requérait le loisir sans lequel on perdrait toute aptitude à l'invention et, avec elle, la faculté de découvrir des solutions nouvelles aux problèmes qui se posent à l'espèce humaine.

Misty et Pamela assistaient à la conversation en spectatrices, mais Quinn, qui observait Misty du coin de l'œil, nota dans son regard le passage de lueurs fugitives indiquant son intense participation à tout ce qui se disait.

La discussion ne prit fin que lorsque les premiers enfants, repus de contes et de chansons, remontèrent chercher leurs parents. Et au moment où Quinn et Misty prirent congé, Pamela les remercia d'avoir été là, partageant avec eux l'inusité de la situation, tout en déclarant avoir été personnellement enrichie par les échanges stimulants qui s'étaient produits là, sous ses yeux, comme par magie. Elle en profita pour leur annoncer qu'au nom de la bibliothèque, elle avait pris l'initiative de les inviter au restaurant le soir même.

— Je finis à sept heures. On pourrait se rencontrer aux Flying Horses d'Oak Bluffs, si vous voulez. Je demanderai à Timmy de se joindre à nous, s'il a fini ses révisions...

Misty fut la première à se précipiter dehors.

— Et maintenant, à la plage !

Le brouillard avait presque totalement recouvert Katama Beach, ce qui permit à Misty de se changer dans la jeep pendant que Quinn, soulagé de la tournure qu'avaient pris les événements, se laissa tomber sur le sable et ne tarda pas à s'endormir.

Lorsqu'il ouvrit les yeux, le brouillard s'était levé et il vit quelques baigneurs passer devant lui. Misty marchait le long de l'eau, les yeux fixés sur l'horizon, comme si elle engageait un dialogue silencieux avec les vagues. Elle portait un court débardeur pistache, du genre plissé, et un short blanc à revers qui accentuait la fine musculature de ses jambes. Ses cheveux dénoués flottaient derrière elle, presque parallèles à la ligne du rivage. Ses bras se balançaient le long de son corps, sans rythme précis, un peu comme s'ils hésitaient à s'en donner un. Lorsqu'il la vit tourner la tête dans sa direction, il lui fit un petit signe et elle se dirigea à pas lents vers lui.

— Alors, on ne dort plus?

— Comme tu vois.

— C'est dur de se lever tôt.

— Oui, mais ça valait la peine.

— Je crois, oui. L'exercice, par contre, les écrivains ne connaissent pas ça. Tu ne penses pas qu'il soit nécessaire de nourrir sans cesse à la fois son corps et son esprit?

— C'est peut-être vrai...

— Tu ne veux pas au moins marcher un peu?

Elle avait émis cette proposition, les mains posées sur les hanches, toujours debout, ne faisant aucun effort pour lui bloquer le soleil qui l'aveuglait et le forçait à la regarder en contre-plongée, une main en visière au-dessus des sourcils.

— Non, ça va... Peut-être plus tard... Disons, dans quelques minutes?

— OK, alors, je m'installe.

Assis côte à côte, ils se mirent à observer les premiers vacanciers de l'été, le visage encore empreint des tracas de la ville, passer lentement devant eux, à suivre des yeux un ballon qu'essayait de saisir, à la lisière des vagues qui s'écrasaient sur le rivage, un enfant de trois ou quatre ans. Ils sentaient que le soleil commençait à se manifester de façon autoritaire, mais ils ne disaient rien. Parfois, subrepticement, Quinn jetait de brefs regards vers la jeune fille. Il la surprit ainsi dans diverses positions: les genoux remontés jusqu'au visage, le menton posé dessus, regardant la mer d'un air pensif, ou les pieds ramenés sous elle, jouant avec le sable. À un autre moment, il la vit sourire, les yeux tournés vers le ciel et une sorte de joie diffuse découvrit ses dents éclatantes, illuminant son profil d'étranges reflets.

— Si tu me demandais pourquoi j'ai l'air de rigoler, osa-t-elle sans le regarder, je serais incapable de te le dire.

— Tu es heureuse, c'est tout.

— Probablement. Mais la raison? Aucune idée.

— Il fait chaud, il fait beau, tu te sens libre.

— Ouais, peut-être...

— Quoi, tu ne te sens pas libre? Suis-je à ce point une entrave à ta liberté?

— Quinn, tu es bête, c'est un truc qui ne m'est jamais venu à l'esprit.

— Alors, c'est pour moi. Tu es heureuse pour moi. Heureuse que tout se soit bien déroulé à la bibliothèque. Que tu n'aies pas eu à chercher mille moyens de calmer une irritation qui ne s'est pas manifestée, que je n'ai pas éprouvée.

— Oui, sur ce point, c'est vrai, je suis heureuse que tout se soit bien passé... Vous parliez tous si bien, de façon si simple, si détendue. Pamela et moi, on était comme au théâtre.

— Tous les artistes qui essaient de s'exprimer ont quelque chose de théâtral, surtout ceux qui racontent des histoires.

— C'était un régal de vous écouter. Pour moi, et aussi pour Pamela, j'en suis sûre... Elle a été charmante avec nous, tu ne trouves pas?

— Oui.

— Et jolie avec ça.

— C'est vrai.

— Allons, ne me dis pas que tu ne l'avais pas remarqué. C'est quelque chose que tu remarques toujours...

— Tu veux dire: nous, les hommes?

— Non. Je veux dire: toi seul. Mais ça va. Ça fait partie de ton charme, de ce qu'on aime en toi.

— Tout le monde n'est pas de ton avis.

— C'est *mon* avis. C'est ce que *moi*, j'aime en toi. Bien que parfois, j'aie quelques doutes.

— Des doutes? Genre?

— Tu es nerveux en notre présence. Tu ne sais pas quoi leur dire, aux femmes, quoi faire de tes mains, de ta voix, quand tu leur parles. Je t'ai observé des fois avec Holly, avec June... Et aussi, ici, sur l'île, avec les serveuses, même avec Pamela...

Soudain, un flash: le souvenir tout récent du passage incognito de Misty lors du lancement à Boston de *L'Indien des sables*. C'était donc bien elle qui s'était furtivement évaporée sous la pluie après être venue observer Quinn autographiant ses livres à toutes ses femmes venues quêter à sa table bien plus qu'une signature.

— Même avec moi, dit alors Misty en baissant légèrement les yeux. Je sens parfois comme une petite panique dans ton regard, comme si tu hésitais à me demander quelque chose, comme si tu n'osais pas...

Puis, elle le regarda droit dans les yeux.

— Mais c'est quoi, ça ? Montre. Tu as plein de sable sur la figure. Attends.

Elle se tourna vers lui, le sourire de tout à l'heure réinscrit sur son visage, l'obligeant presque à la fixer dans les yeux, comme pour quérir un nécessaire moment de reconnaissance. Ensuite, elle s'agenouilla devant lui et avec un coin de serviette, se mit à nettoyer son visage à petits coups timides. Il se laissa faire un instant, mais ne tarda pas à éprouver un léger embarras sans doute dû à la proximité de la jeune fille.

— Tu vois, c'est ce que je disais. Je lis en ce moment au fond de tes yeux une sorte de tension, comme s'il y passait, à toute allure, une foule de petites interrogations, genre « elle sent bon, c'est un parfum ? un savon ? c'est dans ses cheveux ? » ou alors : « grands dieux, elle ne porte peut-être rien là-dessous », ou bien encore : « et son visage, là, tout près, trop près du mien, trop jeune, trop jeune, mais c'est une enfant, merde !... »

Quinn se redressa lentement, l'éloignant de lui en lui poussant délicatement les épaules du bout des doigts.

— Bon, ça suffit comme ça...

— C'est comme tu veux, mais laisse-moi te dire une chose quand même. Regarde, je te dis ça avec le sourire, d'une voix légère, simple, sans conséquence, pour que tu ne te sentes pas mal à l'aise. Vraiment... Alors, voilà. Tout d'abord, oui, je suis une enfant, j'aurai quatorze ans demain, mais c'est insuffisant, je suis encore bien trop jeune, la différence d'âge est énorme, et tes lèvres qui veulent se pencher sur les miennes, ne serait-ce que pour les effleurer, non, non, non, tu les en empêches, et c'est très bien, je te félicite. Moi aussi, je les aurais empêchées, tu sais, et même violemment, alors t'en fais pas. Quant au débardeur... Bien sûr que j'ai rien là-dessous, mais c'est suffisamment élastique pour. Tu es fixé, là ? Bon, l'odeur maintenant. Non, je ne porte aucun parfum, aucune eau de Cologne ou je ne sais trop quoi. C'est naturel, c'est ma peau. La peau de jeune fille, c'est comme le fameux *teint de jeune fille* des messages publicitaires, oui, il existe aussi le parfum naturel de la peau de jeune fille. Tu ne connais pas ça, toi. Tu les évites, les jeunes, tu ne les veux pas trop près de toi, alors comment pourrais-tu savoir? Qui sait, c'est peut-être la raison pour laquelle Kelly Afternoon paraît si fade des fois... Voilà, j'ai dit ce que je pensais. Tu sais, tu devrais faire la même chose: me dire par exemple ce que tu penses, m'avouer au moins que j'ai un peu raison... Quoi?

— Quoi *quoi*?

— Tu souris, là, comme...

— Comme quoi?

— Je ne sais pas, moi. Tu souris, là, comme un con.

— C'est que je le suis, alors.

— Écoute, je n'ai pas voulu me moquer de toi, me saisir comme ça, à l'improviste, de tes pensées que tu croyais secrètes, et les tourner en dérision.

— Je sais, je sais...

— Alors: tu m'aimes toujours?

— Mais oui.

— Mais seulement *comme il faut*, hein?

— Oui, comme il faut.

* * *

Quinn et Misty roulent d'est en ouest sur la longue route droite qui traverse l'île dans sa partie la plus large. Quinn a passé le volant à Misty («un jeu d'enfant, a-t-elle avoué, surtout parce que c'est une jeep») et il la regarde en train de fixer devant elle l'asphalte rectiligne bordé d'arbres. Des vestiges de soleil lui illuminent le visage et le sourire s'est installé dessus, triomphant.

Menemsha, petit port. Sandwiches au homard et limonade, promenade sur la jetée parmi les bateaux de pêche, puis entre les maisons où vit une communauté modeste, composée d'artistes et de pêcheurs, entretenant un contact constant avec la mer. L'étroite plage est déjà couverte de parasols et de touristes. Une légère brise adoucit la chaleur. La mer, très calme, est d'un bleu profond. L'odeur du poisson est partout. Environ cinq heures les séparent de leur rendez-vous avec Timmy et Pamela aux Flying Horses.

Gay Head, le point le plus occidental de l'île, où résident deux cents Indiens Wampanoags. Misty s'attarde un peu dans les boutiques exiguës où les petits colliers de cuir côtoient les larges ponchos de laine et les pierres curatives. Puis, elle accompagne Quinn le long de l'étroit chemin du phare qui monte et serpente vers le petit belvédère. Soudain, l'air semble plus léger, les couleurs plus douces. Au loin, entourant les éblouissantes falaises d'argile érodées par le temps, on aperçoit la terre rugueuse, couverte de broussailles épaisses et de plantes sèches et résistantes.

Chilmark et ses murs ancestraux, son vieux cimetière, ses collines ondulées et ses petits troupeaux de moutons. Ici, explique Misty, les arbres semblent taillés à la serpe, fouettés par les vents et le vif air marin. Son père lui avait un jour fait remarquer qu'on pouvait entendre les vagues dans le lointain, malgré la distance appréciable séparant la minuscule localité de l'océan. C'est elle qui a arrêté la voiture sur le bas-côté et entraîné Quinn vers un petit escarpement conduisant à un étang entouré d'herbes de marais et de fleurs sauvages. Pour ne pas glisser sur les flaques de boue laissées par les pluies des derniers jours, il lui a pris la main un court instant.

À Vineyard Haven, manque d'espace pour garer la voiture qui est laissée en biais, entre deux autres, l'avant empiétant sur le milieu de la rue déjà étroite. Quinn a la solution : lever le capot pour indiquer qu'il a un ennui de moteur, et laisser la jeep comme ça — un truc qu'il a déjà essayé et réussi. Achat de cornets de glace chez Robin's Fudge and Candy, puis promenade sous les lilas et les magnolias de Main Street. Au retour, une agente de la circulation est en train de rédiger une contravention. Protestations, explications détaillées, rien n'y fait. Soixante-quinze dollars d'amende. Mais pourquoi ? Stationnement *maladroit* et mensonge. Mensonge ? Oui : du trottoir d'en face, j'ai été témoin de votre petit jeu dès le début !...

À l'entrée d'Oak Bluffs, le Book Den vend des livres usagés. Misty et Quinn se séparent et passent une heure environ entre les étagères poussiéreuses. Lorsqu'ils se retrouvent dehors sous le soleil, ils s'assoient sur deux grosses pierres à l'extérieur de la librairie. C'est un moment précieux. On s'échange quelques mots, s'évitant du regard.

Misty : Tu sais, pour ton nouveau livre... J'ai ton titre.

Quinn : Et c'est ?

Misty : *Flashback Love.*

Quinn : Intéressant, mais si tu l'as vu sur un des ouvrages à l'intérieur, c'est raté.

Misty : J'ai rien vu. C'est une idée à moi. Qui m'est venue comme ça...

Retour à la plage. Celle à l'entrée d'Edgartown où, quarante-huit heures plus tôt, Quinn avait patiemment écouté Misty lui parler des extravagances de l'indomptable Holly. Il est presque cinq heures. Une silhouette familière, toute vêtue de blanc, prend la photo du parasol abandonné, planté toujours là, dans le sable. C'est Richard Dreyfuss dont on a signalé la présence dans un journal local. Le comédien est accompagné d'un ami, et il salue de la main les quelques baigneurs attardés qui l'ont reconnu.

— C'est un des acteurs favoris d'Annie. Elle va hurler quand je vais lui raconter que je l'ai vu.

— Tu es très proche d'Annie.

— C'est ma meilleure amie. Bien qu'à bien des égards nous soyons très différentes l'une de l'autre. Mais on est complémentaires. Elle, dans les librairies, elle aurait plutôt tendance à feuilleter les revues pornos. Elle a fait des trucs avec son demi-frère, des choses que j'avais eu, sur le coup, de la difficulté à m'expliquer. Puis, j'ai en partie compris. Pas beaucoup d'affection dans sa famille. Faute d'amour, elle se contente de ce qui se présente. Mais je l'aime comme si c'était ma sœur.

* * *

Quinn était déjà venu, une seule fois, aux Flying Horses, poussé par Kate qui lui avait, cet été-là, suggéré d'y jeter un coup d'œil dans l'espoir de les trouver un jour inclus quelque part au milieu d'une aventure de Kelly Afternoon. Mais Quinn n'avait éprouvé aucune émotion majeure devant la vieille façade aux affiches de cirque, ni face au carrousel de chevaux de bois qui se proclame le plus ancien d'Amérique.

Ce soir, en attendant l'arrivée imminente de Pamela, Misty s'est immédiatement placée dans la queue et ce sera de loin, et lors de son tour de manège, qu'elle verra Quinn accueillir d'abord la bibliothécaire, puis esquisser un sourire surpris d'une fraction de seconde lorsque celle-ci lui présentera Timmy dont la peau noire et lisse scintille sous les néons.

Pamela demande la permission de passer quelques instants chez elle, question de se changer. Misty l'accompagne. Lorsqu'elles réapparaissent, elles sont méconnaissables : gel d'étoiles scintillantes sous les yeux, fines écharpes enroulées deux ou trois fois autour du cou, simple robe de satin sombre à bretelles pour Pamela, courte robe à fleurs et petit pull mauve en maille élastique pour Misty.

Pamela propose alors d'aller dîner chez Lola, spécialiste en fruits de mer créoles. « Je vous rappelle que c'est la bibliothèque qui invite. » On les installe devant une grande baie vitrée donnant sur le terrain de golf situé à l'arrière. On se gave de crevettes et de moules, tout en admirant une immense murale peinte représentant la propriétaire et ses amis, les murs émeraude aux reflets de corail, comme passés à l'éponge, les nappes couleur rouille et les lustres rococo. Lorsque Misty raconte aux autres l'odyssée de la contravention, Pamela émet un rire délicat, fait de petits cristaux étincelants, surgis comme par enchantement de son visage de soie.

Ils décident ensuite de se rendre au Hot Tin Roof, tout près du minuscule aéroport de l'île, question de faire des réservations pour le lendemain, jour de l'anniversaire de Misty. Ils trouvent la discothèque fermée, mais cela ne décourage pas Pamela qui se rend à pied jusqu'à un bâtiment avoisinant une des pistes de l'aéroport. Lorsqu'elle revient, elle a le sourire aux lèvres.

— Aucun spectacle de musique n'est prévu pour demain. Quant aux anniversaires, il faut réserver bien à l'avance. Et les moins de vingt et un ans ne sont pas admis. Cependant, je viens de parler à une amie qui fait le ménage ici. Elle peut nous ouvrir la porte, nous prêter l'endroit une trentaine de minutes et, si nous le désirons, mettre de la musique enregistrée pour créer un peu d'ambiance.

— Quand ça? demande Misty.

— Mais ce soir, tout de suite! D'ailleurs, la voilà. Hey, elle a même apporté des Cokes...

Après deux rocks endiablés, une lourde charge d'attraction mutuelle s'installe bientôt parmi les quatre danseurs, renforcée par l'absence d'air climatisé et les refrains langoureux de Carly Simon, la célèbre propriétaire des lieux. Dans une vague odeur de détergent et au milieu du vrombissement des avions tout proches, alors que Quinn et Pamela s'échangent quelques propos à saveur livresque, le silence s'installe chez les jeunes. Timmy a serré le corps de Misty contre le sien. Elle a ôté son pull à cause de la chaleur et ses épaules brillent dans l'obscurité presque totale. Quinn distingue qu'elle a enfoui son visage dans le cou du garçon, s'étant probablement hissée légèrement sur la pointe des pieds. La robe à fleurs a dû remonter un peu. Quand il danse à son tour avec elle, Quinn ne peut s'empêcher de noter les doux effluves qui s'échappent de sa chevelure.

— Ce n'est pas vraiment un parfum. Plutôt une sorte d'eau de toilette que Pamela a achetée dans une boutique d'Edgartown. C'est à base d'extraits de concombre, de thé vert et d'amidon de maïs. Ça ne doit plus sentir tout à fait ça, avec la chaleur qu'il fait et la sueur...

— Mais si. C'est très bon, au contraire.

— Pamela est formidable, tu ne trouves pas? On a pratiquement la même taille, je me sens très à l'aise dans ses vêtements. C'est cool de sa part, tout ça: le resto, la musique...

— Elle a l'air bien dans sa peau. Pas du tout l'image qu'on se fait d'une bibliothécaire, ça, c'est sûr...

— C'était beau de vous voir danser ensemble tous les deux. La perle délicate dans les bras du charmeur impénitent.

— C'est pas très flatteur, ça.

— Je plaisante. C'est d'ailleurs moi qui devrais être flattée de faire quelques moulinets avec toi.

Quinn ne sait pas quoi lui répondre et décide de la serrer un peu plus (maladroitement, il imagine) contre lui, ses doigts mêlés à ses cheveux. Le corps de la jeune fille ploie légèrement sous l'étreinte. Soudain, le voilà qui les sent, les seins durs et droits, sous la fine robe à fleurs, et qu'il éprouve bizarrement une certaine fierté à leur égard, un sentiment qui doit s'apparenter à celui du père qui note avec satisfaction que sa fille a grandi.

Et il écoute Misty murmurer d'une voix amusée à son oreille: «C'est bizarre, les filles, tu ne trouves pas? En plein jour, les garçons timides doivent se contenter de sentir la poitrine des filles contre leurs bras, contre leurs coudes, lorsqu'ils marchent dans la rue par exemple, ou lorsqu'ils lisent côte à côte la même page d'un manuel scolaire. C'est comme ça: toutes les filles du monde, toutes les femmes du monde se sont, semble-t-il, donné le mot pour se permettre cette petite *touche de sexe*, tolérée, acceptée de tous. Et que d'ailleurs tous les hommes du monde connaissent bien, juste? Par contre, dans le noir, alors que les garçons ne savent plus ce qui leur est permis de faire, les filles encouragent une proximité un peu moins fabriquée. Mais toi, tu n'en profites pas, OK? Et tu m'aimes toujours comme il faut, n'est-ce pas, c'est-à-dire dans le bon sens, hein...»

Toujours ce vocabulaire au timing inspiré, ces répliques sémillantes, comme nées des simples mouvements imprévus de l'esprit. Quinn se surprend à envier le jeune inconnu qui, dans moins de trois ans peut-être, aura la chance de reconnaître que les moments passés avec elle valent leur pesant d'or. Curiosité masculine atavique sans doute, qui le prédispose à d'insolites pincements au cœur.

— À quoi tu penses?

— À ton anniversaire. Tu auras officiellement quatorze ans demain. C'est fantastique.

— Toi, tu en auras quarante-trois en octobre.

— Eh oui, c'est comme ça. Mais aujourd'hui, c'est toi la star. Tu as vu comment Timmy te regarde? Je suis sûr qu'il te voit sous un autre angle ce soir.

— Tu sais, on a souvent dansé ensemble.

— Vous étiez des enfants. Ce soir, crois-moi, c'est différent.

— Parce que j'ai quatorze ans?

— Oui, et parce qu'il note qu'à ton intelligence vient s'ajouter une beauté qu'il ne connaissait pas.

— Beauté frappante, classique ou intérieure?

— Il faudra un jour le lui demander.

— Et toi?

— Moi, je sais que tu es belle.

La soirée s'achève. Le lendemain, de bonne heure, Pamela doit être à son poste, tandis que Timmy essaiera de ne pas sécher devant son examen d'histoire. En ce moment, sur la banquette arrière de la jeep, le garçon écoute distraitement les paroles que lui murmure Misty, blottie contre lui. Dans le rétroviseur, Quinn guette un geste déplacé du jeune Noir, comme une main dans une échancrure, mais c'est impossible. D'abord, parce qu'on roule dans l'obscurité presque totale d'une route de campagne, et ensuite, parce qu'il ne veut pas montrer à la jolie Chinoise assise à ses côtés qu'il se fait du souci pour celle qu'elle a surnommée *la petite protégée de l'écrivain à succès*. Tous les deux s'échangent un sourire toutefois lorsque leur parviennent de petits chuchotements discrets, accompagnés de légers soupirs.

— Mais qu'est-ce qu'ils font?

— On ne s'en fait pas et on regarde devant soi quand on conduit.

— Ils rigolent, on dirait, c'est bon signe, non?

— Mais bien sûr. Un proverbe chinois dit que l'humour est plus précieux que la blancheur du lys.

Lorsqu'on dépose Pamela et Timmy devant la porte de leurs maisons voisines, il est presque onze heures et demie et il fait aussi chaud qu'en plein jour. Misty somnole, à moitié appuyée contre Quinn, le vent dans les cheveux, les jambes repliées sous elle et les pieds nus pressés contre la portière.

Au cours des quelques minutes de route jusqu'à la maison, Quinn est envahi par des sentiments confus: inquiétude inexplicable, léger vertige, appréhension inattendue, affolement qui tient de la panique.

À cette panique inconnue succède bientôt la surprise lorsqu'il aperçoit l'auto de June stationnée dans l'allée sablonneuse. Une surprise à laquelle se mêle un soulagement immédiat. Que Quinn évitera vite d'analyser.

Le faisceau des phares de la jeep illumine le perron où June est assise. Elle leur adresse un joyeux salut de la main, tout en mâchonnant un sandwich qu'elle a dû acheter à Oak Bluffs.

10

Parmi les nombreux souvenirs qui meublaient la mémoire de Quinn, celui de la douche matinale de June était impérissable. Sans un bruit, elle se levait la première, passait dans la salle de bains et laissait l'eau fraîche effacer les sueurs de la nuit, fredonnant ses *lalala* de femme heureuse. Autrefois, lorsqu'ils partaient en weekend, chaque journée commençait de la même manière : l'eau de la douche ; les refrains trop matinaux pour le paresseux ; puis, l'amour au goût de savon et d'eau de toilette ; enfin, sa deuxième douche à elle, sa première à lui.

Mais les années passent, les vies changent, et les sueurs que produisent aujourd'hui les vieux amis ne sont plus que celles associées aux chaleurs estivales. Toutefois, lorsque Quinn se rend compte que l'eau a cessé de couler, il réalise que June n'a pas chanté ce matin. Quelques pensées précipitées plus tard, il comprend qu'elle n'a pas voulu réveiller la petite. Et elle se permet de venir sur la pointe des pieds se poster sur le seuil de sa chambre.

Les yeux fermés, il l'invite à entrer et à fermer la porte.

— Que cela ne te donne cependant pas de fausses idées.

Il entrouvre les yeux lorsqu'il la sent se rapprocher, puis s'asseoir au bord du lit.

— Alors, mon beau, tu as bien dormi ? lui murmure-t-elle en se penchant pour l'embrasser sur la joue.

Puis, sans attendre de réponse, elle se met à se sécher les cheveux, assise en tailleur au pied du lit. Quinn la regarde avec curiosité. Enveloppée dans son peignoir-éponge, elle pose son regard sur les murs de la chambre.

— Tu sais, on m'a donné l'adresse d'une masseuse et d'une prof de yoga sur l'île. Des femmes à la fois robustes et tendres qui vous remettent en forme en moins de deux. Il faudrait que je trouve le temps de passer les voir. Au moins l'une d'elles. Parce que je sais que je ne peux pas compter sur toi pour ça, hein?

Quinn se contente de sourire. Un sourire éteint, qui se voudrait décourageant, qu'il a néanmoins de la peine à inscrire sur son visage. Ce corps qu'il connaît bien, ces bras fins, ces genoux luisants...

Il voit bien qu'elle n'est pas dupe, qu'elle a détecté son embarras. Un embarras qu'elle se plaît à observer en train de s'intensifier:

— Quoi?

— Rien. Je te regarde. Je peux?

— Si tu veux.

June Clay ne possédait pas les attraits physiques traditionnels des femmes qui connaissent la crème de beauté destinée à rehausser le velouté de l'épiderme. Mais une légère asymétrie du visage parvenait à souligner la minceur de ses joues, fines et presque transparentes lorsqu'il faisait soleil. C'est d'ailleurs le soleil qui donnait à son long corps rectiligne, sa taille délicate et ses jambes effilées une allure de grand animal émacié, filiforme, que des vêtements exagérément amples avaient, des années durant, pris l'habitude de masquer. Avec le temps, Quinn vit ainsi se transformer ou disparaître les galbes ondulants et les contours arrondis, tous ces ravissants éléments qui l'avaient séduit autrefois, lors de leur douce adolescence commune. Il s'était alors permis de lui suggérer — mais alors une seule et unique fois, il s'en souvient — de mettre plus en valeur la saine maturité de son anatomie. Ce fut suffisant pour pousser June à se lancer dans l'achat effréné d'une multitude de blouses cintrées, de jupes étroites et de pantalons moulants — tout un véritable petit trousseau qu'elle déployait avec une nouvelle joie. Car soudain réapparurent aussi sur son visage des sourires tout neufs, des regards outrageusement caressants et des seins à la fois fermes et pointus, peut-être légèrement disproportionnés par rapport à l'ensemble, mais qui semblaient vous faire des avances à chaque mouvement.

Par la fenêtre ouverte leur parvient soudain un air sifflé par quelqu'un. D'un bond, Quinn et June se lèvent: en bas, deux couples âgés arpentent lentement la plage, s'arrêtent, s'échangent une paire de jumelles qu'ils braquent l'un après l'autre vers l'horizon, puis reprennent leur chemin vers le phare d'East Chop. Un des hommes se remet à siffloter.

— C'est nous, dans quelques années, chuchote June. Mais si, regarde-les. Tu ne te sens pas gagné par une délicieuse sensation de paix?

— Non. Pas vraiment.

Quinn se retourne brusquement et son geste ne provoque chez June qu'un méprisant haussement d'épaules. Il la force à effectuer une rotation sur elle-même, puis la dirige vers la porte.

— Bon, maintenant, tu vas t'habiller, je t'en prie, je ne veux pas qu'elle s'imagine des trucs...

— D'accord, d'accord... Ne t'affole pas.

— Je ne m'affole pas. Je ne veux créer aucun malentendu dans son esprit. J'ai encore beaucoup de mal à la cerner, je n'arrive toujours pas à comprendre qui elle est et ce qu'elle veut.

— Tu as peur qu'elle cesse de t'aimer?

— Quoi?

— Allons, tu sais bien qu'elle t'aime. Elle ne veut pas uniquement fêter son anniversaire sur l'île, elle veut le célébrer avec toi. J'espère que tu as au moins compris ça. Tu peux appeler ça comme tu veux, de l'infatuation, une folie de petite fille, mais c'est clair, ça crève les yeux. Ou bien tu dois être aveugle, ou bien l'idée même t'a aveuglé.

Quinn reste interdit. Il ne sait plus très bien si son ahurissement est dû à ce qu'il vient d'apprendre ou à la prise de conscience soudaine de ce qu'il avait soupçonné puis traîtreusement écarté. Lui reviennent alors en mémoire quelques images sous forme de flashes syncopés, révélateurs de l'intérêt de Misty à son égard : l'apparition fugitive de la jeune fille, le mois dernier, à l'extérieur de la librairie où il signait ses ouvrages et sa fuite sous la pluie, l'album de photos de famille qu'elle consultait sur le lit de Kate, le soir du dîner de Pâques.

— Alors, tu fais des recoupements? demande June en réajustant son peignoir autour de son corps.

— J'ai de la peine à le croire. Elle te l'a avoué, comme ça?

— Mais non, voyons, ce que tu peux être sot!

— C'est que je vous ai laissées toutes les deux hier soir et vous avez dû longuement parler, jusqu'à tard dans la nuit.

— C'est vrai. C'est une fille subtile et vive, le genre que j'aurais aimé avoir comme élève. Mais je n'ai pas cette chance.

Il pensa: «Moi si.»

— En tous cas, elle ne m'a rien confié. C'est pourtant clair comme le jour. Tout le monde doit être au courant: sa mère, sa tante et, naturellement aussi, sa meilleure amie, l'incestueuse...

— Bon, maintenant, tu sors. Je vais m'habiller. On se voit en bas dans une demi-heure. Il est à peine dix heures: on va la laisser dormir encore un peu...

— En fait, elle aime traîner le matin, tout comme toi, et comme Kelly Afternoon, c'est ça hein?

Ce que June brûle de savoir, c'est si les ressemblances entre Misty et Kelly s'arrêtent là. Il y a bien entendu les lampes de poche, les bougies, les allumettes et tout le bataclan, juste?... Juste... Autre chose?... Quinn ne voit pas. June s'énerve. La proximité de ce putain de phare, par exemple? Ou alors ses talents d'embrasseuse invétérée, comme ta petite héroïne?... Au tour de Quinn de s'énerver. Allez, dis-le, tu meurs d'envie... Qu'est-ce que tu veux insinuer? Je ne veux rien insinuer, mon vieux, mais là, je parle de baisers, pas d'embrassades amicales, disons, fraternelles ou je ne sais trop quoi... Tu me suis?

June s'étale à plat ventre, enfouit son visage dans la grande serviette de plage, plie les genoux, faisant danser ses longues jambes dans le soleil. Je crois toutefois qu'elle a le béguin pour Timmy, le petit Noir. Il est comment? Elle m'a dit qu'elle aimerait bien avec lui... Qu'elle aimerait bien quoi?... L'embrasser, se faire embrasser par lui, rien d'autre, c'est juste à ça que pensent les petites ados de bonne famille, mon vieux...

Quinn ne veut pas se souvenir de la veille, des petits rires étouffés en provenance de la banquette arrière. Il ne tient pas à placer sur la même longueur d'onde les frétillements du corps et les frémissements du cœur (il n'a pas lu ça quelque part, mais il faudrait tout de même le noter, merde!). Et June, comme toujours, devine sa pensée, elle le connaît si bien que ça devient effrayant. Regarde, mon cher, ce n'est pas vraiment sorcier, personne n'aime deux personnes de la même façon et les mêmes façons en question sont floues, indéfinissables, allez, je ne t'apprends rien. Moi, par exemple, tu me places encore et toujours dans la catégorie de celles qui ne cessent de te courir après, c'est chiant !... J'essaie de ne pas... Tu essaies, tu essaies, mais tu échoues lamentablement à tous les coups.

June se redresse, lui fait face. Sous le soleil, elle redevient, comme d'habitude, une femme séduisante, désirable même, la femme dont il a lui-même, vingt ans plus tôt, défini le charme volatil, ingénu, que souligne aujourd'hui ce bikini à petis pois rouges. Je l'ai acheté hier, si tu veux savoir, juste avant de quitter la ville, parenthèse ouverte et refermée. Mais tu t'inquiètes, mon vieux, je le vois dans tes yeux. Misty est une gamine adorable et, crois-moi, elle n'est pas amoureuse de toi de la manière dont tu l'imagines, ce n'est pas le grand amour, ni l'amourette d'enfant, je le sais, elle le sait aussi. Petite fille, j'étais comme elle, toutes les petites filles sont comme ça...

— Elle n'est pas comme toutes les petites filles.

Déclaration radicale, lancée peut-être sans raison, mais qui résonne aux oreilles de June qui le regarde intensément, lui sourit en silence, lui prend les mains dans les siennes, ces mêmes mains auxquelles il a rendu hommage dans un poème qui date de plusieurs siècles et que tous deux n'oublient pas. Elle n'est pas comme toutes les petites filles, tu dis, mais alors c'est toi qui la mets dans une catégorie à part, une Kelly Afternoon devenue réalité, devenue humaine, ou alors... Bon, je t'arrête tout de suite, avant que tu me balances que c'est moi qui lui cours après, alors là, non... Mais pas du tout, qu'est-ce que tu vas chercher là ? Ah, les écrivains, ils ne voient pas plus loin que la pointe de leur plume, de leur petit monde tordu. Imagination, fiction, invention, tout se télescope à pleins gaz, du calme, mon cher, du calme... C'est que je ne veux pas que tu croies que, parce que tu es une femme, que... Mais non, voyons, mais non, j'essaie de t'expliquer au contraire que les sentiments que tu éprouves sont de la même famille que ceux qu'elle éprouve pour toi, avec une trentaine d'années de différence, c'est vrai, mais c'est toujours valable, je suis sûre qu'il y a un romancier que tu connais qui a dû dire quelque chose de ce genre, non ? Je sais, et tu sais que je sais (parce que tu aurais retiré tes mains des miennes, juste ?) que c'est pas une fille à culbuter et ce n'est certainement pas ce qu'elle cherche avec toi. Tu l'aimes bien, non ? Tu l'aimes, quoi... Oh, ça suffit, on joue avec les mots, on a l'air de deux cons... Non, mais c'est vrai... June, s'il te plaît, tais-toi...

— N'empêche que vous aviez l'air bien ensemble hier, quand je vous ai vu arriver dans la nuit. J'ai dû débarquer au mauvais moment, ou alors peut-être au bon, parce que tu avais quand même l'air un peu paniqué, à moins que ce soit le choc de m'avoir trouvée là...

Alors, Quinn dépose les armes. Il lui avoue que ladite panique de la veille était d'un tout autre ordre et qu'elle lui avait permis de se replacer sur ses rails, de remettre à l'heure les pendules de son esprit qui commençait à chanceler sous le coup des surprises et des événements successifs.

Cet aveu a des relents de rédemption, il se pose entre eux comme une mouette sur le rivage, allégé, fragile, éclatant. C'est un aveu qui lui fait baisser les yeux sur leur mains enlacées, qui semble lui proposer une nouvelle définition de ce qui le lie à elle. C'est un aveu à la fois ample et secret, de ceux qu'on peut faire soit sous la torture, soit du bout des lèvres, un aveu qui place Quinn devant l'inédit d'une situation où des éléments obscurs mais fondamentaux de sa condition d'homme font surface sans préavis et sans son consentement.

Quinn sent le regard de June posé sur lui. L'arrière de sa tête en réfléchit la chaleur sans l'engourdir. C'est un regard léger, souple, pareil à celui qu'il finira par lui accorder à son tour dans quelques secondes. Il sait cependant que le moment qu'il choisira pour lever la tête correspondra, à une fraction de seconde près, à celui où elle décidera, elle, de pencher la sienne vers leurs mains enchevêtrées. Cela fait partie d'un inconscient petit jeu auquel ils se livrent depuis des années, un jeu qui accentue à chaque fois leur inaltérable complicité. Car tous deux se connaissent si bien, leurs pensées ont pris l'habitude de se chevaucher avec une telle précision qu'ils savent à l'avance ce que l'autre va dire ou faire, et qu'ils préparent déjà leurs propres répliques, leurs propres gestes.

Les pouces humides se caressent maintenant le dessus des phalanges en petits mouvements concentriques et le moment où ils seront face à face à nouveau ne saurait tarder. Pas de panique, car il s'agit de se rappeler que ce n'est là ni un moment de passion montante, ni l'étincelle d'un amour longtemps réprimé. Juste une sorte d'apesanteur agréable qui leur dit qu'ils se sentent bien ensemble. Deux pupilles et deux iris vont, dans l'instant qui vient, se regarder dans le blanc des yeux. Attention : trois, deux, un, nous y voilà.

Silence. Trois, quatre secondes. Détente dans les deux regards qui rigolent tout au fond, car ce silence ne signifie rien. Car aucun ange ne passe, et c'est tant mieux.

Puis, le premier mot qu'ils prononcent en même temps : « Quoi ? » Et à partir de cet instant, tout est possible.

— Embrasse-moi, dit June, tu en meurs d'envie. Ça t'engagera à quoi ? À rien. Allez, vas-y, mon ami. Regarde : je ne vais même pas fermer les yeux.

Le baiser se décompose en trois parties égales. Alors que la première partie se présente comme une succession sonore de pressions labiales, les deux autres penchent plutôt vers une exploration buccale en profondeur. Numéro un (ou petit a) : c'est mignon, on s'aime, y a rien de mieux que les copains, c'est formidable... Numéro deux (ou petit b) : questionnement du style mais qu'est-ce qui se passe, qu'est-ce que je fais là... Numéro trois (ou petit c) : c'est chaud, c'est fort, le produit d'un double fantasme. En d'autres termes : 1. On est des amis de toujours, pratiquement des jumeaux. 2. On n'est pas amoureux tout de même, on sait qu'on n'est pas amoureux, voyons, mais alors... 3. Il semble que deux autres personnes soient là, imaginées, peut-être inconnues.

Lorsque, sans geste brusque, ils s'éloignent l'un de l'autre, Quinn et June ne s'autorisent aucune seconde de perplexité.

— On devrait la réveiller, dit-il. Allez, vas-y...

— Mais vas-y toi-même. Si je n'étais pas là, tu l'aurais fait, non ?

— S'il te plaît...

— J'aurais voulu faire quelques brasses, dit-elle.

— Tu les feras après.

— D'accord, mais dis-moi, c'était qui ?

— Pardon ?

— Celle que tu viens d'embrasser ?

— Et toi ?

— Je te le dirai, mais toi d'abord.

— Tu ne me diras rien, je te connais.

— Allons, ce ne serait pas par hasard la Chinoise de la bibliothèque ? Misty m'a longuement parlé d'elle hier soir. Vous avez dansé ensemble, paraît-il...

— Et alors ? Il ne s'est rien passé. Elle a dû te préciser ça aussi, non ?

— Mais tu dois la trouver sympa, intelligente, pleine de charme dans son corps de fillette, peu bavarde, nantie d'un petit appétit, comme toutes les Asiatiques. Et en plus, tout entourée de bouquins : ça doit t'exciter. Y a rien de mal à ce que tu avoues que tu l'aimes un peu.

— Ce n'est pas le coup de foudre, si tu veux savoir.

— Mais qui te parle de coup de foudre ? Bon, moi j'étouffe, je vais aller dans l'eau, juste cinq minutes. Je suis venue ici, figure-toi, pour prendre un peu de soleil et me baigner dans la mer...

— Et tu vas aller la réveiller ensuite...

— Mais oui, mais oui...

— Et bien entendu, toi, tu ne vas pas me dire qui c'était pour toi, le baiser de tout à l'heure, hein ?

— Bien sûr que non... Seigneur ! Tu me connais si bien...

Face à l'horizon, Quinn se promit de traiter June de façon plus aimable à l'avenir, afin que des situations pareilles ne se reproduisent pas. Il se dit qu'il avait, ces derniers temps, un penchant plutôt curieux pour les ambiances insolites, que cela devait être la conséquence d'une lancinante absence de joie ou de passion dans son existence récente, d'une incertitude qui lui faisait se demander s'il avait vu ou entendu quoi que ce soit de vraiment révélateur, d'inédit, depuis une dizaine d'années. Il lui semblait avoir été brutalement interrompu dans sa course à la vie. C'était une impression indéfinissable où de curieux obstacles se dressaient soudain devant lui, infranchissables à plus d'un titre. Puis il se demanda si tous ces murs à abattre, tous ces élans coupés remontaient à plus loin dans le temps ? Et, s'il fallait absolument parler d'amour déçu, ne s'était-il vraiment rien passé dans sa vie sentimentale depuis la jolie Jody du Michigan ? Il nota que Kelly Afternoon avait été un de ces obstacles qu'il avait lui-même érigés contre les chocs que pouvaient lui apporter les confusions, les éblouissements émerveillés de l'existence. Avait-il lui-même, volontairement, dressé tous ces murs de fiction adolescente afin de ne pas succomber à ces éblouissements teintés de l'euphorie propre aux hasards, à ces situations inattendues, pareilles à celle dans laquelle on est confronté lorsque, dans un avion, l'inconnue assise à vos côtés vous demande la permission de relever l'accoudoir qui sépare vos deux sièges ? Au fond, sa vie pouvait se résumer à ce que Misty lui avait exprimé, par ses attitudes, par quelques simples mots, articulés au cours d'une conversation sans prétention : à savoir qu'il fallait, d'une certaine manière, conserver et entretenir quelque rapport amoureux avec le monde, car sans cela, point de création.

C'est lorsque June revint lui annoncer que Misty n'était pas dans sa chambre, ni ailleurs dans la maison, que la panique s'empara de lui. Elle ne devait le lâcher qu'en début de soirée, soit presque six heures plus tard.

Il la chercha partout.

Il retourna dans tous les endroits où ils s'étaient promenés la veille, au cours de cette chaude journée où il lui avait donné le volant à plusieurs reprises : parmi les vieux pêcheurs de Menemsha, au milieu des Indiens de Gay Head, dans l'ancien cimetière de Chilmark, parmi la foule des premiers estivants d'Edgartown, sur la petite plage où le parasol abandonné était toujours planté dans le sable, témoin par intérim de leur passage.

Quinn savait que Misty avait pris la bicyclette, mais il ne savait pas à quelle heure elle avait quitté la maison. Avait-elle été réveillée par June qui prenait sa douche ? Les avait-elle surpris, par la fenêtre de sa chambre, en train de s'embrasser sur la plage ? Il savait qu'elle était toujours sur l'île puisqu'elle n'avait pas emporté ses affaires, mais il ne savait pas quelle direction elle avait prise, ni à quelle heure elle serait de retour. Pourquoi n'avait-elle pas laissé de message bien en vue sur la table de la cuisine (ou ailleurs dans la maison), comme elle l'avait fait à quelques reprises ces jours derniers?

Il vérifia qu'elle n'était pas passée chez Pamela, ni chez Timmy. La première quitta son travail pendant une heure pour l'aider dans ses recherches et lui faire quelques suggestions. La mère du second lui précisa que son fils était à l'école, en train de passer un examen d'histoire et que Misty, qu'elle connaissait bien, ne s'était pas manifestée chez eux. Toutes les demi-heures, Quinn entrait dans une cabine téléphonique pour appeler June. Celle-ci ne répondait pas toujours et Quinn l'imaginait en train de se faire bronzer à l'extérieur. Mais lorsqu'elle décrochait, c'était pour lui dire que personne n'avait appelé, qu'il s'inquiétait pour rien, qu'elle finirait bien par rentrer, que c'était « une vraie folie » de partir une seconde fois à sa recherche, que sa folie avait d'ailleurs déjà commencé quelques jours plus tôt lorsqu'il avait décidé sur un coup de tête de quitter Boston, oubliant ses rendez-vous et son portable, que justement Walker, son éditeur, avait téléphoné pour lui rappeler ses engagements de la semaine prochaine : « Tu dois, paraît-il, être lundi à New York ? C'est vrai, ça ? »

Vers cinq heures, épuisé, Quinn se laissa choir sur un des bancs ombragés de la rue principale de Vineyard Haven. Il s'était acheté un sandwich qu'il avait eu de la peine à terminer et une bouteille d'eau fraîche qu'il avait bue d'une seule traite. Bien entendu, des images de Misty le tourmentaient, images réelles et images inventées. Son mélange de précocité et d'innocence semblait l'avoir dotée d'une gaucherie qui ne lui permettait pas de se faire aisément des amis, à part peut-être Annie Bergman, sa compagne de toujours. Misty lui rappelait Esmé, la jeune héroïne d'une nouvelle de Salinger, dont il avait oublié le titre. Esmé rencontrait un GI dans un salon de thé et entamait avec lui une conversation teintée de ce charme suranné propre aux récits du temps de guerre.

Et lui, Quinn, pouvait-il se vanter de posséder de vrais amis ? Ses partenaires de tennis l'ignoraient dès qu'ils avaient quitté le court. Peter Jones voulait sans doute lui présenter sa fiancée dans le seul but de lui prouver que lui aussi savait s'entourer de jolies femmes. Quant à Jill et Roberta, elles ne cherchaient en sa compagnie que les moments fugitifs associés à des parties de plaisir qui n'avaient rien à voir avec des mouvements d'affection. Il se rendit compte qu'il n'avait personne sur qui vraiment compter. June avait son amie Meredith, Kate voyait Mrs. Moreno presque tous les jours, et Misty lui avait appris que même son oncle Chris, le gourou chevelu qui s'était un soir risqué à lui toucher les seins, avait une copine qui se prénommait Cynthia. Et si Quinn ne connaissait pas la vie privée de son éditeur, ni celle du libraire Drake, il avait été témoin de l'amitié, même uniquement professionnelle, qui les liait. Aux yeux de Quinn, les plus jeunes semblaient se créer des attachements avec plus de facilité. Ces jeunes parents, rencontrés à la bibliothèque la veille, devaient tous se connaître, sortir dîner ensemble en groupes de quatre, une fois leurs enfants chaudement placés sous la garde d'une babysitter commune. Quant aux « encore plus jeunes », leurs liens devaient naître au jour le jour, mêlant, avec une délectation perverse et comme selon un jeu établi d'avance, ce qui s'appelait amour et ce qui s'appelait amitié. Et Quinn imagina Gloria, la brune ingénue de la deuxième rangée dans la classe de June, en train de se régaler de l'attrait délicieusement dérangeant de ce chaos de sentiments disparates.

Lui n'avait, semble-t-il, véritablement aimé que deux fois dans sa vie : June au lycée, Jody à l'université. Puis, après l'évanouissement dans la nature de cette dernière, il avait créé Kelly Afternoon, l'avait lancée dans ses propres aventures souhaitées, dans les sables de l'Arizona ou les bas-fonds de New York, et s'en était contenté.

Sa propre période de bonheur intense et complet remontait, encore et toujours, à l'époque de Jody. Jody et ses colliers faits de bois, ses bracelets de fine corde, ses deux bagues en argent placées sur des doigts adjacents, ses longues jupes fleuries, fraîches et aérées, son immense écharpe en laine multicolore, enroulée quatre fois autour du cou, son châle noir genre mantille, sa veste de cuir râpé, son chandail tricoté hérité de sa grand-mère, effiloché par endroits, ses socquettes rouge feu ou jaune canari, ses lourdes bottes militaires. Jody et son visage dégagé, son front lisse sous sa chevelure rousse, son regard profondément bleu, ses rangées de dents parfaites, son sourire engageant, ses seins altiers toujours visibles sous ses vêtements, ses genoux satinés, ses longues jambes joyeuses...

Un sourire s'inscrit automatiquement sur le visage de Quinn lorsque, contre toute attente, il se surprend en train d'imaginer Misty, à vingt-deux ans, devenir à sa façon une nouvelle Jody, dispensant de l'amour à la manière des hippies du temps passé.

Il a pensé signaler la disparition de Misty au poste de police, mais il s'est vite rétracté. Il ne s'imaginait pas en train de faire le portrait de la jeune fille aux policiers, de leur expliquer sur papier la parenté éloignée qui les unissait (« c'est la petite-fille du second mari de ma mère »), et il resterait sans doute muet s'ils lui demandaient son nom complet (« Misty, c'est un diminutif, ça ? »). Que faire dans ce cas ? Appeler Allison à Boston pour recueillir ce petit renseignement et devoir lui raconter que, euh oui... elle a de nouveau disparu ?

Une averse, accompagnée de brutales bourrasques de vent chaud, le surprit dans ses pensées. Quinn, qui n'avait pas remarqué que les nuages s'étaient amoncelés depuis une quinzaine de minutes, se rendit vite compte que les magnolias de Main Street ne le protégeraient pas des éléments. Sur le trottoir d'en face où se hâtaient les passants se trouvait l'élégante et chaleureuse librairie Bunch of Grapes, et c'est presque complètement trempé qu'il y entra, une fois que le flot des voitures lui permit de traverser la rue.

Il la repéra tout de suite.

Misty se trouvait dans le fond de l'établissement, feuilletant un magazine dans la section des périodiques. Lorsqu'elle le sentit à ses côtés, elle lui dit « Hi ! » en se hissant légèrement sur la pointe des pieds pour l'embrasser sur la joue.

— Tu es tout mouillé. Qu'est-ce qui se passe ? Il pleut ?

— Mais où diable étais-tu ?

— J'étais ici. Mais écoute ça, tu vas rigoler.

— Je n'ai pas envie de rigoler. Où étais-tu ?

— Ah voilà... Écoute un peu cette merde. *Le baiser : ce qu'il faut faire et ne pas faire.* Une revue pour adolescentes débiles. *Avale et respire naturellement. Sois sûre que tes dents sont propres et que ton haleine est fraîche. Enlève ton chewing-gum avant d'embrasser. Garde tes lèvres légèrement humides. Ôte tes lunettes. Ferme les yeux, sauf s'il s'agit d'un baiser ordinaire...* Non, mais tu te rends compte?

— Misty, je t'ai cherchée partout depuis plusieurs heures. Quand as-tu quitté la maison?

— Ce matin, pendant que June était dans la salle de bains, ça m'a réveillée, mais ça n'a pas d'importance.

Elle n'avait donc pas été témoin de la discussion post-douche sur le lit de Quinn...

— Peut-être même plus tôt.

... Ni de l'intense discussion qu'il avait eue avec June au bord de l'eau...

— Tu dormais encore.

... Ni du fameux baiser à trois étapes.

— Mais écoute, il y a mieux. C'est vraiment dégueulasse. *N'éclate pas d'un petit rire nerveux pendant le baiser. Ne te mets pas trop de rouge à lèvres. Ne garde pas tes lèvres raides ou trop serrées. N'imagine pas que vos deux appareils dentaires vont s'enchevêtrer. Cet accident n'arrive que très rarement...* Révoltant, tu ne trouves pas? Et bête avec ça!

— Misty, je voulais te dire...

— D'abord, dis-moi ce que tu penses de ma nouvelle boucle d'oreille.

— Très jolie. Une seule oreille?

— Oui, une c'est suffisant.

Quinn ne put résister plus longtemps et l'entoura affectueusement de ses bras, l'attirant contre lui. Un geste qu'il ne se croyait pas capable de faire.

— Hey, c'est un endroit public, ici...

— Tu es une fille absolument extraodinaire, tu sais...

— Je sais. Et tu regrettes de ne pas m'avoir pour fille. Ce qui m'amène à quelque chose que je crois qu'il est temps de te dire. D'abord, sortons. Je crois qu'il ne pleut plus.

Elle replaça le magazine, lui prit la main et ils sortirent de la librairie. Le visage de Vineyard Haven avait repris son calme, accueillant avec une sorte de bienveillance les rayons du soleil lavés par la pluie. Au loin, près du débarcadère, on voyait de petites vagues se courir après, et dans le ciel, quelques nuages éparpillés flotter comme des soupirs hésitants. Ils rejoignirent la jeep après avoir décidé qu'ils reviendraient plus tard chercher la bicyclette qu'ils laissèrent attachée à son poteau, à la porte de la librairie. Quinn mit l'auto en marche.

— Alors : tu m'écoutes ?

— C'est si sérieux que ça ?

— Oui.

— Suffisamment sérieux pour ne pas encore rentrer ?

— Pas une mauvaise idée.

— Tu plaisantes.

— Pas du tout. Tu peux même éteindre le moteur, si tu veux.

Quinn s'exécute, se retourne vers Misty.

— Je t'écoute.

— Bon, alors voilà. Lorsque nous rentrerons en ville, tu sais... C'est pour demain, non ?

— Disons après-demain. June veut profiter de ses vacances ici, de la mer et du soleil. Elle veut même assister à un grand festival de cerfs-volants qui se déroule à Oak Bluffs demain toute la journée. Alors nous reportons notre retour de vingt-quatre heures. On va prévenir ta mère. Tu n'y vois pas d'inconvénient ?

— Mais pas du tout. C'est cool. June est cool.

— Bon. Alors ?

— Alors voilà : j'ai décidé qu'à Boston, je viendrai vivre chez toi. Quinn... Tu as entendu ce que j'ai dit ? Je vais déménager mes affaires chez toi et je vais vivre avec toi. Est-ce que ça te dérangerait ? Réponds-moi. Dis, ça va ? Hou-ou !

Frappé de stupeur, Quinn ne pouvait articuler une parole.

— Allons, dis-moi ce que tu en penses. Dis quelque chose, bon Dieu !

— Dans un monde fait d'orages et d'arcs-en-ciel, une pluie occasionnelle est encore et toujours une bénédiction et une malédiction.

— Et ça veut dire quoi, ça ?

Elle se mit à le secouer en éclatant de rire.

— Quinn ! Mais qu'est-ce qui t'arrive ? Tu me fais peur.

Ils étaient tous venus célébrer l'anniversaire de Misty. Et chacun lui avait apporté un cadeau. Pamela lui avait offert un petit tableau représentant, sur fond de lac recouvert de fleurs de lotus, trois petites Chinoises en train de tricoter. June avait choisi une blouse mauve à manches courtes, de celles qu'on voyait récemment sur les grands panneaux publicitaires de Gap. Timmy était venu avec deux CD des Cranberries qui résonnèrent dans la maison toute la soirée. Une soirée au cours de laquelle Quinn se sentit exclu. Le projet insensé dont lui avait parlé Misty quelques heures plus tôt lui occupait toujours l'esprit et il ne se voyait pas en train de lui dire, le jour même de ses quatorze ans, qu'elle avait perdu la tête et qu'il n'accepterait jamais pareille idée. Il ne voulait pas non plus la décourager en lui rappelant par exemple que, du côté de ses parents à elle, pareil arrangement ne serait jamais autorisé, encore moins sur un plan froidement juridique. Et il décida de lui faire croire par son silence qu'il s'accusait de n'avoir pas eu le temps d'aller dans un magasin lui acheter ne serait-ce qu'un petit souvenir.

D'ailleurs, le fait que Quinn avait retrouvé Misty ne fut jamais considéré comme un exploit à célébrer en soi. Tous savaient que la jeune fille allait rentrer toute seule, qu'elle avait seulement eu besoin d'un peu de liberté. Ils s'étaient tous mis à préparer un dîner où trônaient palourdes, moules et homards, June avait déjà fait les réservations pour leurs deux voitures sur le ferry du surlendemain matin, Pamela avait inscrit les noms de Misty et de Timmy au festival des cerfs-volants et leur avait précisé qu'elle allait leur montrer, dans les prochaines heures, comment les fabriquer et, dès minuit, comment les faire voler. Même Allison avait téléphoné de Boston pour souhaiter un bon anniversaire à sa fille, et Ernie en avait profité pour lancer une dernière petite semonce à la fugueuse.

— Il m'a appelée une sans-cœur, dit Misty en raccrochant.

Ce qui permit à chacun d'y aller de sa petite opinion sur les parents en général, mais aucun d'eux n'avait d'enfants, et seul Timmy émit au sujet de sa mère une réflexion suffisamment polie pour recueillir l'approbation de tous.

Misty a soufflé ses bougies, puis effectué vaillamment son travail d'embrasseuse. Les autres se sont un peu éloignés lorsqu'elle s'est approché de Quinn qui s'était replié dans un coin, un sourire fabriqué sur les lèvres.

— Je n'ai pas besoin de cadeau de ta part, tu sais, si c'est ça qui te tourmente...

Et par sa manière de lui prendre les mains et de les porter à sa bouche, elle lui fit comprendre que son présent à lui, c'était qu'il fût là, à ses côtés.

— Ah oui, autre chose : mon nom. Mon vrai nom est Theresa, mais une vieille gouvernante à ma mère, qui nous a quittés quand j'avais neuf ans, avait décidé de m'appeler Miss Theresa, puis Miss T. Et c'est resté. Dis, tu ne vas pas te mettre à m'appeler Theresa maintenant, hein ?

11

À MESURE QUE LES JOURS PASSAIENT, *les enquêteurs voyaient chacune de leurs pistes s'effacer les unes après les autres. Bien entendu, de temps en temps, quelques jeunes gens apportaient un témoignage, des renseignements en bribes confuses, un vague souvenir, mais c'était insuffisant, et, au poste de police, la disparition de Kelly Afternoon se métamorphosait lentement en une enquête de second ordre : une adolescente en fuite, dont la fugue ressemblait à des centaines d'autres.*

June/Timmy

— Quinn, mon genre d'homme ? Difficile à dire. Je n'ai pas de genre d'homme. Tu as un genre de fille, toi ?

— Pour le moment, j'en ai plusieurs.

— Misty est sur ta liste, je suppose.

— C'est sûr. En ce moment, elle est même tout en haut. C'est arrivé comme ça, tout à coup. Quelque chose qu'on s'est dit, quelque chose qu'on a fait accidentellement...

— Accidentellement ? Et quoi donc, si je puis me permettre ?

— Non, non, rien de censurable, si c'est de cela que vous voulez parler. Misty et moi, on se connaît depuis de nombreuses années. Disons, de nombreux étés. On a longtemps joué ensemble, que ce soit dans le sable, ou chez moi. Jamais chez elle, à cause de son grand-père, un vrai raciste, vous le connaissez ?

— Tout le monde le connaît, mon cher. Le vieil acteur, qui emmerde tout le monde. Mais, dis-moi, ces jeux d'autrefois avec Misty, ils ont donc changé. Tu ne la reconnais plus ? Ou alors, c'est vous deux qui avez juste grandi ?

— On a juste grandi, je crois. Tout le monde disait combien elle allait devenir belle un jour, combien elle allait devenir séduisante. Moi, je ne le voyais pas, j'étais un enfant.

— Et aujourd'hui, tu n'es plus un enfant, c'est ça?

— Non. Et elle non plus. Quand je la regarde, en train de courir avec ce groupe là-bas, derrière le cerf-volant bleu et blanc, j'ai encore tendance à la voir encore enfant, mais lorsque j'observe ceux qui courent avec elle, tous ces garçons surtout, je la vois en tant que jeune fille, et je me dis qu'on l'aime, qu'on la convoite peut-être, que j'ai sans doute des rivaux et qu'il faudra que je fasse quelque chose, juste pour lui montrer que, moi aussi, je suis là. Pour qu'elle ne m'oublie pas. Vous avez dû passer par là vous-même à notre âge, non?

— Absolument. Et je peux te le dire: ça continue.

— Avec Quinn? Misty m'a dit que vous deux...

— Non, Quinn et moi, c'est de l'histoire ancienne. Mais j'aime croire que notre amitié est toujours là. Avec quelques moments spéciaux, mais bon... Allez, va donc la rejoindre avant qu'elle ne te file entre les doigts. Et si tu veux que je te débarrasse de quelques importuns, fais-moi signe. Le grand aux longues jambes, par exemple...

— Leroy? C'est mon cousin. Vous voulez que je vous le présente?

Selon un policier, Kelly était à sa façon un vrai détective. Elle se trouvait toujours mêlée à des situations inattendues, endossait la responsabilité d'événements qui ne la concernaient pas, et n'était comprise par aucune figure d'autorité. De plus, lorsqu'un problème allait enfin vers sa solution, sa légendaire modestie la poussait à rendre hommage au courage, ou à la ténacité, ou à la présence d'esprit d'une tierce personne, comme pour montrer que n'importe qui pouvait résoudre n'importe quelle énigme.

Timmy/Misty

— Donc, tu ne veux pas partir?

— Ce n'est pas que je ne veuille pas partir, c'est bien plus que ça, c'est l'ambiance qu'on a créée, ces situations un peu tordues dans lesquelles nous nous sommes mis, dont je me régale, que je bouffe à pleines dents.

— Tu veux dire, toi et moi?

— Toi et moi. Quinn et June. Quinn et Pamela. Quinn et moi. Nous tous. Je me sens tellement bien dans ces salades, je savoure, c'est presque comestible, je te dis.

— Mais tu vas revenir bientôt...

— Bien sûr, dans une quinzaine de jours, je suis de retour. Les membres de la famille vont se succéder les uns après les autres, comme d'habitude, par groupes de deux semaines, à cause de leurs engagements en ville, de leurs boulots, mais moi, je serai ici tout l'été. Avec mon grand-père et Kate, comme d'habitude. Et toi? Tu me disais que tu vas travailler de façon plus régulière avec Pamela à la bibliothèque pendant l'été...

— Oui, c'est un boulot que je n'aurais sans doute jamais eu sans Pamela. Quand je vais l'aider quelques heures pendant l'hiver, elle est toujours très gentille avec moi. C'est notre voisine, c'est vrai, et depuis qu'elle habite là, si près, elle me traite comme si j'étais son petit frère. J'ai beaucoup de chance.

— Et elle n'a pas quelqu'un qui la courtise, un petit ami qui la sort au cinéma ou au restaurant?

— Je ne sais pas vraiment. Elle est très discrète, elle n'aborde jamais le sujet avec moi ou avec ma mère. C'est dans sa nature, je crois, une sorte de tradition, et on respecte ça. Tu penses que quelque chose a cliqué entre elle et Quinn?

— Je ne sais pas.

— Tu le voudrais ou tu le redoutes?

— Ni l'un ni l'autre, je crois, mais je ne te cache pas que cette pensée m'a effleurée à plusieurs reprises ces derniers jours. Pamela est belle, et j'aime son esprit, sa finesse, sa douceur. Si une sorte de romance à distance naissait entre eux, ça le changerait de ces femmes sottes, de ces relations absurdes qui lui font perdre son temps. Regarde-les là-bas, sous l'arbre. C'est un joli couple, tu ne trouves pas? Et puis, tu les as vus danser ensemble?

— Et nous, tu nous as vus? J'ai l'impression qu'on formait un beau couple, nous aussi, tu ne trouves pas?

— Oui, probablement.

D'après les renseignements recueillis, Kelly Afternoon a passé son enfance dans les bois, sur un flanc de montagne, domaine des aigles impériaux qui fendaient l'air le long d'une rivière en contrebas. L'odeur du sapin embaumait la maison, sorte de cabane en rondins, dont les larges fenêtres étaient toujours ouvertes. L'école qu'elle fréquentait était chauffée au poêle à bois : on y apprenait la beauté de la succession des saisons et on encourageait l'appréciation de leur constance.

Misty/Pamela

— Mais c'est incroyable ! Regarde June qui flirte ouvertement avec le cousin de Timmy... J'aime bien June, tu sais, mais juste le fait qu'elle arrive là, comme ça, sans prévenir...

— Moi aussi, je l'aime bien. Elle a un petit côté fou que je trouve intéressant. Quinn a dû la trouver très à son goût dans le temps. Il paraît que leur relation a changé depuis...

— Aujourd'hui, ils sont amis, et Quinn voudrait que ça reste comme ça. Bien que je soupçonne quelques petites exceptions sans gravité. C'est elle qui s'agrippe, comme s'il n'y avait plus qu'un seul homme sur terre : lui. Je comprends que ça le dérange. Il a sa petite vie bien organisée, ses papiers, ses petits bouquins...

— Tu n'aimes pas trop ses bouquins...

— Non, pas vraiment. Ni sa vie super organisée. Je crois toutefois le connaître un peu mieux que tout le monde. Les autres ne le jugent que par les gens qu'il côtoie. Et je n'ai pas l'impression qu'il aime beaucoup ça.

— Personne n'aime être jugé.

— C'est vrai, mais en plus, dans son cas, il a des complexes, il est mal dans sa peau, c'est un homme qui se cherche, je crois. T'as pas remarqué ?

— Tu sais, je viens tout juste de le rencontrer. Je ne le connaissais que de réputation.

— C'est pas bien, ça.

— Mais je ne le juge pas. Au contraire, je le trouve très intelligent, très cultivé. Et aussi très sympathique.

— Tu sortirais avec lui s'il te le demandait ? Vous deux, tous seuls, je veux dire.

— Nous vivons des existences très différentes et, en plus, à pas mal de kilomètres de distance. Et puis, moi aussi, j'ai ma petite vie bien organisée, tu sais. Nos vies ne se ressemblent en rien. Et je ne suis sans doute à ses yeux qu'une petite bibliothécaire de province.

— Je ne crois pas. Tu es une jolie femme, il l'a remarqué très vite, crois-moi. Il a juste besoin d'un déclic, de rire, de danser, de voyager, comme fait Kelly Afternoon dans ses livres.

— Il n'a pas besoin de moi pour ça, voyons...

— Et moi, il a le triple de mon âge.

— Bien sûr, vous deux, ça ne m'a jamais effleuré l'esprit.

— Moi si, malheureusement. Mais en tous cas, laisse-moi te dire que la voie est libre.

Kelly Afternoon est pratiquement invincible et c'est cette invincibilité, joyeuse, communicative, réjouissante, qui donne à tous l'espoir de la retrouver un jour, saine et sauve. Mais plus nécessairement la même. Des spécialistes ont déjà imaginé à quoi elle ressemblerait dans seulement trois ans : grande et élancée, les cheveux sans doute toujours aussi longs, avec peut-être une paire de lunettes qui aurait remplacé tout l'attirail fétiche de ses outils lumineux.

Pamela/Quinn

— Je pensais que la vraie création était inconsciente. Qu'elle était totalement indépendante de l'habileté ou de l'intelligence. Que pour créer, il fallait non pas seulement se laisser aller, mais permettre à son imagination de s'évader, sans pour autant lâcher les rênes. Un peu comme tous ces cerfs-volants.

— Probablement, mais la rigueur et la soumission à un emploi du temps précis n'ont jamais fait de mal à personne. Ça permet d'apprivoiser un peu l'exaltation intérieure. C'est ce qu'on appelle l'intuition première. Mais cela fait partie de la tradition chinoise, je crois, non ?

— Peut-être bien, mais ce n'est pas quelque chose que j'ai intégré à l'ensemble de mon existence. Au travail, la précision a bien entendu sa place. Je fais en sorte que tous ceux et celles à qui une tâche a été assignée s'en acquittent du mieux qu'ils peuvent.

Cependant, mon travail n'est pas toute ma vie et je ne me laisse pas accaparer par lui.

— C'est bien. Dans mon cas, je cherche encore à faire la part des choses. J'avoue que cette petite m'a ouvert les yeux sur certaines facettes de mon travail de création que je ne connaissais pas, et sur certaines voies que j'hésitais à emprunter. Je ne savais pas, je ne voulais pas, qui sait... C'est encore très confus dans ma tête, mais j'ai commencé à m'y atteler.

— Ça doit être très pénible. Moi, je ne pourrais pas, comme ça, du jour au lendemain, me questionner de façon aussi fondamentale. Misty, elle, semble savoir mettre en lumière certaines idées reçues et les métamorphoser en idées nouvelles. Je me considère chanceuse de l'avoir connue.

— Et moi donc! J'avoue honnêtement m'être attaché à elle sans saisir la véritable teneur de cet attachement. Mais c'est un peu l'histoire de ma vie. Des attachements sans raison, des liens tissés à partir de rien, des histoires en suspens... C'est encore quelque chose qui va m'occuper pendant les prochains mois. Si ce n'est pas pour le restant de mes jours...

— Je vois que vous avez pas mal de pain sur la planche.

— Et vous pensez que je pourrais m'en sortir?

— Tout seul, vous voulez dire? Je ne sais pas, je vous connais à peine. Parce que Kelly Afternoon, ce n'est certainement pas vous, n'est-ce pas?

— À votre avis?

Déjà, un peu partout naissent des Kelly Afternoon improvisées. On les reconnaît tout de suite sur les routes de campagne par les objets qu'elles se sont attachés à la ceinture: lampe de poche, vieille lanterne, longues bougies placées autour de la taille comme autant de balles de revolver. Au poste de police où on les emmène à des fins d'identification, elles vident leurs havresacs emplis de briquets, d'ampoules électriques, de loupes, de jumelles et de petits miroirs.

Quinn/June

— C'est fou ce que tu peux imaginer des trucs...

— Non, mais je ne plaisante pas. C'est écrit partout, tout le monde le sait, tout le monde le dit.

— Ce sont des clichés. Si elles t'entendaient, les Asiatiques, elles se rouleraient par terre de rire.

— Allons, on sait ce que vous aimez, les hommes. Des corps de fillettes qui vieillissent très bien : à cinquante ans, elles en paraissent trente de face et douze de dos, de longs cheveux noirs qui traînent jusqu'à terre, une peau de satin et très peu de poils.

— Mais où es-tu allée prendre ça ?

— Je le sais, je le sais. Ce sont des filles sans doute peu bavardes (donc, très valorisantes), qui ont un appétit d'oiseau. Mais elles sont d'une robustesse à toute épreuve, ce qui les rend maniables, même pour un homme de petite taille. Et fiables aussi, même pour un homme brutal. La vue de ton gros sexe la mettrait dans un état de panique pure.

— Mais nous parlons de qui, là ?

— Allons, allons, je sais que t'es pas pédophile, que la petite Misty, tu ne la toucherais pas, mais la bibliothécaire par contre, frustré comme tu l'es depuis je ne sais plus quand, tu te la taperais bien juste pour voir...

— Mais enfin, qu'est-ce que tu as bu ? Je t'ai vu glouglouter au goulot d'une bouteille que te tendait le grand Noir, là-bas, le cousin à Timmy... Tu riais aux éclats, il te pelotait par derrière ou quoi ? On voyait mal d'ici, avec tous ces gosses et leurs engins volants...

— Je n'ai vu aucun engin, mon cher. Et certainement pas le tien, que tu conserves bien au chaud dans ton short pour la frêle Chinoise pour quand viendra l'occasion. Montre voir si j'ai raison...

— June, arrête, arrête immédiatement !

— Allons, c'était juste pour vérifier qu'il est bien là, et bien au chaud, c'est tout. L'amateur de femmes, écrivain de son métier, réserve ses trésors pour la fine brindille aux yeux bridés.

— La fine brindille dont tu parles ne s'intéresse pas à moi. Qui sait : elle est peut-être un véritable bambou tranchant.

— Ça m'étonnerait, mais tu vérifieras quand même, mon petit chou, n'est-ce pas? Juste pour me faire plaisir? Et tu viendras tout raconter à Maman, d'accord?

Au bout de trois semaines, on avait quand même une piste: les phares. En apprenant la disparition de la jeune fille, un marin du nord de la Floride s'était rendu au poste de police de son quartier pour offrir son aide. Après s'être présenté comme un vieil ami de Kelly Afternoon — une information qui fut facilement vérifiée — il avait avancé qu'elle lui avait dit un jour affectionner les phares des villages côtiers du Maine ou du Massachusetts, selon elle des lieux de retraite ou de cachette idéaux.

June/Misty

— Tu sais, il ne faudrait pas que tu croies être la seule à lui avoir dit que, littérairement parlant, il devait changer de cap. C'est une idée qu'il mijotait depuis un certain temps déjà.

— C'est vrai.

— Tu n'avais donc pas besoin de monter toute cette mise en scène pour le lui suggérer.

— De quelle mise en scène parles-tu?

— Tu sais bien: ta fuite, les petits indices, la maison au bord de l'eau, et tout le reste. Quinn n'est pas bête, il sait parfaitement bien lorsqu'il se fait mener par le bout du nez. Je le connais depuis bien longtemps, bien avant que tu viennes au monde. Il n'est pas homme à se faire marcher sur les pieds.

— June, je ne sais pas très bien où tu veux en venir. Si c'est une petite scène de jalousie que tu m'envoies à la figure...

— Moi, jalouse de toi? Mais ça ne va pas, non? Tu te prends pour qui? Sa petite nymphette? Sa petite Lolita?

— June, tu dis des bêtises. Et puis calme-toi, nom de Dieu, les gens nous regardent.

— Je n'ai rien à cacher. Je dis ce que je veux quand je veux. Je n'ai peur de personne. Toi par exemple, tu ferais mieux d'aller jouer dans le sable avec ton beau petit Noir, et de foutre la paix aux plus grands.

— Je ne suis plus une enfant.

— Je sais, et ce n'est pas uniquement à la construction de châteaux que je pense quand je te dis d'aller jouer dans le sable. Je suis sûre que tu ne manques pas d'imagination. Allons, je vous connais toutes, les petites ados de bonne famille qui paradent leur culture toute propre devant leurs parents, leurs bonnes notes et leur politesse fabriquée, puis se font sauter à la première occasion, dès qu'ils ont le dos tourné. Je ne suis pas née de la première pluie, je sais des choses...

— Mais arrête, tu te fais remarquer.

— C'est mon affaire. D'ailleurs, je ne dis que la vérité, tu le sais bien, et c'est ça qui t'énerve. T'as pas besoin de faire l'effarouchée. C'est ça, vas-y, enfuis-toi ! Va donc dandiner ton petit corps de séductrice parmi les cerfs-volants, va essayer de comploter une autre aventure abracadabrante ! Mais tu ne comprends donc pas qu'ils n'aboutissent nulle part, tes petits complots, ma chérie, et que demain, c'est le retour bien sage à la maison, à ta petite vie d'écolière distinguée, à tes poupées brillantinées...

Des bataillons de policiers furent déployés dans les principaux villages de la côte est. Des gardiens de phare furent interrogés, des tours fouillées, leurs signaux, censés guider les navires, décodés. Les recherches n'aboutirent à rien et on soupçonna même que certains jeunes gens qui s'étaient joints aux efforts des chercheurs avaient tout fait pour leur rendre la tâche difficile. Quant à Kelly Afternoon, elle s'était, semblait-il, volatilisée dans la nature, ne laissant derrière elle aucun indice.

Misty/Quinn

— Tu n'as simplement pas confiance en moi. Ou alors, je t'effraie à un tel point que tu vas imaginer les pires situations.

— Tu ne m'effraies pas.

— Alors pense au côté positif de la chose. Je pourrais non seulement être ta secrétaire, mais celle qui pourrait filtrer tous les importuns, tous ceux qui pourraient se mettre en travers de ton travail. Tu pourras me raconter tout ce que tu veux sans arrière-pensée, de façon directe et honnête. Et moi aussi. Car vois-tu, moi aussi, j'ai besoin de toi, et j'ai confiance en toi.

153

— Mais tu rêves... D'abord, tes parents n'accepteront jamais pareille situation. Pas avec ma réputation, ça c'est sûr...

— Ta réputation! Tu me fais rigoler. J'ai bien l'impression que tu t'en vantes, de cette réputation, plutôt que tu t'en plains. Et puis, tu ne vas pas me faire croire que tu n'es pas en train de changer, là, maintenant, et que ces derniers jours n'ont eu aucune influence sur ton existence. Je ne parle pas de mon propre impact sur ta vie, je sais qu'il est mineur, mais des situations que tu as vécues, des gens que tu as rencontrés, des pensées que tu as sûrement eues. Elle est en train de fondre, ta fameuse réputation. D'ailleurs, que tu le veuilles ou non, tu vieillis. Toutes ces jolies femmes qui papillonnent autour de toi aujourd'hui vont bientôt se réduire à deux ou trois, peut-être moins. Et aux dernières nouvelles, même Kelly Afternoon a déjà disparu de la circulation. Tu auras donc besoin de quelqu'un.

— De toi, c'est ça, hein? Mais tu ne te rends pas compte des imbroglios que tu vas provoquer, de l'état de confusion où tu vas plonger tout le monde?

— Ce qui m'intéresse, c'est comment toi tu prendras la chose.

— Je la prends très mal, si tu veux savoir.

— Alors, cette panique qui t'a pris hier, quand j'ai quitté la maison sans prévenir...

— Oui, eh bien, justement, je ne me vois pas à l'avenir revivre des épisodes semblables de façon quotidienne.

— Alors, c'est ou bien que tu as peur, ou bien alors que tu ne m'aimes pas.

— Ni l'un ni l'autre.

— Ah bon? Et ça veut dire quoi, ça?

Il y avait aussi le problème soulevé par les légendaires baisers de Kelly. Personne ne s'entendait sur leur vraie signification. Qu'exprimaient-ils au juste? De simples embrassades amicales destinées à gratifier l'autre de sa reconnaissance ou de son affection? Des étreintes fugitives qui témoignaient d'un attachement plus profond, d'un lien plus vigoureux? Ou alors de vrais baisers de passion, offerts comme une célébration finale, à l'occasion de la résolution d'une énigme?

Quinn/Timmy

— Ça ne vous dérange pas que je vienne demain matin à l'embarquement ?

— Mais tu n'as pas classe ?

— Non. Demain, c'est samedi. Je vous dirai au revoir, puis je rentrerai chez moi étudier. Mais si vous préférez...

— Mais voyons, tu sais bien que tu n'as aucune permission à me demander. Nous serons tous ravis de te voir. Surtout Misty.

— Je sentais qu'il fallait que je vous le demande, je ne sais pas trop pourquoi. Misty a tellement d'estime pour vous, elle m'a dit qu'elle ne ferait plus rien pour vous contredire.

— Pour me contredire ? Mais qu'est-ce que c'est que cette histoire ? Nous pouvons avoir des opinions divergentes, elle et moi, mais ça ne nous empêche pas de les exprimer ouvertement. Entre vous deux par exemple, qui vous connaissez depuis si longtemps, ça ne se passe pas comme ça ?

— C'est vrai, mais Misty possède une sorte de fragilité qui m'empêche de vouloir par exemple lui dire ce que je pense vraiment.

— Lui dire que tu l'aimes ?

— En quelque sorte, oui, mais il ne s'agit pas vraiment d'amour, comment expliquer...

— Je crois savoir ce que tu veux dire. Chacun a sa propre sorte d'amour pour Misty. Un amour différent, pas banal. Moi, par exemple, est-ce que tu penses que je ne me suis pas posé de questions à ce sujet ? Bien sûr que je l'aime, mais pas comme toi.

— En tous cas, son amour pour vous n'a rien de banal, ça, je peux vous le dire. Quand on est ensemble — comme tout à l'heure, quand nous sommes partis quelque temps nous promener sur la plage, de l'autre côté de la rue — elle éprouve beaucoup de difficulté à ne pas parler de vous, elle essaie péniblement de ne pas prononcer votre nom, mais c'est presque impossible. Moi, ça ne me dérange pas vraiment, parce que je la sens si tendre, si affectueuse la plupart du temps, que mes propres sentiments à son égard arrivent à prendre facilement le dessus. Je me sens tellement bien avec elle, c'est comme si on était déjà adultes et encore enfants en même temps, et qu'on peut rester ainsi encore longtemps.

— Elle n'a que quatorze ans. Quatorze ans tout juste.

— Je sais, et moi seize. Nous aurons le temps de vivre, chacun de son côté, plusieurs histoires d'amour à l'avenir. Sauf que maintenant, c'est juste ce qu'il nous faut à tous les deux, sans plus, vous comprenez ce que je veux dire ?

Oui, l'embrasseuse évanouie dans la nature donnait de véritables migraines aux enquêteurs. Ils ne pouvaient s'empêcher d'imaginer les situations dangereuses, même les issues fatales que pouvaient entraîner tous ces baisers, apparemment inoffensifs mais toutefois donnés aux quatre vents, par une jolie adolescente portée sur l'aventure et vaguement délurée. Et tous les jours, ils s'attendaient à la retrouver violée, assassinée, le corps abandonné dans un fossé.

Timmy/Pamela

— C'est fait.

— Et qu'est-ce qu'elle a dit ?

— Rien. Elle m'a rendu mon baiser.

— Et alors, comment tu te sens ?

— Très bien.

— Mieux qu'avec Carolyn ?

— Aucune comparaison. Carolyn s'était presque jetée sur moi, tu me l'avais même fait remarquer toi-même. Tous les baisers qu'on avait échangés n'étaient pas de vrais baisers.

— De vrais baisers ? Et d'après toi, c'est quoi, un vrai baiser ?

— Sans doute celui-ci, celui avec Misty. Et pourtant...

— Et pourtant ?

— J'éprouve d'étranges sentiments. Comme si c'était juste provisoire, comme si on allait encore s'embrasser à nouveau quand elle reviendra le mois prochain, puis qu'elle rentrera à Boston encore une fois, que nous allons nous séparer à nouveau, que les années vont passer, et qu'un jour, tout cela sera oublié.

— J'en doute, Timmy.

— Le temps passe et on oublie, c'est toi qui me l'as dit.

— Tu fais référence à la période où je sortais avec Billy. Ce n'est pas du tout la même chose. Cet homme a passé dans ma vie comme une comète, un, deux, trois, fini. On n'a pas eu le temps de se connaître, de partager des idées, des moments, des jeux. Tu ne peux pas comparer ça avec les moments que tu as passés avec Misty, tous ces étés, toute votre enfance...

— Peut-être, mais je ne me vois pas, dans quelques années, souffrir de la séparation d'avec Misty, comme tu as souffert quand Billy est parti.

— Billy m'a quittée sans un mot, sans explication. C'est dur, des événements de ce genre, j'ai souffert, j'avais vingt-huit ans, et aujourd'hui, deux ans plus tard, son souvenir a complètement disparu de mon esprit. La mémoire choisit parfois de ne conserver que les souvenirs heureux. J'ai eu de la chance avec la mienne.

— Ma mémoire a depuis longtemps effacé Carolyn.

— Tu vois...

— D'ailleurs, elle avait des seins trop gros.

— Timmy!

— J'aime mieux ceux de Misty. Ils sont d'une dimension qui me convient parfaitement!

Le signalement de Kelly Afternoon a maintenant été diffusé par la plupart des agences de presse. Les membres de la famille de Gitans qui l'attendaient à sa descente de train à Grand Central Station à New York ont encore une fois été interrogés, mais rien de nouveau n'a transpiré de leur déposition. Au poste de police N° 15 de New York, on est en état d'alerte puisque c'est là que sont dirigés tous les appels concernant la disparition de la jeune fille. La ligne est en fonctionnement tous les jours — dès midi.

Pamela/June

— Un mot que je n'aime pas prononcer, c'est *digestion*, ça me met un peu mal à l'aise. Comme quand quelqu'un me dit: « J'ai mal digéré » ou « J'ai eu une mauvaise digestion »... C'est drôle, hein?

— Moi, j'ai du mal à être naturelle dans un ascenseur. Je ne parviens jamais à être détendue: je consulte ma montre avec un intérêt soudain, je me racle la gorge, ou alors je fronce les sourcils pour avoir l'air préoccupée, ou je fais semblant de relire des notes. Je sais pourtant très bien que la personne à côté de moi n'est pas dupe. Dans les queues, c'est un peu la même chose...

— Chez nous, sur l'île, il n'y a pas beaucoup d'ascenseurs. Par contre, les queues à la poste ou dans un supermarché, nous en avons. Et il y a toujours un vieux monsieur ou une dame à l'air revêche qui se place devant moi comme si c'était un dû. Dans ces cas-là, j'ai très envie de l'engueuler, mais je n'ose pas, alors, je regarde ailleurs.

— C'est fou : on a toujours l'impression d'être en présence d'une humiliation ou d'une honte de faire quelque chose. Le papier hygiénique, par exemple : pas question que ça dépasse de mon sac de provisions. Ou alors l'ami que je n'ai pas vu depuis longtemps, que je rencontre soudain : voyons, c'était qui ? L'ami d'un ami, ou un vieux copain oublié, ou juste une vague relation ? C'est comme donner ou ne pas donner de pourboire à un chauffeur de taxi : on a toujours peur de paraître radin, surtout s'il est désagréable...

— Si quelqu'un devant vous a un bout de salade entre les dents ou du stylo sur la joue, même si c'est un ami, surtout si c'est un ami, il m'est pratiquement impossible de faire la remarque. Je détourne le regard, je rougis, je bafouille. Et en même temps, je me sens très coupable de le laisser comme ça, c'est vache.

— C'est comme acheter un magazine un peu sexy, avec des photos vaguement suggestives : je me sens obligée d'en acheter une dizaine d'autres, le *New York Times*, le *Globe*, *Newsweek*, histoire de noyer le poisson. Une fois, il m'est même arrivé de demander une facture, pour faire croire que c'était pour le boulot. Or je suis enseignante, mais le bonhomme ne le sait pas.

— C'est fou, hein ? On se croit libéré, nature, sans complexes, et tout et tout. Et puis, un jour, ça bloque, on rougit, on reste coincé comme une bécasse...

— Et pour un truc idiot en plus !

— Et est-ce qu'on finit par apprendre ? Jamais.

— Jamais.

Aux dernières nouvelles, Kelly Afternoon aurait été aperçue lors du festival annuel de cerfs-volants de Nantucket, au large de Cape Cod. Deux témoins oculaires l'auraient immédiatement reconnue et se seraient même approchés d'elle pour lui parler. Elle portait une chemisette blanche ouverte sur un court débardeur mauve et semblait bien s'amuser en compagnie de quelques amis. Toutefois, un démenti paru dans les journaux précise que le seul festival de cerfs-volants de la région se tient dans l'île voisine de Martha's Vineyard, et qu'il a lieu au mois d'août dans le grand parc d'Oak Bluffs.

12

Il est onze heures : le ferry s'éloigne lentement du quai, accompagné par le hurlement de mouettes farouches. Il fait beau et chaud, le ciel éclate de bleu, un bleu que le soleil étincelant aura de la peine à délaver. Bientôt, Timmy et Pamela ne seront plus que de vagues silhouettes perdues au milieu des bâtiments bas du petit port, des drapeaux multicolores et du parking dégarni de Vineyard Haven.

Quinn les regarde se métamorphoser en formes indistinctes que viendra bientôt happer le paysage. Une paix bienfaisante l'envahit. Il semble plongé dans un bonheur nouveau, un peu comme un homme qui a accompli une mission et qui n'a plus de compte à rendre à personne. C'est un sentiment de profonde détente. Avec aussi quelque chose de joyeux.

Tout compte fait, la mission en question s'est déroulée mieux que prévu puisque Misty a été retrouvée, et qu'il la ramène, saine et sauve, à la maison. Le problème a été résolu et Quinn se vante d'avoir été le seul auteur de sa solution malgré quelques situations complexes provoquées par l'entrée en scène d'inattendus intrus.

Heureusement, ceux-ci avaient, semble-t-il, compris qu'il était indécent de le traquer, de le harceler de bavardages ineptes, de le forcer à endurer des banalités. Tous ont peut-être saisi que le détachement étant pour un écrivain une des premières disciplines à cultiver, il fallait lui permettre de se sentir détaché. Misty a dû s'en rendre compte la première. Et elle a dû le communiquer à sa manière aux autres. « Cet homme, leur a-t-elle sans doute fait voir, est un créateur, donc une sorte de visionnaire qui se doit de surmonter ses peurs intimes. Il ne faut pas trop le remuer, car il sèmerait autour de lui la panique plutôt que l'admiration. »

Oui, Misty seule semblait avoir compris que Quinn avait besoin de temps et d'espace, mais elle ne savait sans doute pas qu'en l'enjoignant à écrire enfin un roman *adulte*, elle le plaçait dans une situation nouvelle, et d'une complexité pour lui inédite.

Bien entendu, Quinn devait d'abord assumer la tâche ardue de convaincre son éditeur de la nécessité de mettre un terme à l'aventure Kelly Afternoon. Walker savait que Quinn était en train d'écrire un nouveau récit mettant en scène la jeune héroïne, mais rien ne pouvait lui faire soupçonner que c'était le dernier. *Kelly Afternoon disparaît*? Et alors? Elle disparaît, bon, mais on la retrouve, non? Aux yeux de l'éditeur âpre au gain, c'était aussi simple que cela.

Mais Quinn se trouvait aussi face à une situation neuve, celle de l'auteur à succès qui prend soudain le risque de signer l'arrêt de mort de ce succès. Il sait parfaitement qu'aux yeux de la société américaine, tout écrivain qui ne possède pas un agenda rempli de rendez-vous, qui n'est pas capable de prouver qu'il gagne bien sa vie (tous ses livres, bien entendu, ne doivent être que des best-sellers), est un artiste bohème qui ne mérite pas qu'on s'y attache trop. En Amérique, cette sorte de pauvreté est un déshonneur inexcusable. En mettant un point final aux Kelly Afternoon, il devra se buter à cette sorte de désapprobation générale qui refuse l'existence du rêveur quel qu'il soit. Hier soir, il avait partagé ses appréhensions avec Pamela qui lui avait dit croire que cette obsession américaine du succès découlait d'une idée, acquise du puritanisme, que le rêve et l'imagination étaient pour l'Américain des formes de vie suspectes. Elle lui avait même cité Saul Bellow qui avait, paraît-il, écrit quelque part qu'un poète a besoin de rêver et que « rêver, chez nous, n'est pas du gâteau ».

Douce et intelligente Pamela. Qui s'était cloîtrée dans ses pensées une bonne partie de la soirée, pour enfin laisser Quinn s'approcher d'elle, lui parler, lui prendre la main sur le balcon, enfin l'embrasser au bord de l'eau, sous la lune, au milieu de la plainte de l'Atlantique. Lèvres fines, soyeuses et luisantes, cheveux d'un noir profond qu'on écarte au ralenti du visage satiné, gestes dociles, arrondis, tranquilles, presque attendrissants de légèreté. Et sa voix, unie, veloutée, qui, dès ce moment, n'a plus jugé bon de citer quelque proverbe chinois approprié à la conversation, qui est plutôt devenue le reposant réceptacle d'une pensée lucide et pénétrante. Il l'entend encore, comme un doux murmure parmi les vagues que fend le bateau et le cri des grands oiseaux marins, lui dire combien l'existence est « heureusement » indéfinissable : « Pourquoi essaie-t-on toujours de la faire tenir dans des cadres, dans des cases, comme pour se rassurer ou avoir l'impression de la comprendre ? Alors qu'en fait, la vie ne demande qu'à déborder, qu'à s'échapper. C'est en tout cas ce que je crois... »

C'est en tout cas ce que je crois : l'expression que chacun des membres du quintette de ces derniers jours a dû sans doute prononcer au moins une fois à son interlocuteur le plus proche. Il a même entendu June l'asséner de façon un peu brutale à une Misty désarmée, dans la petite gloriette au fond du parc d'Oak Bluffs. La jeune fille avait dû accepter le commentaire sans broncher. Mais ce matin, sur le pont à ses côtés, toutes les deux semblent s'être réconciliées, blotties, comme complices d'un nouveau secret, l'une contre l'autre et les cheveux au vent.

Pour sa part, nanti maintenant d'une nouvelle mission, celle d'abandonner une fois pour toutes Kelly Afternoon à son sort et d'entamer avec *Flashback Love* sa marche vers l'inexploré, Quinn se voit revêtir à nouveau l'armure étincelante du héros. Il lui semble que les autres considèrent sa vaillante lancée vers l'inconnu comme une nouvelle certitude que l'existence peut être altérée, précédant le destin de plusieurs enjambées. Que le seul fait, pour lui, d'embarquer les pieds joints dans cette aventure littéraire inédite est preuve, pour eux, que les rideaux d'un univers différent s'écartent volontiers devant celui qui accepte de prendre quelques risques. Ceux qui l'entourent pourraient peut-être vérifier grâce à lui la véracité du dicton qui assure que prendre des risques, c'est progresser, grandir, s'élever. Que c'est aussi rugir au milieu des silences convenus.

Car soudain, tout devient envisageable, concevable. Quinn s'imagine ainsi pourvoir June d'une nouvelle orientation (elle pourrait, entre autres, mettre un point final à sa fixation sur lui), donner à Pamela le loisir de l'inclure, lui, dans le cours de son futur proche, encourager Timmy à prendre bientôt ses propres décisions sans consulter les plus âgés. Par contre, Quinn imagine mal Misty cheminer, juste à cause de lui, sur de nouvelles voies. C'est plutôt elle qui paraît les avoir jusqu'ici tracées pour lui.

Au moment où l'on ne distingue presque plus sur l'île qui s'éloigne cette route du littoral tant de fois empruntée ces derniers jours, Quinn s'approche de June et de Misty, les enveloppe toutes les deux de ses bras, permet au corps élastique de son amie d'enfance de se détacher lentement pour lui permettre de serrer contre lui celui de la jeune fille qui en profite pour lui chuchoter à l'oreille: «Cette fois, tu vois, je suis sûre que je t'aime pour toujours.»

Trois jours plus tôt, cet aveu l'aurait plongé dans les plus obscures interrogations.

Malgré l'inconfort des banquettes du ferry, June est profondément endormie. Misty et Quinn l'observent de l'extérieur, à travers la vitre. Elle est sur le ventre, le derrière relevé, comme un bébé. Puis, elle se retourne sur le dos, une main à l'arrière de la tête, l'autre main ouverte, ses longs doigts légèrement recourbés, son bras parfaitement détendu, comme anesthésié.

— On a l'impression qu'elle est sans défense, murmure Misty.

— Elle dort toujours comme ça.

— Tu sais ce qu'elle a fait hier après-midi, juste avant les cerfs-volants? Elle est allée consulter un médium, une femme qui se dit *canalisatrice d'entités...*

— Une quoi?

— Je ne plaisante pas; c'est, paraît-il, ce qui est écrit sur sa carte, et aussi à la porte de son bureau. June m'a dit qu'elle a été vachement déçue. La bonne femme a seulement voulu réveiller son *chakra* sexuel par des exercices de respiration, des déhanchements et des vocalises...

— Bref, ta mère, ton oncle et ta tante, réunis en une seule personne! Je parie qu'il y avait lumières tamisées et encens.

— Je ne sais pas, mais elle a dit que ça ne lui a rien fait et que, si ça me chante, à Boston, la semaine prochaine, elle pourrait m'emmener chez une chiromancienne. Je te raconterai...

Dans quelques minutes, à l'arrivée à Woods Hole, lorsque les deux voitures sortiront du ventre du navire, il faudra déjà se séparer. Misty poursuivra le voyage dans la Honda de June, elles seront à Boston deux heures plus tard. Quinn les suivra un bout de chemin, jusqu'au Bourne Bridge, le plus occidental des deux ponts qui enjambent le Cape Cod Canal. Puis, il obliquera vers l'ouest, en direction de New York. Il ne sera à Boston qu'après-demain, soit lundi après-midi, après la séance de signatures que lui a organisée Walker chez Doubleday.

Misty a le visage détendu, elle sourit, elle sait sans doute qu'elle va revoir Timmy dans une quinzaine de jours, lorsque l'été la ramènera sur l'île. Nul ne sait par contre ce que l'avenir réservera à la relation que Quinn vient d'entamer avec Pamela. Il y a au fond de lui le désir de rester en contact avec elle, mais il ne sait pas exactement comment. Il ne la voit pas clairement s'inscrire dans le cours de son existence des prochains mois, puisqu'il est plongé maintenant dans cette recherche innovatrice de l'inconnu. C'est ainsi qu'il ne se voit pas, dans un avenir immédiat, lui téléphoner ou lui écrire un petit mot gentil. Un petit mot gentil peut-être...

Puis, ils ont soudain eu faim et se sont arrêtés pratiquement au bord de la route, à une centaine de mètres d'une station d'essence, à l'entrée du pont. Misty a ouvert le sac de muffins que Timmy leur avait achetés au Black Dog, juste avant l'embarquement, puis l'une après l'autre, Misty et June ont utilisé les toilettes d'un petit café situé à quelques pas.

— La première chose que je ferai en arrivant? C'est très simple, j'ouvrirai toutes les fenêtres pour aérer l'appartement. Les peintres sont partis, mais certainement pas l'odeur de la peinture, je le sais.

— Moi, rétorqua June, je me ferai couler un bain et j'écouterai mes messages un à un. C'est une vieille habitude, après chaque voyage, petit ou grand.

Il faisait toujours très beau, presque chaud. Quinn et June ont marché, les yeux fixés au sol, comme s'ils comptaient les gros cailloux du bas-côté. Un étrange silence s'installa bientôt, que vint interrompre un roulement de tonnerre.

— Ce n'est pas possible, s'exclama June, il n'y a pas un seul nuage dans le ciel.

— Nous sommes au Massachusetts, c'est toujours comme ça, tu le sais bien.

— Donc, dans quelques minutes, on va rouler sous la pluie, je déteste ça.

— Moi, ce que je déteste, c'est d'attendre. Mais qu'est-ce qu'elle fout?

— Les femmes dans les toilettes, ça prend du temps, tu le sais bien. Je pense qu'elle va aussi téléphoner. À sa mère, je crois... Mais tu peux partir si tu veux. Ton voyage est bien plus long que le nôtre.

Quinn ne se fit pas trop prier, embrassa June sur les deux joues et regagna la jeep qu'il fit démarrer presque aussitôt.

Ce n'est qu'une demi-heure plus tard, à l'entrée de New Bedford, qu'elle se manifesta. La colère de Quinn fut telle qu'il s'arrêta brusquement et sortit sous la pluie battante, donnant libre cours à son irritation qui se perdit dans la bourrasque. Misty attendit quelques secondes, puis le rejoignit dehors, pour le prier de regagner la voiture. Une fois à l'intérieur, il laissa son amertume exploser, mais le ton acerbe finit par se métamorphoser en une aigre réprimande que Misty imagina destinée à empoisonner le reste du voyage. C'est lorsqu'elle le vit se calmer totalement (qu'il lui demanda par exemple de lui passer, pour se sécher la tête, un vieux chandail qui traînait près d'elle sur la banquette arrière) qu'elle entama son long défilé d'excuses, une procédure à laquelle elle semblait s'être déjà habituée.

— C'est surtout parce que je n'ai jamais vu New York. Enfin, ce n'est pas tout à fait vrai, il y a eu juste une fois avec mes parents, mais ça remonte à quand j'avais trois ou quatre ans, ça ne compte pas. Une fois arrivés, je te promets que je ferai tout ce que tu me diras de faire, je ne te lâcherai pas, je te jure, je serai toujours dans ton champ de vision, tu n'auras pas à t'inquiéter. Je ferai comme si tu étais mon père, docile, soumise, obéissante, la petite fille parfaite. Tu pourras d'ailleurs me présenter comme ta fille, ta nièce, la fille d'un copain ou d'une copine, tout ce que tu voudras...

— Et tes parents? Il faut que je les prévienne.

— C'est fait. Je leur ai déjà téléphoné. Bien entendu, ils n'ont pas très bien pris la chose, mais June se chargera de les calmer, de tout leur expliquer, elle m'a promis.

— Parce que June est au courant de tout ça, bien entendu! Tu as tout manigancé avec elle, c'est ça?

— Je me suis dit qu'il valait mieux que je m'en fasse une amie au plus vite ou alors passer le plus clair de mon temps à la laisser m'engueuler. C'est une femme formidable, finalement.

— L'engueulade, c'est moi qui la recevrai, de ton père, au retour, ou alors dans quelques heures, s'il décide de prendre le premier avion et de débarquer soudain à New York pour te récupérer.

— Ça, ça m'étonnerait. Je lui ai d'ailleurs lancé un ultimatum et maman, avec l'aide de Holly, saura l'en dissuader.

— Un ultimatum?

— Exact. Je les ai prévenus : ils me mettent des bâtons dans les roues, et je disparais à nouveau. Et cette fois, pour de bon.

— Comme Kelly Afternoon...

— Exact.

— C'est le même genre d'ultimatum que tu leur balanceras lorsque tu chercheras à leur faire comprendre plus tard que...

— Que je veux vivre avec toi. Exact.

— Tu ne nous donnes aucun choix, c'est ça?

— Exact.

— Dis, tu vas cesser de répéter «exact» sans arrêt?

— Promis. Maintenant, est-ce que tu vois un inconvénient majeur à ce que je vienne m'asseoir devant?

Route 95. Pas loin de Hope Valley, Rhode Island.

Misty est plongée dans la carte de la région. De l'autoroute, Providence ne lui avait pas inspiré beaucoup d'intérêt (Misty, candide : «C'est vrai que le dôme de l'Université Brown est le deuxième du monde par la taille, juste après Saint-Pierre de Rome?» Quinn, glacial : «Ce n'est pas le dôme de l'université, c'est celui du Capitole.») Leur conversation s'était limitée à peu près à ces seules considérations touristiques. Quinn avait gardé le silence au cours de la dernière demi-heure après avoir brusquement éteint la radio que la jeune fille avait osé allumer. Elle n'avait émis aucune protestation, se contentant de regarder la route défiler à toute vitesse. Il la devina très consciente de sa mauvaise humeur, mais il estima qu'il valait mieux se taire plutôt que de laisser échapper dans un fracas trépidant un tir nourri de paroles qu'il jugerait plus tard aussi insensées qu'inutiles.

Heureusement, il ne pleuvait plus.

Entre Groton et New London, Connecticut.

— New London? C'est pas le...

— Oui, c'est une base de l'US Navy, l'endroit des sous-marins nucléaires, du Nautilus, premier sous-marin atomique, etc. etc., tout ce qu'on t'a appris en classe de géo, quoi...

— Ah bon, je ne savais pas. On ne m'a jamais dit ça en classe de géo. Mais c'est pas grave, j'apprends.

Old Saybrook, comté de Middlesex (Connecticut).

Un coin que Quinn connaît bien. Ça remonte à sept, huit ans. Il avait été invité par l'institutrice d'un petit collège chic de l'est de New Haven, une femme très grande de taille, comment s'appelait-elle déjà, qui avait insisté pour lui faire voir, à sa manière, les environs...

— C'est un coin magnifique par là. Il faudra que tes parents te prennent ici un jour. La vallée inférieure de la rivière Connecticut... On vient de dépasser Old Lyme: on disait que, dans le temps, chaque maison avait pour propriétaire un capitaine de navire. Et, au début du xxe siècle, il paraît que c'est là qu'est né le mouvement impressionniste américain. Enfin... C'est une belle promenade, les superbes maisons d'Essex, les petites galeries de Chester, un village genre carte postale... Et puis, plus loin, le fameux Gillette Castle. Tu as entendu parler? C'est pas le gars des lames de rasoir, non, mais ton grand-père a dû le connaître, enfin, peut-être pas... C'était un acteur du début du siècle qui avait tellement joué le rôle de Sherlock Holmes au cours de sa carrière qu'il s'était complètement identifié à lui. Et ce château d'une vingtaine de pièces, il l'a rempli de centaines de petits gadgets qui rappellent le détective. C'est visitable... Si on avait le temps...

Et Quinn regarde Misty qui l'écoute et qui le gratifie d'un brave petit sourire en retour. C'est le papa et sa petite fille, avec en plus, un sentiment un peu déroutant qui lui bloque la gorge, lui embue un peu les yeux. C'est une sensation singulière, qu'il a déjà éprouvée, qu'il éprouve toujours encore d'ailleurs quand il croise le visage d'une femme dans la rue, dans un parc ou une librairie. Un visage dont l'excessive beauté va jusqu'à provoquer la naissance d'un sanglot.

Bridgeport, Connecticut.

— La patrie de Tom Pouce.

— Très juste. Et celle de Barnum, le gars du cirque.

— Et son « plus grand chapiteau du monde ».

— Grand centre financier, capitale industrielle de l'État...

— L'usine General Electric...

— Important port maritime...

— Autrefois, lieu de départ des baleiniers de la région...

— Attends un peu... Qu'est-ce que tu as là? Tu es assise dessus... Où tu as trouvé ce guide? Dans la boîte à gants? Donne-moi ça...

— Seulement si tu me laisses conduire un peu...

— Mais ça ne va pas, non?

* * *

Beverly Walker menait une existence dissipée. Elle avait pris l'habitude de raconter que la vie d'éditeur de son mari aurait fini par la rendre « complètement folle » si elle n'avait décidé un jour de « changer un peu de peau mais sans changer d'homme », se métamorphosant du jour au lendemain (en fait, lors d'une soirée qu'ils avaient organisée en l'honneur d'un quelconque écrivaillon) en *party girl* très appréciée. Et bandante à tout casser. Paul Drake, le libraire de Boston, fut l'un de ses premiers amants, et aussi l'une de ses premières victimes.

— Parce qu'elle revient toujours à la maison, tu sais, précise Walker. Ce sont les autres qui souffrent. Moi, je me suis habitué. Sa technique est à toute épreuve : elle va chez le type, se met à boire, se laisse basculer dans son lit, l'ensorcelle en lui faisant croire qu'il est le meilleur, le plus beau, le plus *tout*, puis avant l'aube, elle appelle un taxi. C'est comme ça, vois-tu, les hommes aiment sa compagnie, et moi, ça m'arrange parce que parfois, en passant, ça fait mousser les affaires. Ça m'étonne d'ailleurs qu'avec toi, elle n'ait jamais essayé... Oh, excusez-moi, mademoiselle...

Walker avait manifestement bu et Quinn soupçonna qu'il s'était déjà même envoyé plusieurs verres au bar du Hilton rien qu'en les attendant.

Leur arrivée fut un véritable tourbillon. Walker les accueillit à l'entrée de l'hôtel, leur demanda immédiatement s'ils avaient faim et, sans attendre de réponse, les supplia de l'accompagner au vernissage de l'exposition Pierre Bonnard au Musée des beaux-arts parce qu'il ne voulait pas s'y rendre seul, qu'il avait reçu toutes ces invitations et qu'il ne tenait pas à les détruire. Misty avait accepté tout de suite et avait elle-même entraîné Walker à toute vitesse vers l'ascenseur. Quinn, qui n'avait pensé tout au long de leur dernière heure de route qu'aux embouteillages qui les attendraient à l'entrée de la ville, se dirigea à grands pas vers la porte de la vaste chambre que l'éditeur attentionné avait réservée à leur intention. Il voulait communiquer au plus vite avec les parents de la jeune fille, mais redoutait l'affrontement verbal qu'il allait subir. C'est la raison pour laquelle il accueillit avec un peu de soulagement le fait que le bouton rouge des messages téléphoniques clignotait. Il écouta attentivement la voix d'Ernie Boulosh qui s'adressait à lui avec circonspection. Il lui disait que le mal était fait et qu'il allait lui régler son compte à leur retour, mais qu'entre-temps, puisqu'ils étaient à New York, il ne devait sous aucun prétexte perdre Misty de vue, qu'il lui donnait la permission de l'emmener à l'Empire State Building, au Radio-City, mais pas à Greenwich Village, ni à SoHo, encore moins à la Statue de la Liberté puisque, d'après lui, elle avait eu «assez de liberté comme ça». De plus, il rappelait à Quinn qu'ils avaient de la famille à New York, que «c'est dans le Bronx», et qu'en cas d'urgence «voici leur nom et numéro de téléphone»... Il conserva le message pour permettre à Misty de l'écouter à son tour.

— Ils habitent dans le Bronx, dit-elle résolument en raccrochant, on les connaît à peine, et on n'a vraiment pas que ça à faire... Alors, fais-moi plaisir, oublie ce détail.

Avant de se précipiter avec son sac à dos dans la salle de bains (« Cinq minutes, c'est tout ce dont j'ai besoin... »), elle indiqua le sofa situé sous la fenêtre à l'autre bout de la grande pièce et se le réserva pour la nuit.

Une demi-heure plus tard, ils traversaient l'Avenue of the Americas pour aller se mêler aux distingués invités du MoMA.

— Je me suis depuis longtemps habitué à Beverly, continua Walker. Vingt ans, ça vous cimente un couple, malgré tous les aléas...

Misty, qui s'était inconsciemment éloignée d'eux quelques instants, s'étant laissée séduire par deux toiles de Bonnard représentant de lumineuses baigneuses, revint vers eux, la main droite pleine de petits fours et suivie d'un chétif barbu d'une trentaine d'années.

— John Bel, avec un *l*, critique d'art, ravi de vous connaître. Savez-vous que cette exposition est la première de Bonnard à New York depuis 1964 ? Je la trouve extraordinaire à tous les points de vue. Et digne de plaire à un large public. Au début, on pense que le peintre ne désire nous présenter que le comportement des êtres et les effets de lumière sur leur existence, leur vie privée. Mais en se plaçant plus longtemps devant une toile, on la voit changer. Les personnages et les objets représentés quittent puis rejoignent le champ de vision du spectateur. On dirait qu'ils échappent un instant à son attention, puis presque immédiatement recaptent cette attention. C'est comme si chaque peinture présentait une analyse du processus de la vision et de la mémoire. Vous ne trouvez pas ?

— Vous croyez vraiment ? demanda Walker qu'amusait, semblait-il plus que les autres, le torrent verbal du bonhomme.

— Absolument. La plupart du temps, Bonnard peignait de mémoire, aidé seulement de petits croquis.

— Je suis sûr, intervint Quinn, que la plupart des artistes essaient, d'une manière ou d'une autre, de provoquer la participation active de leur public. Ils veulent que leur œuvre soit perçue avec une dose de curiosité, de plaisir et d'un fort désir de comprendre.

— Je suis d'accord avec vous. Bonnard le serait aussi. Vous parlez de curiosité. Mais oui, mais oui...

— Moi, osa Misty, je crois que Bonnard, comme tout artiste, je présume, doit aimer dissimuler des petites surprises dans sa peinture. Peut-être que c'est sa façon à lui de communiquer la joie qu'il a éprouvée lorsque l'idée lui est venue. Je ne sais pas si je me fais bien comprendre. Il y a un immense plaisir à découvrir la petite innovation que le peintre a découverte avant vous. Ça vous met presque sur la même longueur d'onde que lui...

— Une fille très perspicace que vous avez là, Monsieur Laramie, vous pouvez en être fier...

D'abord, mon vieux, ce n'est pas ma fille. Mais ça ne fait rien, j'aime bien. Ensuite, je me demande si c'est seulement sa perspicacité qui t'intéresse, espèce de petit con, sinon tu ne l'aurais pas observée devant la cimaise là-bas, tu ne lui aurais pas adressé la parole ni accompagnée jusqu'à nous. Disons plutôt que c'est sa longue chevelure, son débardeur moulant sous sa veste de velours, son jean délavé, ou tout simplement sa jeunesse, son innocence, la fraîcheur candide de son sourire. Et cette individualité parfaite, cette manière exclusive de se tenir droite devant chaque toile, de bouger les bras, cette grâce qui crée sa propre catégorie et s'y inscrit seule, en reine. Et puis, là, maintenant, sa voix brûlante, comme provenant de l'intérieur d'une guitare, une de ces voix cruelles et absolues, parce que jeunes et heureuses. Bref, mon cher, justement, tout ce bonheur, son bonheur, dû en grande partie au fait qu'elle partage avec moi des moments inattendus, ces mêmes *petites surprises* dont elle parle en montrant les tableaux de Bonnard, mon beau John Bel avec un *l*...

* * *

Lorsque Quinn sort de la salle de bains, Misty est déjà couchée sur le grand sofa devant la table basse. Elle a placé sous sa tête les deux oreillers supplémentaires trouvés dans le placard et elle regarde distraitement un film en noir et blanc qui passe à la télévision. Soudain, elle sort un bras de sous la couverture dans laquelle elle s'est pelotonnée pour actionner la télécommande et zapper à toute vitesse. Puis, elle le regarde.

— Tu tombes vraiment de sommeil, toi? Moi pas. Ça ne va pas?

— C'est ce gros hamburger, avalé quand il était déjà minuit. Ça ne me réussit pas, mais ça passera, j'ai pris des anti-acides, je suis bien équipé. Et puis, il m'a un peu étourdi le John Bel avec un *l*, avec tout son savoir...

— Moi, il m'a fait rire.

— J'ai vu ça.

— Il essayait surtout de m'épater, tu sais.

— J'ai vu ça aussi.

— J'oubliais : les écrivains, ça voit tout. Donc, logiquement, je devrais me méfier de toi.

— C'est vrai, tu devrais. Et en même temps...

— En même temps quoi ?

— En même temps, tu devrais me faire confiance. Ici, à New York, je remplace un peu ton père et j'espère agir comme un père, comme il me l'a demandé. Tu es sous ma responsabilité, tu feras ce que je te dis de faire...

— Mais absolument. J'ai même pensé que tu pourrais me lire quelque chose avant de dormir, même si tu es fatigué, même si tu as mal à l'estomac. C'est ce qu'un père ferait pour sa fille.

Quinn s'approche en souriant, s'assoit tout au bord du sofa, sur un tout petit espace qu'elle lui a ménagé. Il la regarde longuement, et il se dit que, contre toute attente, il s'est vraiment attaché à cette gamine, qu'il ferait tout, absolument tout pour elle, il se dit toutefois que lui ne mérite sans doute pas de sa part toute cette attention, toute cette affection. Il tend la main gauche vers son visage, passe ses doigts dans ses cheveux, les glisse sur sa joue frémissante en une lente caresse, puis laisse Misty lui prendre la main entre les siennes et lui embrasser très lentement, très tendrement, les paumes qu'il a soudain moites et tremblantes.

— C'est moi, dit-elle, c'est seulement moi.

— Je sais.

— Alors, dis-moi, qu'est-ce que tu vas choisir pour ma lecture d'avant dodo ? Va donc chercher un de ces livres que t'a passés Walker, ces rééditions de je ne sais plus trop quoi, ça t'a épaté lorsqu'il t'a mis ça en main... Va donc t'asseoir là-bas, sur ce beau fauteuil, choisis un passage et lis-le-moi, comme une berceuse ; dis, tu veux bien ?...

* * *

De violentes douleurs à l'estomac l'éveillèrent vers quatre heures du matin. Il se leva silencieusement, plaça sur sa langue un de ces bonbons à la menthe qu'ont l'habitude de déposer les femmes de chambre en fin d'après-midi sur la table de nuit. Misty était profondément endormie. Il faisait froid dans la chambre et, plutôt que de lui remonter les couvertures jusqu'au menton, il décida de baisser l'intensité de l'air climatisé.

On sait que les gratte-ciel illuminés de New York empêchent de voir les étoiles de la nuit, mais cette nuit-là était grandiose et les moindres lueurs semblaient se confondre dans un firmament d'une immense splendeur. Quinn savait que cette splendeur avait acquis la plus grande partie de sa brillance et de sa magie quelques heures plus tôt lorsque, devant la jeune fille à la fois attentive et éblouie, il lui avait lu un court extrait du *Warlock* de Jim Harrison.

C'était le passage où, au petit matin, Johnny/Warlock emmène son chien en voiture sur les rives du lac Michigan. *C'était un de ces matins ombreux, à la fois chatoyant et blafard ; l'air immobile et déjà chaud paraissait tissé d'une fine mousseline verte et on aurait pu se croire dans un pays de conte de fées, un pays où tout se passerait toujours très bien.* Harrison, précisa Quinn, aime à décrire ces matins qui permettent de *goûter à la sérénité de la terre, loin de la frénésie qui agite le monde quelques heures plus tard.* Des matins que Quinn n'avait jamais vécus, puisqu'il s'était donné comme règle de ne se lever qu'à midi. Quinn avait interrompu un instant sa lecture pour révéler à Misty qu'il tenait Harrison comme l'un des grands écrivains américains, que tous ses livres, empreints de pur lyrisme, étaient devenus pour lui, au fil des ans, une source inépuisable et revigorante d'émotion.

Et Quinn avait inscrit le sourire sur le visage de la jeune fille lorsqu'il lui avait avoué que, justement, le nom de Kelly Afternoon lui avait été inspiré par un autre passage de ce même roman.

— Afternoon : un nom un peu ridicule, et sans grand intérêt, je l'avoue, mais qui est le seul élément qui me relie (moi l'homme, pas l'écrivain) à Kelly. Tout comme Warlock qui s'appelle réellement Johnny. Écoute ça : *Le nom secret de Johnny (qui lui avait été décerné par le chef de troupe lorsqu'il était encore jeune scout) était son seul lien avec les Indiens de la région que même les hippies les plus crasseux s'accordaient à dire qu'ils présentaient bien moins d'intérêt que ceux des montagnes Rocheuses...*

Son mal miraculeusement disparu, Quinn accueillait maintenant dans ses paupières le retour d'un bienfaisant sommeil. En se dirigeant vers le lit, il remarqua que la table était couverte de papiers disparates, de cartes de Manhattan et de coupures de journaux. Il comprit que Misty, impatiente de préparer son dimanche new-yorkais, avait dû elle aussi se lever au milieu de la nuit, quelques heures après la courte séance de lecture. Sur un morceau de papier, il déchiffra : « Greenwich Village, Musée de la radio et de la télé, parade de clowns sur Madison Avenue ?, Central Park, où donc habite Woody Allen ?, Virgin Records, une ou deux boutiques de fringues, des souliers Nike. »

Ces derniers mots étaient vigoureusement soulignés.

13

Un parfum fruité lui chatouilla les narines et Quinn ouvrit les yeux. Il trouva Misty accroupie devant le lit au niveau de son visage. Elle lui dit, l'informa d'une voix douce qu'il était dix heures et demie, mais que, puisqu'on était à New York, il devait penser à se lever. C'était sans doute une entorse à sa règle matinale, mais il faisait beau et ils avaient un million de choses à faire. Elle-même, qui lui rappela qu'elle partageait depuis des années avec lui l'art consommé de la grasse matinée, s'était levée une heure plus tôt, avait mis de l'ordre dans la chambre, révisé une nouvelle fois le programme idéal de la journée, pris sa douche et s'était habillée. Elle avait même trouvé le moyen de partir dans les couloirs du dix-septième étage à la recherche d'une femme de chambre qui lui donnerait des renseignements sur ce fabuleux shampooing à la poire offert gratuitement dans les salles de bains de l'hôtel. Au lieu de lui fournir l'adresse d'une bonne parfumerie, la dame lui avait mis entre les mains une demi-douzaine de petits flacons contenant le précieux produit qui, quelques minutes plus tôt, sous la douche, avait officiellement placé sa journée sous le signe d'une bienfaisante félicité. Et Quinn pensa que le fugitif baiser qu'elle posa ensuite au coin de ses lèvres était l'illustration exacte de ce sentiment. Déjà, Misty était debout et se dirigeait vers la porte de la chambre.

— J'ai téléphoné à la réception pour savoir s'il y avait des messages électroniques, et si je pouvais consulter les miens sur leur écran. Je ne pense pas que ce soit toi qui leur as dit de ne pas sonner ici avant midi. Peut-être Walker. Ou alors, tu es devenu si célèbre au fil des ans qu'on connaît aujourd'hui tes moindres manies. En tous cas, je vais aller voir. Profites-en pour t'habiller. J'ai pas envie de trop traîner. Toi?

Quinn attendit que la porte se referme, puis se leva d'un bond, se rua dans la salle de bains dont il nota immédiatement les senteurs de verger. Il sourit en se rasant : la jeune fille avait laissé d'autres parfums, les légers effluves féminins qu'il connaissait bien et dont il s'interdit, dans sa hâte, de faire l'analyse.

Il enfilait une chemise lorsqu'elle entra en coup de vent.

— On est hyper-populaires. Regarde tous ces messages. Ils ont été chics en bas, ils me les ont tous imprimés. Un e-mail d'Annie, tu peux lire, y a rien à cacher. Un autre de Holly, double celui-ci, première partie pour moi, seconde pour toi : pas encore lu. Et puis ce petit mot de John Bel. Il dit qu'il peut nous promener en voiture, qu'il a des billets de théâtre, etc. Tu as envie de le revoir, celui-là ? Moi pas particulièrement.

En gros, Annie Bergman se plaignait candidement de son adolescence dans des tournures de phrases qui lui donnaient aisément vingt ans. Elle avait écrit son e-mail au hasard en espérant que Misty le lirait où qu'elle fût. Elle disait qu'elle lui manquait énormément, surtout que l'école était presque finie. « Cette dernière semaine traîne, traîne. Ça n'en finit plus. Tu as bien fait de t'enfuir juste après le dernier examen. C'est l'ennui total. Y a plus rien à foutre ici et j'en ai vraiment marre de ces méthodes quasi empiriques de séduction de la part de garçons empotés et transpirants. Je mérite mieux, tu ne trouves pas ? Nous méritons mieux. Ce que je demande n'est finalement pas bien compliqué. Je veux juste quelque chose de beau... »

Pour sa part, Holly faisait à Misty un *résumé récapitulatif familial.* « C'est simple, abrégeait-elle, tout le monde te hait. Sauf moi, bien entendu. Et quand j'essaie de vous défendre, Quinn et toi, je me fais engueuler. Par mon père qui me lance que je lui rappelle ma mère. Par Kate qui note des ressemblances entre lui et moi (mais où va-t-elle chercher ça ?). Par ta mère qui me dit que je ne peux pas savoir, que je n'ai jamais été mère, que d'ailleurs selon elle, je ne le serai jamais. Ton père est très énervé, mais son sang moyen-oriental le force à tout garder en dedans. Vaut mieux ne pas trop s'approcher de lui. Chris a l'air de s'en foutre. Je ne l'ai pas vu depuis une semaine, mais il m'a dit qu'il serait là lundi à ton retour. Attendez-vous tous les deux à un comité d'accueil de tous les diables, enflammé et tendu à mort. Pour la Grosse Pomme, force Quinn à faire des choses que toi aussi tu aimes, pas uniquement la tournée barbante et positivement merdique des musées. *Hell!* Tu es à New York... Demande à Quinn de te prendre à SoHo, à Chelsea, voir quelques lesbiennes bien en chair avec bas résille et porte-jarretelles, et aussi des homos dont la beauté te coupera le souffle. Il faudra que j'y retourne un de ces jours: c'est tellement gratifiant de pouvoir piocher dans un gigantesque bouquet de beaux mecs... »

Dans la section du message qui lui était destinée, Quinn observa dans les propos de Holly une gentillesse, une générosité qui l'étonnèrent. Ses paroles parvenaient même à clarifier quelque peu les zones d'ombre qui encombraient son esprit depuis quelques jours. « Tu as dû passer par pas mal de hauts et de bas, mon ami. Toutefois, d'après les renseignements que me donne au compte-gouttes ton ex-petite amie, la mal-baisée, tu as finalement accepté Misty telle qu'elle est. Je te conseille de ne pas essayer de trop approfondir ses états d'âme. Si elle te semble parfois psychologiquement et physiquement renfermée, ou de temps en temps un peu en retrait, ne te mets pas à l'analyser. Tous ses silences que tu ne t'expliques pas, c'est peut-être qu'elle vient juste d'avoir ses règles. Demande-lui. Tiens, Misty, puisque je suis sûre que tu es là, à côté, c'est moi qui te le demande... » La question est poliment relayée par le regard de Quinn et Misty acquiesce d'un hochement de tête accompagné d'un sourire timide. « Que ce soit oui ou non, poursuivait Holly, tu la ménages, Quinn, tu as compris? Des nouvelles d'ici? Rien de spécial. Ta mère m'a donné un de ses vieux chapeaux qui, selon elle, m'irait parfaitement, puisque, toujours selon elle, je ne porte que des vieilleries achetées aux puces! Mais c'est vrai qu'il est beau. Tu jugeras à ton retour. Toujours au sujet de ta mère: elle a eu une drôle de rencontre avec Señor Lopez, ton *ascenseur-man*, un jour qu'elle était allée vérifier le travail des peintres dans ton appartement. Il lui a dit quelque chose en espagnol, la bouche en cœur, et lui a ensuite remis un morceau de papier plié en quatre avec écrit dessus un vers de Neruda ou de je ne sais trop qui. Elle me l'a refilé avec le chapeau qu'elle m'a offert. J'ai fait semblant de ne pas comprendre ce que ça signifiait, mais textuellement, je te le jure, ça disait : *je veux faire avec toi ce que le printemps fait avec les cerisiers.* Tu crois que le bonhomme est devenu complètement dingue ? Ou alors qu'il veut simplement la sauter ? Faut-il en parler à mon vieux grincheux de père, révéler à ta mère le contenu de la déclaration d'amour ou les regarder tous de loin se démerder ?... »

Quant à John Bel, il disait qu'il se mettait, lui et sa voiture, à l'entière disposition *de l'écrivain et de sa fille.* Que s'ils étaient occupés pendant la journée, il leur avait tout de même réservé deux places pour une pièce off-Broadway. Et qu'après le théâtre, il les rencontrerait juste à côté — toujours s'ils le voulaient bien — pour dîner.

Misty se leva soudain et emporta son sac à dos dans la salle de bains.

— En tous cas, il fait une chaleur terrible dehors, j'ai vérifié. Je dois me changer. Tu devrais le faire aussi, tu sais. Si tu veux mon conseil, un tee-shirt, c'est mieux que cette chemise à col. Tu verras, tu me remercieras...

Quinn obéit, tout en essayant par téléphone de rejoindre Walker dans la chambre voisine. Pas de réponse. Était-il sorti pour aller régler quelques derniers détails avec la librairie pour le lendemain ? Ou alors, il dormait encore...

En attendant l'ascenseur, chacun observa la tenue de l'autre.

— On dirait qu'on va encore une fois à la plage, dit Quinn.

— J'ai ôté ma boucle d'oreille.

— C'est très bien.

— C'est mes espadrilles que tu n'aimes pas ?

— Mais non, c'est parfait, regarde donc les miennes.

— Alors, tu trouves ma jupe trop courte ?

— Mais pas du tout. Tu es ravissante.

Lorsque la cabine s'immobilisa devant eux, ils se glissèrent avec difficulté dans le groupe compact de passagers et Misty dut se blottir contre lui en s'excusant. Une petite tape de Quinn derrière la tête de la jeune fille lui indiqua qu'elle n'avait pas à lui demander pardon. Il en profita pour lui chuchoter que c'était la première fois qu'il regardait de si près les pâles taches de rousseur qui embellissaient selon lui les ailes de son nez. Elle lui répondit par une brève grimace qui parut ranger sa réflexion dans le casier des compliments douteux.

Un étage plus bas, deux jeunes gens impétueux et turbulents réussirent en poussant un peu à s'introduire dans la cabine, puis s'amusèrent à presser sur chacun des boutons de l'ascenseur avant de le quitter au douzième étage dans d'immenses éclats de rire. Ce fut donc une longue descente, ponctuée d'inutiles arrêts.

— Ça me rappelle un film, murmura alors Quinn à l'oreille de Misty, comme pour dissiper le lourd silence gêné qui s'installa pendant de longues secondes dans la cabine. Un vieux film de suspense avec Robert Redford... Tu sais... Non, tu ne saurais pas, tu n'étais même pas née...

Deux messieurs manifestèrent leur impatience par de longs soupirs. Une petite fille se mit à rire à la vue de cette porte qui s'ouvrait et se refermait sans cesse, et une jeune femme qui devait être sa mère l'invectiva du regard. Enfin, au rez-de-chaussée, lorsque la porte s'ouvrit pour la dernière fois et que tout le monde se fut extrait de l'ascenseur, une femme d'une quarantaine d'années se retourna vers Quinn et lui sourit.

— *Three Days of the Condor*, dit-elle simplement avant de disparaître dans le hall d'entrée.

Quinn eut à peine le temps de noter l'intense volupté d'un visage, la lueur liquide d'un regard qui lui sembla bleu, un charme qu'on avait sans doute travaillé avec patience. Comment avait-elle échappé à son attention pendant ce long trajet forcé?

C'est alors qu'il s'aperçut que Misty l'observait, quémandant une sorte d'explication.

— C'est rien, lui répondit-il, c'est le titre du film que je cherchais.

Au cours des dernières années, Quinn avait-il été triste? Cette tristesse était-elle chronique ou bien la ressentait-il de façon régulière? Ou alors cette tristesse devait-elle simplement s'appeler de la mélancolie? De l'insécurité? Cochez toutes ces réponses? Si, comme la définissait Nietzsche ou même Spinoza, la tristesse était un sentiment qui diminue notre capacité d'agir, de penser, de désirer, elle se serait inscrite depuis quelque temps sur son front autant qu'au fond de son cœur. Probablement comme la majorité des gens, Quinn avait autorisé les pensées négatives à l'envahir, puis n'avait plus fait confiance qu'aux plus négatives d'entre elles. Il ne pouvait cependant pas dater de façon précise leur irruption dans son esprit, ni le début de leur multiplication, encore moins leur installation définitive. En ce moment, en plein Manhattan, en compagnie de Misty, cette douce et belle enfant à l'esprit vif, qui essayait les uns après les autres de nouveaux souliers dans ce gigantesque magasin Nike, il les avait vu disparaître, ces pensées négatives, tout juste après s'être étrangement rendu compte de leur existence. Phénomène subit qu'il se plaisait ce matin à enrober du charme de l'inexplicable.

Après s'être gavés de croissants, de jus d'orange et de chocolat chaud au Garden Café du Musée d'art moderne, ils avaient décidé d'aller flâner du côté de Times Square. Puis Quinn avait proclamé qu'il se sentait idiot de jouer au touriste en pleine canicule et avait proposé à Misty de suivre autant que possible les étapes inscrites sur la petite liste de désirs qu'elle avait établie pendant la nuit.

— Pour cela, il faut que je trouve un guichet ATM au plus tôt.

Quinn offrit de lui avancer de l'argent, mais elle lui répéta ce qu'elle lui avait déjà dit dans l'île, à savoir qu'elle en avait suffisamment dans son petit compte : les Noëls successifs, les anniversaires, les petits boulots genre baby-sitting...

Alors, ils ont marché sous le soleil.

— Et l'estomac ? demanda soudain Misty.

— Je me sens parfaitement bien.

— Ça ne te dérange pas qu'on marche comme ça, main dans la main, hein ?

— Pas du tout.

— C'est la crainte que tu puisses me perdre parmi tout ce monde, n'est-ce pas ?

— Entre autres.

Soudain, dans la vitrine d'une minuscule boutique de Broadway, Misty aperçut une blouse mandarine en soie froissée dans laquelle elle se vit immédiatement, le soir même au théâtre.

Lorsqu'elle sortit de la salle d'essayage, elle tenta d'expliquer à Quinn que le charme de la blouse provenait de la juste quantité de fronces habilement réparties autour de la taille. Elle s'empressa d'ajouter qu'avec son jean blanc, elle serait *hyper-chic*. Quinn n'en douta pas un instant : son corps avait les proportions idéales pour une fille de son âge.

Un peu plus loin, ils tombèrent sur une boutique où s'étalaient les gadgets les plus fous : un sèche-cheveux en gomme de silicone, des cintres en laine crochetée censés débarrasser les vêtements des mauvaises odeurs, un shampooing raviveur de couleurs pour chiens, un somnifère à base de lait qu'on vaporise sur l'oreiller avant de se coucher, une paire de lunettes métalliques destinées à tamiser l'éclat des ampoules, une bague-ressort en métal pour calmer les nerfs des compulsifs. Un homme d'une trentaine d'années, couleur de miel et abondamment chevelu, vantait devant un groupe de jeunes filles en extase les vertus d'un produit de beauté fait sur mesure : « C'est un scanner super puissant relié à un ordinateur, qui détermine votre type de peau, ainsi que le dosage exact des couleurs qui la composent : blanc, noir, rose ou doré. Ensuite, trois minutes plus tard, la machine crache différentes teintes dans un flacon vide. Voyez, je secoue le tout. Et voilà votre fond de teint personnalisé, parfaitement adapté à la couleur de votre peau. Et puis, le truc est doté d'un matricule secret qui vous permettra de refaire votre potion magique à Miami, à Londres, un peu partout... » Dès la fin de la démonstration, Misty s'éloigna vivement et alla s'offrir un pyjama une pièce sans manches ni jambes, « petit machin rigolo, bon marché, 22 dollars seulement, mais très design à cause du zip ».

À Central Park, assis sur un banc, ils assistèrent éberlués à un cours en plein air donné par un monsieur d'origine slave à un groupe de jeunes mamans accompagnées de leurs bébés. L'homme leur enseignait les différentes manières, sans mettre à terre leur nourrisson ni l'incommoder, de fermer la porte d'un frigo, d'ouvrir un œuf, de passer l'aspirateur, de parler au téléphone. Entre deux éclats de rire retenus, Misty et Quinn se mirent à passer en revue les différentes excuses censées justifier l'importance d'avoir un enfant : « parce qu'après ce sera trop tard », « parce qu'un couple sans enfant finit toujours par tourner en rond ou pour sauver un couple qui bat de l'aile », «pour pouvoir les utiliser comme bâton de vieillesse », «pour donner de l'amour »...

— Mais, déclara Quinn, «ce sont les astres, les astres d'en haut qui gouvernent nos destinées ».

— Shakespeare?

— Bravo.

— J'ai rêvé une nuit qu'un garçon me faisait la cour du haut d'un balcon, et moi, j'étais dans le jardin.

— Curieux.

— Oui: Roméo et Juliette version dyslexique.

— C'était quelqu'un que tu connais?

— Oui. Il s'appelle Ben. Dans un an ou deux, lui et moi, qui sait... Il a dit un jour à Annie que je lui plaisais, qu'il avait envie de m'embrasser, de me toucher... Annie ne l'aime pas trop.

— Il fait partie des empotés et des transpirants dont elle parle?

— Je ne crois pas. Il est très... Il est très bien... Peut-être pas super beau, mais... adéquat.

— Adéquat?

— Oui. Robuste, mais tendre, peut-être un peu trop costaud à mon goût, mais bon, je l'aime bien...

— Toi aussi, tu voudrais l'embrasser, le toucher?

— Oui. Je crois... J'ai faim. On s'achète des hot-dogs?

* * *

Misty parlait et les deux hommes l'écoutaient. Elle parlait de la pièce qu'ils venaient de voir, du repas qu'ils venaient de terminer, du dessert que chacun venait de commander. Envoûté, John Bel la dévorait des yeux. Quinn notait chez lui des interruptions de phrases, de gestes, d'expressions qui ne trompaient pas. Elles lui prouvaient que, dans l'esprit de cet intellectuel qui ne devait généralement permettre à personne de placer une parole, quelque chose d'unique était en train de se passer.

Il est vrai que ce soir, la petite Misty n'avait plus quatorze ans. Avec sa blouse ceintrée toute neuve et son pantalon blanc à taille basse qui accentuait sa minceur et lui allongeait les jambes, elle en paraissait dix-sept ou dix-huit. Ses cheveux noirs tirés en queue de cheval dégageaient son visage vers lequel l'éclairage du restaurant dirigeait ses lueurs ocres. Lorsque, quelques heures plus tôt, elle était apparue dans le hall de l'hôtel où elle avait dit à Quinn de l'attendre, il s'avança vers elle avec précaution, comme s'il craignait de briser la douce fraîcheur qu'elle dégageait. Une fraîcheur qui s'apparentait à un charme naïf, une magie délicate qu'il ne perçut pas tout de suite. Elle avait éclaté de rire devant les compliments muets de son regard. Ce n'est que quelques minutes plus tard, dans le taxi qui les conduisait vers Irving Place non loin de la 15e Rue, qu'il la complimenta sur son élégance en utilisant des termes suffisamment bien choisis pour lui faire comprendre qu'il ne plaisantait pas.

— C'est une pièce sur la solitude, poursuivait-elle, j'en suis persuadée. Qu'est-ce que vous en pensez, vous? Vous êtes des hommes, alors, dites-moi, pensez-vous vraiment que cet homme soit un pédophile? C'est un homme marié, heureux dans son métier, qui vit confortablement, mais à qui il manque quelque chose. Il s'attache alors à sa nièce en espérant qu'elle remarque son désespoir. Elle est peut-être solitaire elle aussi, qui sait...

— N'empêche, intervint John Bel, il utilise tous les outils de la séduction pour l'attirer jusqu'à sa voiture, prétextant qu'il veut lui apprendre à conduire. En fait, les leçons qu'il lui donne ne concernent pas uniquement l'apprentissage de la conduite.

— Mais il a une certaine grâce, vous ne trouvez pas, c'est un vrai gentleman et j'ai de la difficulté à lui apposer l'étiquette de violeur. Et il y a comme de l'honnêteté dans tout ce qu'ils se disent l'un à l'autre. Quinn, ton opinion?

— Disons que ce n'est peut-être pas un pédophile, plutôt un obsédé, pas nécessairement sexuel, mais presque.

— Comment presque? s'exclama John Bel.

Bel avait raison, mais Quinn avançait ces quelques arguments faciles pour se ranger dans le camp de Misty. S'il avait été son vrai père, aurait-il agi autrement?

— Oui, la solitude, si vous voulez, concéda le critique d'art.

Bel évoqua sa propre passion des mots croisés du *New York Times* (en précisant à Misty qu'en début de semaine, ils étaient plus faciles à résoudre), Quinn ses promenades dominicales sur

Memorial Drive à Boston. Misty fit une petite allusion à son oncle Christopher, selon elle « une véritable âme solitaire et secrète », ce qui entraîna le regard de Quinn à se poser instinctivement, mais pour une ou deux secondes, sur la poitrine de la jeune fille. Il espéra qu'elle n'y prêterait pas attention. D'ailleurs, son charme opérait toujours et Quinn était prêt à parier que les quelques amis de John Bel qui s'approchèrent alors de leur table n'avaient été attirés que par la grâce de sa jeunesse. Ils hésitèrent d'ailleurs à rejoindre le coin de bar où John les entraîna, prétextant vouloir leur offrir un digestif.

Laissés en tête à tête, Quinn et Misty s'échangèrent quelques banalités avant de décréter qu'il faisait soudain horriblement chaud et que ce serait mieux de sortir faire quelques pas dans la rue. Lorsqu'ils firent part à John Bel de leur intention, celui-ci les entraîna vite dehors.

— C'est très bien, dit-il, il fait un temps splendide, c'est un des quartiers les plus charmants de la ville, et ça me donnera le temps de me débarrasser de ces emmerdeurs. Écoutez, pourquoi n'allez-vous pas vous promener dans Gramercy Park ? Vous ne le regretterez pas. Tenez, je vais vous prêter les clefs...

— Les clefs ? s'étonna Misty.

— Oui, c'est un square privé, le seul de Manhattan, je crois, à être entouré d'une grille dont seuls les propriétaires des alentours possèdent la clef. Oui, j'habite pas loin. Vous prenez tout droit par là. Vous allez passer juste devant le National Arts Club, c'est fermé maintenant bien entendu, mais la façade a été rendue célèbre par *Manhattan Murder Mystery*, vous savez, le film de Woody Allen où on voit Diane Keaton et Alan Alda, assis sous la fenêtre du salon lors d'une dégustation de vins...

Hudson Laramie, le père de Quinn, avait autrefois habité ce quartier de New York lorsqu'il avait vingt ans, et Quinn avait conservé quelques photos de lui devant la maison où naquit le président Theodore Roosevelt et ailleurs, dans un autre édifice du secteur, près de la table de billard où jouait Mark Twain.

— Les coïncidences se multiplient encore, dit Misty.

— Tu veux dire : passer devant ces lieux où a vécu mon père ?

— Oui, et aussi tous ces noms. Le restaurant Moreno, qui porte le nom de l'amie intime de Kate. La pièce qu'on a vue dans un théâtre appelé Vineyard Theatre. Le sujet : un bonhomme d'une quarantaine d'années qui enseigne à conduire à une femme beaucoup plus jeune que lui... Des trucs que nous connaissons, qui nous sont arrivés.

— Pas exactement.

— Tu m'as enseigné à conduire, oui ou non ?

— Oui, mais c'est tout. Je ne veux pas que...

— Mais bien sûr, je sais, tu n'as pas besoin de me préciser tout ça. Tu es tout nerveux, qu'est-ce qu'il y a ?

— Il y a que j'ai du mal à avaler que tu veuilles toujours venir habiter avec moi. Je crois que c'est une folie et j'espère que tu vas enfin te rendre compte qu'il s'agit seulement d'un caprice. Une gamine ne décide pas d'aller vivre avec un gars qui a le triple de son âge, ça ne se fait pas, c'est effrayant...

— Effrayant ? Mais qu'est-ce qui t'effraie ?

— Tout. Je ne saurais pas comment me comporter avec toi, comment bouger, manger, agir, me vêtir dans mon propre appartement, qui recevoir et quand, où travailler, quoi dire et ne pas dire, quels conseils te donner... Je suis un homme et tu es une jeune fille. Une toute jeune fille. Impossible : je ne me sens pas capable de tous ces efforts, je ne pourrais pas.

Misty continua de marcher à ses côtés, silencieuse, puis du doigt, elle lui proposa de s'asseoir sur un banc. Quinn se laissa guider sans un mot.

Non, les choses n'étaient pas aussi simples mais, selon lui, elles ne nécessitaient pas réflexion plus approfondie.

— Bref, tu as peur ?

— Oui.

— Quelle sorte de peur ?

— Parce qu'il y en a de plusieurs sortes ?

Qui pouvait bien s'occuper de ce gazon impeccable, de ce petit parc net et parfait aux allures londoniennes ? Circuler dans ses allées tracées à la règle, c'était reconnaître à chaque pas que l'existence possédait ses moments d'exception, que les choses étaient capables de s'élever au-dessus de la beauté, de chercher le sublime et de le trouver. La chaleur de cette nuit paraissait avoir été abandonnée à l'extérieur de ces grilles de métal. Elle avait été remplacée par le souffle subtil, presque raffiné, de parfums inconnus et par un air si pur qu'il semblait leur avoir été livré à l'état brut, offert comme pour être respiré, par eux, pour la première fois.

Personne. Pas de joggeurs attardés, pas de promeneurs de chiots. Rien que de légers bruissements, ceux que ferait une fine brise dans un buisson ou un petit animal égaré dans la nuit.

Misty avançait à pas si lents que Quinn se rendit compte qu'il devait ralentir les siens pour rester à sa hauteur et se donner le temps de reconnaître que le fait de marcher à ses côtés lui procurait une sensation de douce plénitude.

— Ce matin, dit-elle en lui prenant la main et en pressant son bras contre le sien, je cherchais des mots pour te remercier. Tu sais, pour m'avoir supportée ces derniers jours, t'être occupé de moi, même pour avoir pris le temps de me faire la lecture avant de dormir. Je ne connais pas beaucoup de personnes qui auraient eu cette patience, et aussi cette bonté. Après tout, tu pouvais très bien m'expédier en autocar à Boston et continuer sagement ta route sans t'encombrer de...

— Bon, tu vas arrêter ça tout de suite. On est bien, là, non ? Tu n'es pas heureuse ?

— Oui. Dans quelques jours, je vais me pencher avec mélancolie sur tous ces moments que tu m'as laissé passer avec toi. Ce soir, je suis comme dans un rêve, je ne veux rien d'autre, rien de plus. Et en plus, c'est le solstice d'été aujourd'hui, le jour le plus long...

Soudain, de faibles plaintes se firent entendre, accompagnées d'une sorte de halètement qui ressemblait à celui d'une personne essoufflée. Le bruit provenait de l'autre bout du parc et lorsque Quinn et Misty l'atteignirent, ils furent saisis par une vision inattendue. Un jeune homme d'une vingtaine d'années était en train de donner des coups de poing dans un tronc d'arbre et ponctuait chacun de ses gestes de gémissements confus. Quinn écarta Misty et s'approcha de l'inconnu. Il saignait des mains et le sang avait maculé sa chemise grise ouverte sur un torse luisant de sueur et encombré de tatouages qu'on parvenait mal à distinguer dans l'obscurité. Lorsqu'il s'aperçut de sa présence, l'homme se tourna brusquement vers Quinn, les poings tendus. D'abondantes larmes coulaient sur son visage sombre.

— Éloignez-vous de moi! Loin! Plus loin!

Quinn recula d'un pas, essaya de le calmer en lui précisant qu'il ne voulait que l'aider, mais l'homme renouvela son avertissement, lancé avec un accent hispanique très prononcé.

— Pourquoi pleures-tu?

C'était la voix de Misty, surgie comme de derrière un rideau de scène.

— Je veux qu'on me laisse en paix!

— Mais pourquoi? Qu'est-ce qui t'est arrivé?

— En paix! En paix!

— Tu ne veux pas nous raconter ce qui se passe?

Pour toute réponse, le jeune homme se laissa tomber à genoux sur le sol, le visage dans les mains, secoué de violents sanglots. Misty s'approcha lentement, s'accroupit devant lui, indiquant à Quinn d'un vague geste qu'il n'avait pas à s'inquiéter. Quinn s'approcha tout de même, ne serait-ce que pour se sentir utile, sortit un mouchoir de sa poche, le tendit à Misty. Elle s'en saisit, le passa sur le visage de l'inconnu qui finit par lever la tête vers elle. Elle lui prit alors la main et le guida vers un banc où tous les trois s'assirent comme d'un commun accord.

Leur silence dura quelques minutes au cours desquelles Misty lui caressa la nuque, les cheveux, le visage, tandis que Quinn essayait de lui panser une des mains avec son mouchoir.

— Il n'y a plus de cohérence, l'entendirent-ils prononcer soudain, je cherche une cohérence, mais il n'y en a pas, il n'y a plus de cohérence...

Il se leva, s'éloigna le dos courbé, puis revint vers eux. Il les trouva debout, inutiles, impuissants devant son malheur secret. Il retira le mouchoir qu'il tendit à Quinn, puis lui serra faiblement la main. À sa grande surprise, Misty décida de l'entourer de ses bras et de le serrer fortement contre elle.

Puis, le jeune homme se dirigea au trot vers les grilles du grand jardin. En quelques mouvements adroits, il se retrouva de l'autre côté et disparut dans la nuit sans se retourner.

Plus tard, lorsque, les ayant retrouvés (« J'ai cru que vous vous étiez perdus »), John Bel les a raccompagnés jusqu'à l'hôtel, Misty l'a remercié avec profusion en l'embrassant sur les deux joues. Toutes ces effusions répétées n'ont pas échappé à Quinn. D'ailleurs, alors qu'ils attendent l'ascenseur, il lui communique sans méchanceté ce qu'il ressent, tout en lui faisant noter que, malgré son aversion pour Kelly Afternoon, elle lui avait emprunté, avec maîtrise, facilité et perfection dans l'exécution, ses talents d'embrasseuse.

— C'est un talent, c'est vrai. Kelly me l'a inculqué, c'est possible. Mais, ne l'oublie pas, c'est toi qui as inventé Kelly.

Dans l'ascenseur, ils sont seuls. Face à face, ils s'adossent aux parois de la cabine, comme s'ils voulaient mettre le plus de distance entre eux. Elle en profite pour lui rappeler que lui aussi l'a serrée contre lui tout à l'heure dans le parc, quand le jeune punk les a quittés et qu'elle a presque aussitôt fondu en larmes.

— Tu m'as donné ce que je voulais, exactement et seulement ce que je voulais, au moment où j'en avais besoin. Je ne pense pas que tu as pensé à autre chose à ce moment-là, je veux dire, à quelque chose de mal...

— Non. J'étais bien aussi.

— Mais tu m'as caressé les cheveux, tu m'as touché les bras, tu m'as peut-être effleuré la poitrine...

— Peut-être.

— Et ça n'a rien réveillé de sexuel en toi ?

— Non.

C'est vrai qu'une sérénité nouvelle est inscrite sur leurs deux visages, confirmée par leurs deux sourires.

— Je n'analyse plus, dit calmement Quinn, c'est fini.

— Moi non plus, c'est trop bête.

— L'ascenseur, ça doit aussi remonter le moral...

Parvenus au seuil de la chambre, Misty éclate de rire.

— Rien, rien, je suis folle.

— Un détail t'est revenu, c'est ça ? Moi aussi. Je pense à Señor Lopez qui, selon Holly, essaie de séduire ma mère avec cette histoire de cerisier. J'ai un peu peur pour elle.

— Tu vois comment il existe différentes sortes de peur ?

— Probablement. Et toi, qu'est-ce qui te fait tant rigoler ?

— Moi, c'est autre chose.

— Tu analyses encore?

— Oui, et j'ai honte.

— Dis toujours, je rirai avec toi.

— Au restaurant, quand on parlait de solitude, j'ai mentionné mon oncle Christopher et j'ai vu, rien qu'une fraction de seconde, que tu as regardé mes seins...

— Je vois que rien ne t'échappe. Et alors?

— Je ne te demande pas à quoi tu pensais à cet instant-là, parce que ce devait être tout à fait instinctif de ta part. Mais juste une chose, juste pour savoir, une question d'adolescente, sotte et niaise: comment tu les trouves?

— Pardon?

— Comment tu les trouves? J'ai besoin de savoir, c'est important pour moi.

— Vous me permettrez alors, mademoiselle, d'y jeter un autre très rapide coup d'œil?

— Je vous en prie, monsieur, faites.

— Ils sont parfaits, vous n'avez pas à vous inquiéter.

— En d'autres termes?

— Jolis, plaisants, simples, presque romantiques.

— Ce qui veut dire?

— Votre cour d'admirateurs saura mieux apprécier, je n'en doute point.

— Tu crois?

Avant d'éteindre la lumière, Misty mendie d'autres petits compliments. Elle lui demande si son nouveau pyjama lui va bien. Il lui répond qu'avec un corps comme le sien, elle ne passera jamais son temps à calculer les calories dans une tranche de pain aux raisins. Elle lui demande la permission d'aller admirer demain *Les Demoiselles d'Avignon* au MoMA pendant qu'il fera «son travail de signatures» chez Doubleday. Il refuse net: elle s'attachera à ses pas à lui jusqu'à la fin. Elle se plaint qu'ils n'ont pas vu les Nations Unies, l'Empire State Building, Harlem, Chinatown, la Petite Italie. Il lui réplique qu'elle fera tout ça une autre fois, avec ses parents ou lors d'une excursion scolaire prochaine.

Elle parle seule maintenant dans l'obscurité, car il a décidé de faire semblant de dormir.

— Il était beau tout de même, José Luis, tu dois avouer... Oui, j'ai décidé de l'appeler José Luis, comme ça, tu ne trouves pas que c'est mignon? Est-ce que tu as vu ses yeux? Bleus, d'un bleu qui tirait presque sur le violet... Et ses mains fortes, avec tout ce sang sur ses doigts musclés... Et ce visage, si lisse, si brillant, si beau... Annie ne va jamais me croire quand je lui raconterai, il faudra que tu me soutiennes, hein, que tu confirmes... Tu aurais dû lui laisser ta carte ou quelque chose. Enfin, c'est trop tard... Au fait, quelle heure est-il? Quinn... Qu'est-ce que tu fais? Tu dors?

14

Lundi matin. C'est l'exact opposé du réveil de la veille.

Quinn est debout depuis longtemps. C'est lui qui a éteint l'air climatisé dont ils avaient oublié de baisser l'intensité la veille. Il a mis de l'ordre dans son sac, dans ses papiers. En téléphonant à la réception, il a obtenu l'adresse de la station d'essence la plus proche pour pouvoir faire le plein cet après-midi, immédiatement après la séance de signatures, et filer vers Boston aussitôt. Puis, il a communiqué avec Walker qui le rejoindra dans quelques minutes en bas pour le petit-déjeuner.

Quinn s'est regardé dans la glace à plusieurs reprises, puis s'est approché du sofa où Misty dort profondément, émettant de longues respirations égales. Presque entièrement masqué par ses cheveux entremêlés, seul son visage dépasse du méli-mélo de couvertures et de draps froissés.

D'une main, il dégage le front, les joues, murmure doucement son nom à son oreille. Très vite, il l'embrasse sur le coin des lèvres : il croit que la précipitation du geste permettra à celui-ci d'être classé (par lui, par elle, mais qu'importe) parmi les gestes faits inconsciemment. Lorsque naît puis s'élève et se prolonge le long grognement de la jeune fille qui s'éveille, Quinn avoue à voix basse qu'une plainte de ce genre est très difficile à retranscrire sur papier.

— Je crois que je mettrai cinq *m* minuscules, suivis de cinq *m* majuscules, puis d'une suite de nouveaux petits *m*...

— En tous cas, il faudra que tous ces *m* puissent montrer qu'il s'agit là du plus beau réveil que peut souhaiter une petite princesse dans mon genre...

Quinn sourit au compliment, se lève.

— Prends ton temps. Je serai en bas, au restaurant de l'hôtel, avec Walker. Discussions d'affaires. Rejoins-nous quand tu veux, on t'attendra. Je t'ai laissé une petite histoire là, sur la table.

* * *

Un jour, Sigmund Freud se promenait dans la forêt avec le grand poète Rainer Maria Rilke. C'était une belle journée d'été comme aujourd'hui. Rilke admirait la splendeur de la forêt, mais Freud sentait que son jeune compagnon était troublé par quelque chose. Rilke lui expliqua que ce qui le chagrinait, c'était le fait que cette beauté, comme toute beauté, était vouée à la fatalité, au malheur, donc à l'extinction ultime.

— Je ne crois pas, lui répondit Freud, que la chose soit motif à chagrin. Il est vrai que toutes les belles choses de ce monde ont quelque chose de fragile, d'éphémère. Mais je crois que c'est cet aspect transitoire, précaire, de la beauté qui lui donne tout son charme, qui ajoute à sa fraîcheur et au plaisir que nous éprouvons à son contact. Étant donné que ce sont nos propres émotions qui donnent leur signification à toutes les belles choses qui nous entourent, ces choses n'ont pas besoin de vivre plus longtemps que nous.

Rilke s'arrêta un instant et demanda à Freud de le regarder dans les yeux.

— Le déplaisir dont je parle, c'est ma révolte contre le deuil, c'est mon refus d'aimer ce que je peux perdre, ce qui peut m'échapper et disparaître.

— Mais ces désillusions ne risquent-elles pas de causer un désintérêt vis-à-vis de tout ce qui fait notre monde?

— Mais pas du tout, répliqua Rilke avec passion. Je pense que tout ce que nous aimons, que ce soit les arbres de cette forêt, les œuvres d'art ou les gens qui nous entourent, devrait être à l'abri de toute destruction, exempt de toute déchirure fatale, justement à cause de cet immense amour que nous éprouvons pour la forêt, l'art, les gens.

Freud se tut. Fascinant, se dit-il, que puisse se cacher, sous le masque du désenchantement, une créature mélancolique, amoureuse de la nature et du monde, un homme blessé qui voudrait renaître.

Les deux Autrichiens reprirent leur marche en silence.

*   *   *

Walker s'est excusé de ne pas l'avoir vu la veille («des trucs à faire»), de ne pas s'être joint à eux pour le dîner («d'autres trucs à faire»).

— Mais dis-moi: la petite va bien? Elle se colle trop à toi? Tu en as marre? Toutes les mêmes, mon vieux, à tous les âges, c'est moi qui te le dis. Tiens, prends Beverly et son comportement avec les hommes: tu penses qu'un docteur osera te parler de nymphomanie? Jamais. Il dira qu'elle souffre de troubles obsessionnels compulsifs, que ces troubles sont dus à un déficit de satisfaction (provenant de moi bien entendu) et que tout ça la conduit à répéter sans cesse l'acte sexuel et les conduites sexuelles. Ce n'est pas de la nymphomanie, ça? Mais elles en souffrent toutes, je te dis, c'est le monde d'aujourd'hui. Elles se disent: les hommes sont là, il y en a des tas, on n'a pas le temps de choisir, on en veut, on en consomme. Elles disent aussi que nous devenons à la longue des denrées périssables. Et aussi que les hommes valables, il y en a peu, qu'il n'y en a plus. Contradictions sur contradictions. Toutes les mêmes, je te dis, toutes les mêmes...

Mais Quinn l'écoute à peine. Car dans son esprit, viennent se placer côte à côte les visages de Misty, de Pamela, de la belle Jody de jadis, même de June, même de Kelly Afternoon, de femmes, jeunes ou moins jeunes, qu'il aime ou qu'il a aimées, réelles ou fictives. Toutefois, dans une catégorie proche, trop proche, il ne peut empêcher la superposition de toutes ces femmes anonymes qui ont jalonné sa vie de séducteur bon marché, de Casanova péjoratif. Ce sont ces dernières qu'il placerait plutôt parmi la horde de femelles affamées que lui décrit Walker. Toutes les mêmes? Celles-là peut-être. Pas les autres.

Lorsque Misty se joint à eux, la conversation avec Walker, qui naviguait jusque-là sur les eaux troubles des généralités, change de cap, mais pas totalement de destination. La femme est toujours à l'ordre du jour, mais elle a pris le visage de la jeune lectrice américaine qui se délecte des aventures de Kelly Afternoon. Et un petit duel commence entre l'éditeur et la jeune fille.

— Qui se «délecte»: vous croyez vraiment?
— Je le crois, je le sais. Les chiffres sont là pour le prouver.

— Les chiffres? Quoi, vous voulez dire les ventes?

— Mais oui, le succès est constant.

— Constant, vous dites, donc ne suivant pas une courbe ascendante, donc au point mort.

— Je n'irais pas jusque-là, mais...

— En tous cas, vous conviendrez que Kelly disparaît au bon moment, quand le succès est, comme vous dites, constant.

Quinn, qui voit vers quel port Misty veut guider le navire, décide de lui laisser la barre, jugeant que le moment est sans doute venu d'annoncer à Walker l'imminent effacement programmé de son embrasseuse littéraire. Curieusement, l'éditeur avoue avoir entretenu quelques soupçons à l'égard de cette dernière. Dès le début, le titre en préparation lui avait semblé un peu douteux, mais il avait vite ôté de son esprit toute considération incongrue, lorsque Quinn lui avait précisé, il y a quelques semaines à peine, que la disparition en question ne devait être que provisoire. Depuis, la situation avait pris un tour inattendu.

Walker se tourne lentement vers lui, le regard chargé de sombres lueurs.

— Quinn, est-ce qu'il y a quelque chose dont tu voudrais me faire part?

* * *

— Qu'est-ce que tu faisais exactement dans la librairie?

— Rien. Je me suis demandé comment *L'Indien des sables* sera accueilli par les jeunes quand toutes leurs mamans en rapporteront une copie signée à la maison. Pendant quelques instants, j'ai regardé le défilé de toutes ces mamans à ta table. Je guettais les étincelles d'admiration dans leur regard. Puis, je me suis lassée : elles étaient toutes pareilles. Alors, j'ai feuilleté quelques bandes dessinées, puis des livres de photos sur les phares de la côte est (celui d'East Chop n'est pas toujours mentionné, tu sais), j'ai cherché dans le dictionnaire la définition de quelques mots un peu ronflants que John Bel a utilisés hier soir...

— Des mots comme?

Elle sort avec difficulté un morceau de papier de la poche de son short.

— Comme *diaboliser, cannibaliser...*

Elle lit en imitant une voix connue d'elle seule, peut-être celle d'un de ses professeurs : « *Diaboliser. Faire passer pour diabolique, présenter sous un jour défavorable. Cannibaliser. Absorber et détruire. Exemple : La politique a cannibalisé le sport.* »

— Et un exemple pour *diaboliser* ?

— Parce que sa femme le trompe, Walker diabolise toutes les femmes.

— Tu ne l'aimes pas trop, lui.

— Je ne l'aime pas du tout. Et personnellement, je crois que tu devrais le laisser tomber lui aussi. C'est un bonhomme infect, sordide, qui ne pense qu'à son fric. Pas étonnant que la belle Beverly l'ait rendu cent fois cocu. Dommage que tu n'aies pas participé à ce cocufiage.

— Pour être franc avec toi...

— Comment, toi aussi ? Et il ne l'a jamais su ?

Misty éclate d'un rire sonore, accompagné d'une série de petits ululements qui ressemblent à des cris de victoire. Lorsqu'elle se calme enfin, Quinn la prie de garder le secret.

— Tu sais bien que tu peux compter sur moi. Et alors ? Vite, des détails, des détails...

— Ce genre de détails, pas question, alors n'insiste pas.

— Mais dis, c'était bien au moins ?

— Moyen. Ce soir-là, j'étais pas d'humeur.

— Une autre histoire de bonne femme ?

— Ma vie n'est pas uniquement composée d'une succession de « bonnes femmes ». Tu devrais le savoir, toi qui dis si bien me connaître. D'ailleurs, les femmes avec qui j'ai... avec qui j'ai eu des relations ne sont pas toutes comme Beverly Walker. Elles n'ont pas toutes ce regard lubrique dans les yeux...

— Et tu es capable de reconnaître au premier coup d'œil ce regard lubrique ?

— Peut-être, je ne sais pas, ce sont des yeux qui brillent d'un éclat suggestif, consentant. Mais comme je te dis, je ne devrais pas généraliser. Certaines sont de véritables âmes en peine.

— Que tu te fais un devoir de consoler à ta manière.

— Pas nécessairement. Souvent d'ailleurs, ce sont elles qui agissent comme consolatrices. Il ne faut pas croire que je n'ai pas moi-même de moments de dépression. À mon âge, ils commencent même à se multiplier. Et parfois, certaines femmes se trouvaient là au bon moment. Ce sont des situations souvent purement accidentelles.

— Tout ça est fascinant. Je ne savais pas que l'amour...

— Il ne s'agit pas d'amour.

— Mais tu me dis qu'il ne s'agit pas seulement de sexe. Le désir alors?

— En fait, c'est plus compliqué que ça...

— Tu ne veux pas me dire parce que ce n'est pas de mon âge, c'est ça?

— Mais pas du tout. Écoute, je partage l'avis général qu'on a sur l'adolescence, que c'est une période épouvantable où on a le sentiment d'être incompris par tous, mais c'est aussi une période où on comprend tout. C'est d'ailleurs toi-même qui m'as expliqué comment il fallait excuser chez ta mère, ta tante, ton oncle, les attitudes que moi, je jugeais inconvenantes. Vous les jeunes, vous comprenez et vous êtes incompris à la fois. En fait, j'ai essayé de transmettre à Kelly ce double caractère. Peut-être sans en être conscient. Un peu comme ces moments de sexualité avec les femmes...

— Tu essaies de me dire que c'est inconsciemment que tu as couché avec toutes ces femmes?

— Non. Je dis simplement que j'ai déjà considéré le sexe comme une sorte de thérapie. C'est arrivé à quelques reprises. Rarement, mais c'est arrivé. Tu aimes les secrets, tu veux que je t'en raconte un autre, que tu garderas pour toi toute seule?

— Tu as ma parole. Cette confiance que tu me donnes, tu ne peux pas t'imaginer ce que ça me fait, c'est tout chaud là-dedans en ce moment, c'est merveilleux...

— Ce n'est cependant pas, je l'espère, une raison suffisante pour que tu veuilles à tout prix vivre avec moi.

— Nous en reparlerons. Alors, ce secret.

— Je crois que tu connais Meredith.

— L'amie de June, son amie intime? Toi et elle?

— Je te donne cet exemple parce que je ne veux pas que tu imagines qu'il n'y a que ces deux extrêmes : d'une part, le sexe, et d'autre part, l'amour. Cette histoire remonte à trois ou quatre ans. Quand j'ai rencontré Meredith ce dimanche-là, c'était par hasard. Je venais de faire des achats et elle allait rendre visite à sa mère à l'hôpital. On a parlé de choses et d'autres, et bien entendu de June sans qui nous ne nous serions jamais connus. Tout en marchant, la conversation a bifurqué sur les différentes conceptions que nous avions de l'avenir. Comme tu le sais, Meredith ne s'est jamais mariée, elle s'est occupée de sa mère pendant des années et il y a longtemps que l'image d'un homme avec qui elle pourrait se laisser tomber au ralenti dans le foin asséché ne se présente plus à son esprit. Je te vois déjà en train de l'imaginer pleurer sur mon épaule et de me suivre jusqu'à chez moi. Eh bien, ce n'est pas du tout ce qui s'est passé. J'ai décidé de l'accompagner jusqu'à l'hôpital et elle m'a demandé de l'attendre quelques instants dans la cafétéria, le temps d'aller voir si tout allait bien. Rien ne me déprime autant qu'un hôpital, les couloirs, les odeurs, tout ce blanc... Lorsqu'elle est revenue, Meredith m'a demandé ce qui n'allait pas, parce que, selon elle, une expression d'accablement se lisait sur mon visage. Le sien était pâle et émacié, comme asséché. Tout de suite, j'ai cru que sa mère était morte. En fait, elle ne devait mourir que six mois plus tard. Je l'ai regardée en silence. Une femme qui portait sa quarantaine d'années sur son visage, peut-être un peu comme moi qui, ce matin-là, m'étais levé avec difficulté à cause de lancinants maux de dos. Quand elle a ouvert la bouche, ce fut pour dire qu'elle souhaitait ardemment la mort de sa mère. Je l'ai prise dans mes bras comme pour la réconforter. Elle est restée de glace, puis m'a demandé brusquement de l'accompagner chez elle pour lui faire l'amour. Il y avait dans le ton de sa voix une telle dureté, une telle aridité que j'ai failli la planter là et rentrer chez moi. Mais son chagrin, longtemps, maladroitement enfermé dans sa carapace de femme solide, avait réussi à s'échapper, à se manifester, et il m'a frappé brutalement, au plus profond de moi. Et j'ai senti à ce moment précis que j'avais autant besoin d'elle qu'elle de moi.

— Alors tu l'as suivie chez elle.

— Tu es maintenant en train de te dire : c'est une occasion qu'il ne devait surtout pas rater ?

— Quinn, tu me connais encore bien mal.

— Misty, cette nuit-là, nous étions deux vieux, épuisés, souffrant de je ne sais quelle maladie, incapables de faire un geste en direction de l'autre. Mais les gestes, nous les avons finalement faits et puis, plus tard, quand on s'est dit au revoir sur le palier, l'expression de nos visages devait refléter notre apaisement. Je suis rentré chez moi allégé. Aux yeux des passants que je croisais cette nuit-là, je devais paraître jeune.

— Une jeunesse qui a dû s'inscrire sur son visage à elle aussi. Naturellement, vous n'avez jamais recommencé.

— Jamais. Ni reparlé de la chose. Et naturellement, June ne l'a jamais appris.

Quinn ne peut s'empêcher de faire un déconcertant parallèle entre le récit de ce vieux souvenir et les propos de June sur la plage quelques jours plus tôt. June avait essayé de lui faire saisir les nombreuses facettes que pouvait avoir chaque attachement sentimental, et lui, aujourd'hui, face à Misty, se voit en train d'employer le même langage pour exposer les différents contextes dans lesquels peut s'inscrire l'acte sexuel.

La jeep roule depuis plus de deux heures et Quinn regrette d'avoir dû prendre l'autoroute. Les routes secondaires leur auraient permis de se laisser séduire par la succession des paysages. Heureusement, il faudra bientôt s'arrêter pour manger quelque chose. Puis, ce sera le dernier tronçon, silencieux, méditatif, pétrifié d'appréhension, jusqu'à Boston.

— Et l'amour, alors ?

— Je n'ai pas très bien connu. Jody peut-être, mais ça fait longtemps.

— La Jody du Michigan ?

— Oui, la Jody du Michigan.

— Celle de *Flashback Love*, alors.

— Oui, celle de *Flashback Love*.

* * *

Au milieu des vociférations conjuguées de Jack Gibbons et d'Ernie Boulosh, Quinn trouva le moyen de s'approcher du portier pour lui demander comment il avait permis à tout ce monde d'envahir son appartement. Et comment lui-même s'était joint aux conquérants.

— C'est votre mère, Señor Laramie. Elle est entrée comme elle fait d'habitude, pour vérifier la peinture. Les autres ont suivi. Quant à moi...

Quinn trouva Kate en train de s'affairer dans la cuisine.

— Mais qu'est-ce que tu fais ?

— Du café. J'ai pensé que ça ferait plus convivial.

— Tu trouves vraiment ?

Holly entra en coup de vent.

— Quelqu'un a vu mon petit magnéto ? J'ai cherché partout.

— Je l'ai mis dans un tiroir de mon bureau, dit Quinn.

— Et pourquoi donc, je peux savoir ?

— Pour t'emmerder.

Dans un coin du salon, Misty recevait silencieusement la semonce d'Allison. Quinn la voyait qui baissait la tête, comme elle l'avait sans doute vu faire au cinéma, tandis que sa mère alignait les remontrances, haussant et baissant la voix, selon l'importance ou l'inconvenance de chacune d'elles.

Quinn trouva June dans la chambre à coucher en train de parler au téléphone, l'index levé en direction de Christopher qui essayait vainement de lui dire quelque chose. Il s'était complètement rasé la tête et, tout à l'heure, Quinn ne l'avait pas tout de suite reconnu.

— Quinn, sois chic, dis-lui qu'il me foute la paix.

Mais Quinn n'en fit rien.

Il était sur le point de s'enfuir dans l'escalier lorsqu'on frappa à la porte. Dans ce vacarme, personne n'avait entendu, mais le silence se fit instantanément lorsque Quinn fit entrer deux policiers. Tout le monde pensa qu'un voisin avait alerté les forces de l'ordre pour venir mettre un terme à leur stupide querelle de famille. La surprise fut totale quand un des hommes s'approcha du concierge et lui demanda de le suivre à l'extérieur de l'appartement. L'autre policier dut alors expliquer qu'ils venaient enfin de mettre la main sur le barbouilleur d'ascenseurs, celui qui, depuis quelques mois, griffonnait des mots et des dessins obscènes sur les parois intérieures de l'ascenseur de cet immeuble, mais aussi dans plusieurs ascenseurs du voisinage.

— Celui qu'on appelait Mr. Man ? demanda Misty.

— Mr. Man, c'est ça...

Lorsque la sirène de la voiture de police retentit, tous se précipitèrent vers les fenêtres. Señor Lopez s'était fait embarquer.

— C'est vous qu'on aurait dû embarquer, proclama Jack Gibbons, le doigt pointé sur Quinn.

— Absolument, renchérit Ernie.

— Vous êtes ridicules, intervint Holly. Dans ce cas, il faudrait aussi bien coffrer la petite.

— Je n'aurais vu là aucun inconvénient, reprit le vieil acteur.

— Papa, dit alors Allison, voyons, tu lui fais peur.

— Peur, elle ? répondit-il en se tournant vers Misty. La pauvre enfant chérie, l'infecte petite morveuse qui se fout pas mal de tout le monde...

— Ça suffit, dit Kate, tu commences à dire des bêtises, tu ferais mieux de te taire.

— Kate, tu sais que je n'aime pas qu'on me parle sur ce ton.

— Rien ne peut l'empêcher de donner son opinion, dit soudain June. Dans une famille normale, chacun devrait être autorisé à donner son opinion. Enfin, je dis : une famille normale... Disons civilisée...

Devant la multiplication des prises de bec et la forte probabilité d'une altercation de plus grande envergure, Quinn se dirigea alors vers la porte de son appartement, en ouvrit calmement les deux battants. Puis, il se tourna vers les belligérants, se racla la gorge, se choisit une voix à mi-chemin entre l'impatience et le rugissement.

— Et maintenant, tonna-t-il, tout le monde dehors ! Je suis ici chez moi ! Dehors ! Maintenant !

Les plus combatifs accentuèrent leurs invectives, lancèrent à son encontre un bel assortiment de grossièretés, les moins enragés lui demandèrent des explications.

Misty fut la première à lui obéir.

Mais Quinn dut utiliser ses muscles pour pousser les derniers récalcitrants à l'extérieur.

15

L'inspecteur Ford ne tarda pas à se rendre compte qu'il avait entre les mains un document essentiel. Avec ces quelques lignes que les spécialistes venaient officiellement d'authentifier, empreintes digitales comprises, il pouvait sans plus hésiter convoquer les journalistes à la conférence de presse qu'ils le pressaient, depuis plus d'un mois, de tenir. Et leur annoncer que Kelly Afternoon était partie pour toujours.

Mais il lui restait un dernier détail à clarifier. La jeune fille avait bien écrit : « Ne m'attendez pas. Ne me cherchez plus. Habituez-vous vite à mon absence. Car je ne reviendrai pas. » Mais ces mots étaient accompagnés d'un court morceau de pellicule. Dans le film, on la voyait placer dans un sac en plastique une boîte d'allumettes et quelques bougies, puis remettre le sac à un vieillard qui mendiait au coin d'une rue inconnue et à qui elle tendit également son briquet et sa lampe de poche. Kelly se débarrassait donc de son « attirail de lumière ». Ensuite, l'action semblait se passer au petit matin : le fanal d'un phare non identifié interrompait brusquement ses signaux dès l'apparition du soleil à l'horizon. On ne pouvait donc plus compter sur lui pour guider la marche des navires. De plus, à la base de la tour, un lourd cadenas (filmé en gros plan) semblait d'ailleurs prouver qu'il n'y avait plus de gardien de phare.

Mais c'étaient les derniers plans du film qui laissaient l'inspecteur songeur. La caméra délaissait la porte du phare pour recadrer le mendiant à qui la jeune fille avait remis tous les objets précieux qui avaient, au cours des années, accompagné toutes ses aventures.

Or cet homme était de toute évidence aveugle.

La question était de savoir pourquoi Kelly avait choisi cet homme pour qui une lampe de poche n'était d'aucune utilité. Ce geste avait un petit côté pernicieux, presque diabolique, que l'inspecteur Ford n'arrivait pas à saisir. Kelly abandonnait sans doute ses amis sur un coup de tête, mais pourquoi diable avait-elle voulu les gratifier de cette dernière énigme qui pouvait éveiller chez certains d'entre eux (Ford pensait entre autres à sa propre fille) de sérieux soupçons quant à sa vaillance, à sa noblesse d'âme, à sa bonté jusque-là irréprochables?

Ford se leva et se mit à arpenter son bureau. C'était un exercice de routine, presque une manie, qui ne portait pas à conséquence. Car sa décision était prise.

Le colis lui avait été adressé à lui personnellement. Personne d'autre que lui n'avait pris connaissance de son contenu. À la presse, il n'avait donc besoin que de révéler l'existence du seul morceau de papier reçu par courrier recommandé la veille.

— Hier après-midi, commencerait-il, nous avons reçu cette lettre...

* * *

Journal de Misty

2 juillet

Timmy me dit qu'il n'obéit pas aveuglément à ses pulsions et que je devrais faire comme lui. Il croit qu'obéir à ses pulsions revient à obéir aux conseils que te donne ton horoscope du jour. S'il fallait faire exactement ce que l'horoscope te dit de faire, où irions-nous? «Si l'horoscope te suggérait d'aller jusqu'au bout de tes désirs, le ferais-tu?» Mes embrassades amicales par exemple pourraient selon lui être mal interprétées, et quand je lui réplique: «Tu veux dire: interprétées comme une sollicitation sexuelle?», il me répond que justement, ce genre de réaction est l'exemple typique d'obédience aveugle aux pulsions. On tourne souvent en rond quand on aborde ce sujet. Ça me fatigue un peu.

3 juillet

Jamais je n'ai été plus proche de maman que ces jours-ci. Je dois représenter pour elle le rempart face à son père qui ne cesse de la harceler. Chaque année, c'est la même chose: ils ne s'habituent pas à vivre sous le même toit. Quand Holly arrivera la semaine prochaine, ces deux-là vont s'accrocher à mort comme toujours. Grandpa est le genre d'homme qui n'a besoin de la compagnie de personne. Il accepte quelquefois, mais rarement, que papa l'accompagne à la pêche, mais pas plus. Je m'éloigne de tous autant que possible de peur qu'une maladresse de ma part ne heurte la susceptibilité de toutes ces personnes si sensibles.

5 juillet

J'ai pensé que les feux d'artifices d'Independence Day allaient me rendre ma bonne humeur. Mes sourires ont été plutôt rares, seulement occasionnés par les grands rassemblements de foule à Oak Bluffs ou à Edgartown au bord de l'eau. Difficile de ne pas penser à la remise des diplômes du mois dernier, au festival des cerfs-volants, à Quinn, à nos accrochages verbaux autant qu'à nos rires. J'évite de parler de lui en présence de Timmy, et d'ailleurs en présence de n'importe quel membre de la famille. Tout ça est encore très chaud. Demain, j'irai voir Pamela comme je le lui ai promis. À deux reprises déjà, elle a demandé à Timmy de mes nouvelles. Sa voix au téléphone m'a semblé joyeuse, comme si elle attendait mon appel depuis notre arrivée sur l'île.

6 juillet

Ah, Quinn, si seulement tu étais ici! D'abord, tu aurais vu Pamela en maillot de bain et tu te serais pâmé. Ensuite, tous les trois, nous aurions été relax, dynamiques, sentimentaux à notre guise. Et tu n'aurais pas eu à t'en faire, car en soirée, les promenades romantiques sous la lune, je vous les aurais laissées, je ne suis pas bête, tu sais. Tout ça pour te dire que toutes les deux, au café, Pamela et moi n'avons pas cessé de parler de toi. Elle ne m'a pas dit qu'elle t'aimait, qu'elle t'admirait, ou quelque chose de ce genre, mais ce n'était pas très difficile à détecter.

8 juillet

Cette nuit, j'ai rêvé que j'avais fait revenir Quinn sur l'île, mais cette fois, je lui avais demandé d'amener Annie avec lui. Pour qu'Annie puisse s'occuper de Timmy et pour que je reste seule à seul avec Quinn. Tu n'aimerais certainement pas ça, hein, mon vieux? Tu sais, j'ai gardé précieusement ta petite histoire sur Freud et Rilke et de temps en temps, je la relis, et à chaque fois, je la comprends un petit peu mieux. Ces deux parlent de beauté, c'est vrai, mais tu me rapportes leur conversation pour me parler de quoi? De beauté aussi? Un artiste, Quinn Laramie, auteur d'un certain renom, me parle de beauté, à moi, petite fille de rien du tout. Très flatteur, c'est sûr, mais dis-moi, quand on est belle, qu'est-ce qu'on fait? Qu'est-ce qu'on est censé faire? Il faut me le dire. Parce que moi, je ne sais pas... Je mentirais si je te disais que je ne sentais pas ces regards posés sur moi à la plage, dans la rue. Si j'étais avec Holly (qui arrive demain), j'aurais aisément compris que c'est à sa beauté à elle que tous ces regards s'adressent. Pourtant, il n'y a pas si longtemps, il y a eu un regard, un seul, qui m'était uniquement destiné. C'est celui de José Luis — enfin de celui que j'appelle José Luis — tu sais, celui que nous avons vu se battre contre les arbres de Gramercy Park à New York. J'ai vu ses yeux qui me détaillaient, et il s'est calmé en ma présence, Quinn, tu l'as vu, non? Comment tu expliques ça?

10 juillet

Hier, un type s'est approché de moi et s'est mis à me parler. Très gentil, 18 ans peut-être, sympa au début, puis entreprenant. C'était hier vers midi. J'étais seule devant la maison face à la mer et je lisais le supplément du week-end du *New York Times*, en pensant à Quinn et un peu, je l'avoue, à John Bel. Ma première réaction fut de l'ignorer, de le laisser là et de rentrer. Puis, je me suis dit que je n'étais plus une enfant, que j'étais à quelques enjambées de la maison et qu'après tout, nous ne faisions rien de mal. Rien que parler. Mais de quoi? Il m'a dit qu'il était un peu artiste, que trois de ses dessins avaient même été exposés au club de tennis de Vineyard

Haven. De fil en aiguille, il m'a proposé de faire mon portrait. Juste un petit croquis, comme en passant. Je l'ai laissé parler un peu, avalant avec gourmandise chacun de ses compliments, puis je l'ai gentiment découragé avec quelques paroles que tu aurais savourées, mon cher Quinn, genre : « Et vous feriez quoi de mon portrait ? L'afficher, l'exposer, le montrer ? Et à qui ? Et pourquoi ? On ne verrait jamais mes gestes, on n'entendrait pas ce que j'ai à dire, on imaginerait des tas de chose à mon sujet, on ne saurait jamais qui je suis vraiment... » Alors, il s'est levé, en promettant de venir une autre fois renouveler son offre. Ce qu'il ne fera pas, j'en suis convaincue.

13 juillet

Quinn, je me rends compte en me relisant que ces feuillets que j'appelle mon journal te sont en grande partie destinés. Je vais donc te les faire parvenir comme s'il s'agissait d'une lettre. Adressée à toi. Par la poste. Pas dans le seul but de faire intentionnellement démodé, donc plus romantique, mais pour que tu puisses mettre tout ça en poche et le consulter quand bon te semble. Je rêve, hein ? Je suis comme ça, j'aime me lancer à corps perdu dans des trucs pas possibles, mais je sais que tu as appris à me prendre comme je suis. En tous cas, j'efface *Journal de Misty* et je mets *Cher Quinn*. Voilà qui est fait.

Même jour. Plus tard.

C'est vrai, tu le sais, tout le monde le sait, Holly aime les hommes. Et ils le lui rendent bien. Elle peut passer pour une aventurière aux yeux de la majorité d'entre eux, mais ceux qui l'apprécient vraiment, qui aiment son sens de l'humour, du rêve, sont ceux qui sont comme elle. Et il n'y en a pas beaucoup. Hier, à table, elle a dit qu'il lui arrivait de tomber amoureuse, même de bonshommes plus âgés, même un peu chauves sur le dessus. J'ai regardé papa et j'ai eu tout de suite peur que Holly provoque une véritable polémique qui n'épargnerait personne. Alors, je l'ai emmenée dehors. Tu sais comme elle peut être éblouissante et irritante à la fois. Nous avons marché un peu le long de l'eau. Je crois qu'elle avait un peu bu. Elle m'a parlé de sexe, encore et toujours (des formules mordantes, qui n'appartiennent qu'à elle, genre « les hommes, j'aime les sentir là, pas loin de moi, tout près de, avec, et souvent en »), puis elle s'est ouverte un peu, en parlant de la douceur après la joie, de sa propre fragilité, de sa vulnérabilité cachée derrière toutes ses audaces. Tu sais, Quinn, longtemps, dans ma tête de petite fille idiote, j'ai pensé que tu étais un peu comme elle, toi aussi. Je me trompais sans doute, mais pas forcément.

20 juillet

Les garçons me désirent-ils uniquement pour mon physique ? Au début, avec Timmy, je nous croyais pareils, mais récemment, ce n'est pas très commode d'être avec lui, je crois que tu saisis ce que je veux dire. J'ai l'impression de vivre un âge épouvantable. On m'entend, on ne m'écoute pas. On me voit, on ne me regarde pas. D'ailleurs, comme tu le disais dans un *Kelly Afternoon*, je ne sais plus lequel, si on regarde quelqu'un dans les yeux, il se passe tellement de choses que ça brouille, ça empêche de voir. Finalement, il y avait quand même du bon dans tes petits livres. Monsieur Laramie, savez-vous que vous me manquez ?

Le soir

On a encore parlé de toi, Pamela et moi. Comme nous t'aimons différemment, c'est pas croyable. Elle m'a dit que tu lui avais envoyé un message à l'adresse électronique de la bibliothèque et qu'elle était heureuse de son contenu, inoffensif aux yeux de tous ceux qui auraient pu le lire accidentellement. Elle t'imagine en train de prendre un pot avec des amis, ou alors en train d'écrire. Elle a détecté en toi quelque chose que je n'ai pas vu, qui m'échappe encore : ton état d'homme au travail. A-t-elle voulu expressément que je m'en rende compte lorsque nous avons parlé de mon déménagement chez toi ? Le fait est que, après l'avoir quittée ce soir... Enfin, je ne sais pas.

23 juillet

Tu sais, tu sais parfaitement bien combien je suis heureuse que tu aies téléphoné et que tu aies osé demander à me parler. Ta voix a un peu changé. Et il était à peine dix heures du matin.

Comment expliques-tu le fait que nous étions tous les deux déjà debout à pareille heure ? Je t'ai imaginé en train de me parler, en train de déambuler avec ton portable sur l'oreille dans l'appartement saumon teinté lilas. Et je me suis souvenu en souriant de la façon très directe dont tu nous as tous mis dehors le mois dernier. Quel héroïsme ! Mais ce que j'aime surtout chez toi, c'est la manière dont tu m'aimes. J'écoutais oncle Chris (qui est arrivé hier soir) qui expliquait à maman ce qui l'attachait à Cynthia, son amie d'enfance : « Si, dès le début, on a placé la relation sur un mode affection, elle aura tendance à le rester. » Et tu sais, Quinn, ta proposition m'in-téresse. Elle me prend au dépourvu, mais j'y vois un compromis acceptable.

31 juillet. Milieu de l'été.

J'arrête aujourd'hui cette longue lettre-journal et je te la poste. Je veux juste te dire que tu me témoignes beaucoup d'amour en me permettant, à partir de septembre, de venir chez toi quand bon me semble. Tu m'as proposé ça pour que j'élimine de mon esprit toute nouvelle tentative de ma part de te convaincre d'aller vivre avec toi. Tu n'avais pas besoin d'utiliser ce stratagème. J'avais cessé d'y penser sérieusement au cours du dernier soir que nous avons passé à New York. Car j'ai un petit secret à te révéler, qui ne te fera pas nécessairement plaisir, mais que je ne peux plus garder pour moi. Cette nuit-là, je me suis faufilée dans ton lit pendant que tu dormais, et je me suis blottie contre toi. Tu as dû sentir quelque chose parce que tu as bougé un peu. J'étais bien là, bien au chaud, mais j'ai regagné mon sofa au bout de quelques minutes. Après tout, je n'étais pas si bien que ça, j'étais en fait très mal à l'aise. Ce truc, ce n'est pas pour moi. J'ai tant de difficulté à faire comprendre ça à Timmy. Il refuse d'avouer qu'il veut *baiser* avec moi, et comme c'est le mot qu'il a souvent à la bouche ces derniers jours, j'ai fini par le lui asséner au visage moi-même : non, je ne veux pas baiser avec lui, je ne veux baiser avec personne. Par contre, je veux continuer d'être aimée. C'est possible, ça ? Il fallait me voir, hier soir, impeccable avec mon nouveau jean noir et le foulard de soie que m'a offert Kate, rose pâle avec des reflets bleus. Il paraît même que c'est ton père qui le lui avait offert dans le temps. J'aime ça : ça fait continuité.

* * *

CHAPITRE PREMIER

C'était il y a cent ans.
C'était il y a mille ans.
Mais c'était juste hier.

C'était une douce rousse, une rouquine mutine, une de ces créatures lisses et minces comme une tulipe, dont le charme possède cette qualité aérienne, immatérielle, qui vous prend à la gorge et ne vous lâche plus.

Mon souvenir d'elle se reconstruit par petits épisodes hachurés, découpés en longs flashbacks à méandres. American Graffiti sortait sur les écrans cette année-là, rappelant à ceux qui retournaient de Saigon que la vie avait un bien meilleur goût onze ans plus tôt — autre flashback. Tous ces flashbacks sont-ils par définition plaisants, soyeux et ensoleillés, telles d'onctueuses journées d'été ?...

UN AN PLUS TARD

— Alors, qu'est-ce que tu vas faire?

— Je ne sais pas encore.

— Ne me regarde pas comme ça. J'ai pas la moindre idée non plus...

— Non, c'est tes cheveux, je n'en reviens pas...

— Tu les aimais longs, c'est ça?

— Je ne sais pas. Peut-être.

— Moi, je les préfère courts. Comme ils sont maintenant. C'est comme ça, c'est fini.

— D'accord, d'accord. T'as pas à t'énerver. C'est plutôt moi qui devrais m'énerver. Et l'ascenseur, qui s'en occupe? Tu as vu l'heure? Ça fait combien de temps qu'ils sont là-haut?

— Bientôt une heure. Tu veux que je leur téléphone?

— Non, non...

— Juste pour les hâter un peu. Je dois rentrer à la maison me changer pour ce soir et j'ai laissé un vrai foutoir dans ton salon là-haut. Je ne veux pas que mes affaires traînent partout chez toi. Pamela va imaginer des choses en arrivant.

— Elle n'imaginera rien du tout. C'est juste ces nouveaux vêtements que tu veux lui montrer, non? Ceux que tu as achetés avec ta mère la semaine dernière... Ah, l'implacable rituel social. De toute manière, d'ici, on verra Pamela arriver. Elle ne devrait plus tarder.

— Tu penses qu'il va pleuvoir?

— J'espère que non.

— Papa a dit qu'il passerait me chercher après le travail. C'est gentil de sa part, tu ne trouves pas?

— C'est vrai, je croyais qu'il ne pouvait toujours pas me blairer, c'est bien.

— C'est grâce à maman. Après tout, tu lui as ramené sa fugueuse de fille et elle ne l'oublie pas. Je crois cependant qu'elle a un petit béguin pour toi en ce moment.

— Tu lui diras que son prof de gym est bien plus jeune, plus athlétique et plus énergique que moi.

— Son prof de «gym», comme tu dis, a déménagé au Texas. Il a été remplacé par une femme. Tu imagines le désespoir de maman.

— Je compatis. Vraiment.

— Je n'en doute pas. Je vais téléphoner à Jason. Il faut qu'on s'entende pour ce soir. Il n'a pas laissé un message pour moi, plus tôt aujourd'hui?

— Non. Il devait?

— Je me demande si sa moto est toujours au garage. C'est pour ça que...

— ... que c'est papa qui...

— Voilà.

— La vérité, il faut la fuir dès qu'on croit l'avoir trouvée.

— C'est quoi, ça? Tu veux que je note? Je n'ai rien sur moi.

— Non, non, c'est juste une pensée que j'ai lue ce matin.

— Et elle s'applique à notre situation actuelle?

— Pas vraiment.

— Tu es incroyable! On est coïncés dans ce parc, assis sur ce banc depuis je ne sais plus quand, Holly est en train de sauter ce bonhomme pour les besoins de son anthologie, tome 3, ils le font peut-être sur ton propre lit, et ça ne semble pas t'irriter outre mesure. Tu me balances même un truc que tu as lu ce matin!

— Mais qu'est-ce que tu veux que je te dise?

— Je ne sais pas, moi, quelque chose de plus marrant.

— Bon, ben, je trouve très marrant que ce soit le fils de Señor Lopez qui s'occupe maintenant de mon ascenseur, qu'en ce moment, alors que son père vient tout juste d'être libéré de son asile de dingues, il couche avec ta tante, chez moi, parce qu'elle ne s'est jamais fait un Péruvien, et que je lui prête l'appartement sous prétexte que maintenant nous partageons la même maison d'édition. Tu veux plus marrant que ça?

— Pourvu qu'ils n'aient pas tout dévoré dans la cuisine.

— Allons, tu sais bien qu'il n'y a jamais rien à bouffer chez moi.

— Erreur. Ce soir, j'avais préparé un spécial «Long week-end de la fête du Travail» pour Pamela et toi. Quelque chose de succulent, que vous pourrez manger par terre si ça vous chante.

— Très joliment tourné.

— Et quel mal y a-t-il à ça? Jason et moi, on mange souvent par terre, dans ma chambre ou chez lui. Ah, revoilà le soleil. Tiens, pousse-toi pour que je m'étende un peu. Je suis trop lourde?

— Pas du tout.

— Tu me préviens si tu aperçois la voiture de Pamela?

— Oui, oui.

— Tu m'aimes toujours?

— Mais oui.

— C'est bien.

— Tu n'as pas couché avec lui au moins...

— Tu brûlais de me demander ça, hein?

— Excuse-moi.

— Je te répète que le moment venu, tu seras le premier informé. En tous cas, ce ne sera pas avec lui. Et pas avant deux ou trois ans.

— C'est bien.

— Ou un.

Achevé d'imprimer chez
MARC VEILLEUX IMPRIMEUR INC.,
à Boucherville,
en septembre 2000